Les cerfs-volants de Bénarès

DU MÊME AUTEUR

Les petits moissonneurs de forêt, Grand prix de l'UNICEF 1997, coll. « Les enfants du fleuve », Fayard, 1996.

Bombay Victoria, Prix des lecteurs angevins 2002, prix des comités d'entreprise de Vendée 2002, prix national inter-comités d'entreprise 2002, Zulma, 2001.

Orissa ou les chasseurs de pluie, Prix du Lions Club International 2002/2003, Zulma, 2002.

New Delhi Baby, Zulma, 2003.

Christian PETIT

Les cerfs-volants de Bénarès

PRESSES DE LA RENAISSANCE

Ouvrage réalisé
sous la direction éditoriale d'Alain NOËL

Si vous souhaitez être tenu(e)
au courant de nos publications,
envoyez vos nom et adresse, en citant ce livre,
aux Éditions des Presses de la Renaissance,
12, avenue d'Italie, 75013 Paris
Et, pour le Canada,
à INTERFORUM Canada inc.,
1050, bd René-Lévesque Est,
Bureau 100,
H2L 2L6 Montréal, Québec.

Consultez notre site Internet :
www.presses-renaissance.fr

ISBN 2.7509.0014.X

1

Le départ

LE VILLAGE S'ÉTAIT RÉVEILLÉ COMME À SON HABITUDE, bien avant le chant du coq. Les reliquats de mousson étiraient leurs traînées de brume au loin sur les Ghâtes occidentales[1]. Les rumeurs de Ganpati[2] s'étaient tues depuis la veille. Les fermiers de Cholapur, le regard encore brouillé par le sommeil, se dirigeaient vers les étables pour procéder à la traite des vaches. Il leur fallait entendre le son cristallin du jet de lait dans leur seau en fer blanc, pour se réveiller tout à fait.

La face illuminée par les premiers rayons obliques du soleil, des fillettes en uniforme bleu et blanc se dirigeaient vers la fontaine, un pot en laiton perché sur la tête. Bercées par les chants à la meule entonnés

1. Chaîne de montagnes.
2. Fête de Ganesh, dieu à tête d'éléphant, fils de Shiva.

au loin par leurs aînées affairées à moudre le grain de la journée, les gamines frottaient leurs récipients avec une poignée d'argile, avant de les remplir à la pompe d'une eau pure que l'on attendait pour faire bouillir le thé. Ça et là, les foyers se ravivaient, embaumant l'atmosphère d'une rassurante odeur de feu de bois.

Avançant à pas mesurés sur les diguettes des rizières, des villageois chargés de boîtes à lait convergeaient vers la coopérative. Un technicien vigilant contrôlait à l'aide d'une centrifugeuse de fortune la pureté du liquide avant de le transvaser dans un bidon réfrigéré par un bloc de glace.

Dans le quartier des menuisiers, Raju Barhai et son oncle Suresh s'étaient mis à l'ouvrage : la sculpture d'un linteau à achever. Avec le dos de l'herminette, ils frappaient en petits coups précis un ciseau à bois, creusant dans la masse ligneuse une roue dansante, symbole de vie. À treize ans, Raju[1] était encore enfant. Sa voix n'avait pas mué. Avec sa petite taille et ses cheveux bouclés, il était toujours le bambin chéri de Komala, sa mère, mais surtout, de Lakshmi, sa sœur. Elle avait été mariée depuis peu à Vijay, un garçon de son village, courageux et tolérant, qui acceptait que sa jeune épouse s'absentât pour s'occuper de son petit frère. L'oncle Suresh, en dépit de son âge et de son infirmité — une prothèse de la jambe droite —, continuait à travailler à l'atelier avec ce neveu qu'il chérissait comme son fils : lui-même n'avait pas d'enfants et Raju n'avait plus de père.

1. Cf. *Bombay Victoria*.

Lakshmi retira la théière du feu en agrippant l'anse avec un pan de son sari. Elle en versa le contenu dans un grand verre en laiton. Une odeur de gingembre et de cardamome envahit l'atmosphère. Elle couvrit le récipient d'une feuille de sal avant d'appeler son petit frère.

— Hé Raju ! Prends cette timbale et viens avec moi, nous montons présenter nos respects au pandit.

Sur une colline à l'extérieur de Cholapur vivait un vieil ermite, un saint homme que tous vénéraient. Les villageois venaient lui rendre visite pour solliciter un avis, demander un conseil, une aide pour résoudre un conflit. Certains se présentaient à lui sans objet précis, seulement pour le voir, pour le bonheur de sa présence. Et chacun arrivait avec une offrande. Lakshmi savait déjà que ce thé brûlant qu'elle allait lui tendre embellirait son visage des marques d'un bonheur simple mais vif. Et cette preuve de satisfaction ou de reconnaissance qui se lirait dans les yeux du vieux renonçant suffirait à l'emplir d'une joie profonde.

En arrivant sous le manguier, Lakshmi et Raju s'étonnèrent de ne pas trouver le saint homme assis, comme à l'accoutumée, dans la position du lotus. Il était allongé sur le côté ; il leur tournait le dos, le visage face au soleil levant, paisible, immobile.

— *Gourouji, namaskar*[1], dit la jeune femme en haussant la voix.

Aucune réponse, hormis le croassement des corbeaux.

— Raju, regarde donc s'il dort, demanda Lakshmi à voix basse.

1. « Bonjour, maître. »

Le jeune menuisier contourna le dormeur pour observer son visage posé sur la terre. Il tendit la main vers lui mais se reprit, bloqué par un sentiment de respect.

— Touche-le pour voir s'il a la fièvre, insista Lakshmi.

Raju recommença, sa main frôla le front du pandit.

— Il n'a pas la fièvre, Didi, il est froid.

La sœur s'approcha du saint homme et vint s'accroupir au côté de son frère. Elle observa l'ermite en silence : ses yeux étaient clos, sa longue chevelure mêlée à sa barbe blanche se répandaient parmi les graviers et les brindilles. Elle tendit lentement sa main habillée de henné vers les lèvres du pandit. Elle tourna sa paume vers sa bouche. Aucun souffle. Il ne respirait plus. Il ne bougeait plus. Il était mort.

Lakshmi s'enfouit le visage entre les mains pour dissimuler ses sanglots. Raju l'enlaça tendrement en retenant ses larmes.

— Viens, Didi, allons prévenir l'oncle Suresh.

À peine avaient-ils atteint les premières maisons du village qu'ils crièrent la nouvelle à la volée : « Notre saint homme est mort ! Le pandit nous a quitté cette nuit ! Il gît là-haut sous le manguier ! » La rumeur se répandit de maison en maison, s'amplifiant de bouche en bouche. Les chants à la meule se turent. Le barbier interrompit net le client qu'il était en train de raser. Les cordonniers rangèrent leur attirail avant de regagner leurs maisons en courant. Les fillettes encore à la fontaine rentrèrent précipitamment chez elles. Les femmes chargées de lourds fagots de bois se hâtèrent vers leurs foyers. Komala, la mère de Raju, accourut au-devant de ses deux enfants, inquiète de cette effervescence. L'oncle Suresh interrompit son ouvrage pour aller rejoindre les autres hommes sur la grand-place.

Un conseil de village s'improvisa spontanément. Au milieu d'un concert de pleurs et de lamentations, chacun racontait une histoire différente. Chacun avait son idée sur les dispositions à prendre.

— Si c'est un saint homme, nous devons l'enterrer, affirma un villageois.

— À Cholapur, nous ne l'avons jamais fait. Nous ne savons pas comment il faudrait procéder.

— Alors, dressons un bûcher, comme pour tous ici.

L'oncle Suresh, demeuré silencieux, demanda la parole.

— Et ses cendres, vous y avez pensé ?

Un silence fit écho à sa remarque.

— Moi, j'y ai pensé. Je vous propose de les emmener dans la ville sainte de Bénarès pour les verser dans les eaux de notre Mère à tous, le Gange.

— Pourquoi aller aussi loin ? demandèrent un groupe de jeunes gens.

— Le Gange est un fleuve sacré, répondit l'oncle. Il descend de l'Himalaya, jailli de la chevelure du dieu Shiva. Près de sa source, c'est un torrent, impétueux comme la jeunesse. Parvenu dans la plaine, il coule plus lentement, il s'étire, il s'étale. Il ne se jette pas directement dans la baie du Bengale. Il avance à son pas, selon son chemin à lui. Puis il bifurque vers le nord, accomplit une élégante courbe en forme de soleil levant, avant de reprendre sa course en direction du sud-est. C'est là, sur la rive ouest de cette boucle, qu'a été édifiée l'antique Kashi, plus de mille ans avant Jésus-Christ, dit la tradition. Détruite et reconstruite au moins quatre fois, la ville est à présent connue sous le nom de Bénarès ou Varanasi. C'est un lieu de pèlerinage mais surtout de libération. Mourir à Bénarès, avoir ses cendres dispersées dans le Gange, c'est échapper au cycle perpétuel des réincarnations, connaître l'extase divine jusqu'à la fin des temps. N'est-ce pas ce que nous pouvons offrir de mieux à notre pandit ?

— Vous êtes trop vieux, oncle Suresh, lui répondirent les garçons, et avec votre infirmité…

— Je ne partirai pas seul. Ce seront bientôt les vacances de Diwali, la fête de la lumière, j'emmènerai mon neveu Raju avec moi. À nous deux, nous parviendrons bien à confier ses restes à l'eau du fleuve sacré.

Les villageois montèrent dans le plus grand désordre au sommet de la colline pour un dernier *darshan*, ce regard sacré, la dernière vision du saint homme. On l'enveloppa d'une robe safran neuve. On l'habilla de guirlandes de jasmin et de soucis. Tous vinrent se prosterner devant sa dépouille pour lui rendre un dernier hommage. Les villageois se cotisèrent pour l'achat de bois précieux. On dressa le bûcher sur la colline à l'écart du vieux manguier. Le corps lavé à l'eau claire puis enduit de beurre clarifié fut recouvert de fins branchages. Le jour commençait à décliner lorsque tout fut mis en place. Qui aurait l'honneur d'enflammer le bûcher ? Nul n'osait trop s'avancer mais tous les regard se tournaient vers Suresh. Il prit la torche et la confia à Raju. Le garçon avait déjà accompli ce geste une année auparavant, à la mort de son père. Le flambeau en main, il le haussa autant qu'il put avant de le poser délicatement sur les brindilles.

Dans un concert de pleurs et de lamentations couverts par les battements des tambours, l'âme de leur pandit bien-aimé s'envola aux cieux en volutes de fumée bleue.

La clinique mobile de l'association Girta Davakhana s'ébranla dans un nuage de poussière. Raju n'avait jamais osé remonter dans le minibus depuis son escapade clandestine à Bombay un an auparavant[1]. Il tenait serré sur sa poitrine le vase en terre cuite renfermant les cendres du pandit. L'oncle Suresh somnolait à ses côtés, allongé sur la banquette. Il ne se plaignait pas mais Raju devinait, à voir le rictus qui déformait son visage, qu'il souffrait de sa prothèse. On les déposa devant la gare de Poona au milieu d'une cohue de rickshaws[2], de charrettes et de taxis. Débrouillard comme toujours, Raju eut vite fait de trouver une place à l'ombre d'un tamarinier où il fit installer l'oncle Suresh avec les bagages.

— Donnez-moi des roupies, oncle Suresh, je vais acheter les billets.

Nanti d'une somme confortable, le garçon identifia sans peine le bon guichet devant lequel s'éternisait une longue file d'attente, trop longue pour lui.

— Papa, attends-moi ! cria-t-il à la volée, en doublant la queue.

— Papa, je suis là ! répéta-t-il de plus belle, en écartant la masse compacte des hommes qui attendaient.

Avec son sens de la resquille, joint à son agilité naturelle, il parvint à glisser sa main dans la chatière à travers laquelle se faisaient les transactions.

1. Cf. *Bombay Victoria.*

2. Vélo-taxi.

— Deux allers et retours pour Bénarès, lança-t-il avec force en hindi, avec couchettes de seconde.

— Rien de disponible avant cinq jours, répondit l'employé. Places assises seulement.

Raju paya, s'empara des billets et vint retrouver le vieil homme à moitié endormi.

— Oncle Suresh, réveillez-vous. J'ai nos billets. Nous allons prendre le Gyan Ganga Express à 16 h 05.

Lorsque le convoi fut mis en place, il était déjà à moitié plein. Des hommes s'étaient rendus au dépôt pour réserver des sièges, pour eux-mêmes ou pour d'autres voyageurs, dont il marquaient l'emplacement avec un mouchoir. Raju sauta prestement à l'intérieur d'un wagon, posa l'urne en hauteur sur l'étagère à bagages avant de dérouler son drap sur la banquette.

Il leur fallut plus de vingt-neuf heures pour couvrir les mille cinq cent quarante-deux kilomètres qui les séparaient de la ville sainte. Le train devait arriver à 21 h 25. C'est à 22 h 30 que le convoi s'immobilisa en gare de Varanasi Cantt.

Une foule immense se répandit sur le quai, des voyageurs, des pèlerins et des touristes étrangers. Suresh était épuisé par le voyage : il avait beaucoup souffert des cahots du train. Ces secousses permanentes lui remontaient dans la jambe et le faisaient souffrir.

— Restons dans la gare pour la nuit, Raju, demain nous chercherons un lieu où nous installer.

Raju eut un réflexe de peur. Il se rappela Victoria et la police des enfants qui ramassait les jeunes vagabonds dans l'enceinte des chemins de fer. Mais il y avait déjà nombre de familles endormies dans la salle des pas perdus. Il suffisait de s'installer auprès d'elles, ce qu'ils firent sans demander leur reste. L'oncle Suresh étala un drap sur le ciment et s'allongea sur le côté, tenant Raju serré contre lui. Entre eux deux reposait leur bien le plus précieux : l'urne du pandit.

Il faisait encore nuit lorsque Suresh réveilla son neveu. La corne d'une motrice lançait un appel tonitruant qui se réverbérait à travers toute la salle.

— Debout, Raju ! C'est maintenant, au lever du soleil, que nous devons accomplir le rite sacré pour notre saint homme.

Ils grimpèrent dans un rickshaw et demandèrent à se faire conduire jusqu'au fleuve. Il leur fallut traverser toute la ville. En dépit du brouillard, Raju découvrait un univers dont il ne soupçonnait pas l'existence. Rien de semblable à ce qu'il avait vu à Bombay, ni à son quotidien de Cholapur. Il se rendit compte qu'il faisait froid, une température qu'il n'avait jamais connue de sa vie. Avec son short et sa chemisette, il grelottait. Il voyait tout autour de lui dans les rues des gens emmitouflés dans des châles ou des couvertures, amassés autour de feux de bois, les mains tendues au-dessus des flammes. Il extirpa de son sac son drap en coton et s'y enveloppa avec son oncle. Le cycliste pédalait doucement en se frayant un passage parmi les cohortes de pèlerins qui avançaient à pied en direction des ghâtes[1], un baluchon ou un sac sur la tête.

1. Berges du Gange, en escalier.

Le jour commençait à poindre lorsqu'ils parvinrent au carrefour de Godowlia. Plus avant, la rue était fermée par une barrière mobile. Raju montra l'urne à un policier somnolent qui accepta de les laisser passer. La foule devenait de plus en plus dense. Tous avançaient vers le fleuve d'un pas rapide. Le rickshaw les déposa en haut des marches de Dashaswamedh Ghâte. Ils s'arrêtèrent un instant pour contempler le merveilleux spectacle qui se dévoilait devant eux. À travers la brume, le soleil offrait son disque orangé au-dessus du scintillement de l'eau aux dévots qui s'immergeaient dans le Gange. Ils ne semblaient pas tenir compte du froid, ils se baignaient tous ensemble : hommes, femmes, enfants et bébés, possédés par ce désir de se purifier dans l'onde sacrée de leur mère à tous. Au-dessus de l'eau, sur des plates-formes protégées par des ombrelles en bambou, des saints hommes, *pandas*, brahmanes, *sanyasins*[1], officiaient, accomplissaient des rituels ou prêchaient devant des cercles de pèlerins attentifs.

Sur la berge, des fillettes proposaient des articles religieux, poudres, vases, statuettes, amulettes, dont Raju ne comprenait pas toujours l'usage ni la signification.

Ils descendirent lentement l'escalier. L'oncle Suresh voulut se tenir à la rambarde centrale mais ne put le faire car des dizaines de mendiants y étaient adossés, une gamelle à la main. Raju soutint son oncle et, prudemment, ils gagnèrent la berge. Là, ils firent l'emplette d'une guirlande d'œillets dont ils entourèrent le vase en terre cuite.

1. Renonçant.

Des rabatteurs professionnels qui les avaient vus arriver l'urne à la main vinrent proposer leurs services :

— Bateau, bateau, *Sahib* !

Il leur en coûta cent roupies pour grimper dans une barque et se faire conduire au milieu du fleuve. Sous le regard bienveillant de son oncle, Raju versa les cendres dans l'eau par deux fois puis il immergea la poterie et les fleurs avant de joindre les mains à hauteur du front pour exprimer son dernier adieu. Ils demeurèrent silencieux un instant à observer la guirlande dessiner une arabesque de couleur autour de la trace laiteuse que le courant emportait tout doucement vers le nord. Revenus sur le rivage, ils se sentait un peu orphelins mais aussi satisfaits d'avoir accompli un devoir sacré envers un être cher. Toutefois, l'oncle Suresh ne voulait pas partir sans consulter un des *pandas* qui officiaient sous les parasols. Ils étaient nombreux à proposer leurs services aux pèlerins. L'un d'eux, longue chevelure et barbe blanche, le visage couvert de cendres, le front enduit de safran, les interpella en marathi, leur langue maternelle.

— Venez, nous allons accomplir la *puja*[1] pour votre défunt.

Il fit un signe à l'une des fillettes qui vendait des fleurs sur les ghâtes. La petite, qui ne devait guère avoir plus de sept ans, s'approcha avec un plateau d'offrandes. Sur un support en feuilles cousues, elle avait disposé six cupules en papier avec de la poudre jaune, de la poudre rouge, une bougie, du riz entier, du riz blanc, du *dal*, autour d'un monticule de farine. Elle avait déposé en travers deux baguettes d'encens, deux brins de laine rouge et jaune avec des œillets.

1. Cérémonie religieuse hindoue.

Raju dévisagea cette gamine avec envie. Elle devait avoir bien chaud avec son pantalon noir, son blouson de laine kaki et son bonnet gris qui lui mangeait la moitié du visage. Elle déposa les offrandes devant le *panda* en le saluant respectueusement.

— Donnez-lui cinq roupies, ordonna le saint homme avant de commencer.

Il déposa des fleurs sur les mains de Suresh et de Raju, puis traça un signe sur le front des deux pèlerins avec la poudre vermillon. Il leur demanda le nom du défunt, question à laquelle ils n'avaient pas de réponse, puis ceux de leurs proches. Il récita dans une langue ancienne des mantras ou paroles sacrées qu'ils répétèrent après lui. Ils prièrent ainsi ensemble à haute voix avant que le saint homme ne parle d'argent.

— Prenez cent une roupie, mettez-les au creux de votre main et faites-les tourner autour de votre tête plusieurs fois.

Suresh accomplit le geste demandé et remit les cent une roupies au célébrant.

— *Swami ji*[1], intervint Raju avant de se lever. Où pouvons-nous trouver à nous installer pour nous reposer ?

— Allez à Mir Ghâte, c'est tout près d'ici. Il y a un *dharamsala*[2] ouvert aux voyageurs du Maharashtra.

Ils longèrent le fleuve vers le nord. Il fallait parfois descendre ou monter quelques marches, contourner une esplanade où les enfants jouaient au cricket, prendre garde aux buffles, se méfier des singes roublards et bien regarder où l'on mettait les pieds pour

1. « Maître. »

2. Hôtellerie pour accueillir les pèlerins.

ne pas tomber. C'était un jeu d'enfant pour Raju mais une épreuve très pénible pour son oncle, qui avait du mal à avancer avec sa prothèse. Ils furent bien vite rendus à Mir Ghâte, à l'aplomb d'un haut bâtiment bleu ciel percé de nombreuses ouvertures à barreaux sous lesquelles on avait peint en grosses lettres rouges sur fond ocre : Ganapati ji Maharati Dharamsala.

Raju aida son oncle Suresh à gravir les marches de Mir Ghâte. Le vieil homme montait en silence soutenu par son neveu. Il haletait, s'arrêtait à chacun des paliers puis reprenait l'escalade stoïquement, sans rien exprimer de sa souffrance. Arrivés à hauteur du bâtiment bleu, ils ne virent aucune porte d'entrée. Il leur fallut encore grimper pour trouver sur leur droite une ruelle qui s'enfonçait entre les maisons. C'est là qu'ils virent la grille d'entrée du *dharamsala* donnant accès au toit en terrasse, un espace dégagé dominant les ghâtes où des garçons heureux faisaient naviguer dans le ciel de frêles esquifs de papier de soie : des cerfs-volants multicolores. Jailli comme par magie du ciment, un généreux pipal offrait ses feuilles à l'appétit gourmand d'une famille de macaques en maraude. Un escalier descendait vers une coursive sur laquelle s'ouvraient les chambres. Le concierge, vieillard peu amène, emmitouflé dans une couverture, la bouche déformée par le bétel, leur fit remplir un registre. Il leur attribua pour cinquante roupies par jour une chambre sans mobilier, percée d'une fenêtre grillagée donnant sur le Gange.

— Laisse-moi, maintenant, je dois me reposer, chuchota le vieillard.

— Je vais aller vous chercher à manger, oncle Suresh.

— Non. je ne veux rien. Prend cet argent et achète-toi des vêtements chauds, je ne veux plus te voir frissonner de la sorte.

Raju empocha les cinq billets de cent roupies que lui tendait Suresh avant de sortir.

Dehors, il resta un instant immobile à se réchauffer au soleil, observant avec envie le manège des enfants qui halaient ou relâchaient les fils des cerfs-volants qui se dandinaient au loin, au-dessus du Gange. Puis il décida de remonter jusqu'à la grande rue de Godowlia en coupant par les ruelles du *chowk*[1].

Son sens de l'orientation fut mis à mal par cet enchevêtrement de passages, d'escaliers, de ruelles minuscules, bordées de commerçants en train de soulever leurs rideaux de fer. Un garçonnet de son âge faisait rissoler des *utpam*, galettes de farine de lentilles blanches parsemées d'oignons, de tomate et de coriandre. Il en dévora deux à la suite avec un chutney à la noix de coco et demanda son chemin. Il ne fut pas long à atteindre la grand-rue par une porte majestueuse évoquant un temple hindou. Il reconnut l'artère par où ils étaient passés quelques heures auparavant avec le rickshaw. Il y avait maintenant pléthore de boutiquiers en train de déballer leurs marchandises. Raju s'enquit des prix, examina les articles, fit son choix et marchanda. Il acheta un blue-jean et un pull orange qu'il enfila aussitôt, une couverture pour son oncle et un châle dont il s'enveloppa. Il abaissa le prix de 550 à 350 roupies.

1. Labyrinthe de ruelles commerçantes au dessus des ghâtes.

L'homme lui affirma qu'il était le premier client de la journée, que cela portait bonheur : à ce titre, il lui fit cadeau d'un bonnet de laine rouge frappé du logo d'une marque de sport.

Raju repartit à la découverte de la ville, fier de ses habits neufs. Il ne put tenir longtemps, entortillé dans son châle. Il faisait chaud à présent. Il retrouva le carrefour de Godowlia avec ses barrières et ses policiers somnolents ; là, il tourna à gauche dans Sonarpura Road, une grande avenue commerçante. Il ne fut pas long à repérer une longue ruelle qui s'enfonçait dans le quartier des menuisiers. Il retrouva des sensations familières : les mêmes odeurs qu'à Cholapur, les sons brefs de l'herminette dans le teck, le crissement de la gouge dans le bois, tout ce qui appartenait à ceux de sa caste. Il resta planté devant ces ouvriers, concentré à observer leurs gestes, les comparant avec ce que son oncle et lui-même avaient coutume de faire. Il fut distrait par un bruit ténu, un soupçon de sanglot suivi d'un reniflement. Son regard se porta sur une silhouette chétive, drapée dans une couverture kaki, accroupie dos à la rue. La femme tourna la tête : son visage demeurait voilé par un pan de son sari. Raju entendit ses pleurs qui reprirent de plus belle. Sur une pierre enduite de safran brûlait une bougie qu'elle enserra de ses mains avec recueillement.

2

La rencontre

ASSISE DEVANT SON MIROIR, PREETY ARORA S'OBSERVAIT EN FAISANT LA GRIMACE. Elle trouvait son regard éteint, son nez épaté, ses cheveux ternes et sa peau foncée. Le refus de Cailloux de l'accompagner ce soir au cocktail du centre culturel indien des Champs-Élysées, à Paris, l'avait abattue. Ce garçon qui ne cessait de lui déclarer des sentiments enflammés s'était dérobé, pour ne pas rater « son » match de football. Elle avait pris l'habitude d'appeler ce Français par son nom de famille, « Cailloux », bien plus facile à prononcer pour une voix indienne que le « Jean-Pierre » de son prénom, qu'elle avait vainement essayé d'articuler à maintes reprises : il n'en résultait qu'un vague « djon-pyar » dont la dernière syllabe lui restait coincée dans la gorge. Jamais elle n'aurait pu lui attribuer le vocable *pyar* — qui signifie « amour » en hindi —, même si elle sortait avec lui depuis plusieurs mois. En France depuis un an pour des études de styliste modéliste, elle avait accepté sa compagnie, sans conviction — elle voulait rencontrer des amis français — mais ne lui avait jamais cédé. C'est à peine si elle lui autorisait quelques gestes innocents, les prémices d'un flirt d'adolescent. En revanche, elle savait flatter sa vanité en le couvrant de compliments. Cailloux ruisselait de bonheur à entendre la jeune Indienne lui affirmer qu'il était grand, beau et intelligent alors qu'à la vérité, il était rondouillard, bien dégarni ; quant à son érudition, elle ne s'aventurait guère au-delà du sport et de son travail de chef de bureau, à la poste. C'est là qu'ils s'étaient connus, après qu'elle eut fait la queue pendant trois quarts d'heure, une enveloppe à la main, pour acheter des timbres.

— Regardez ces vignettes « Un siècle de vie quotidienne », imprimées d'après des photos de grands artistes français. Prenez-les, c'est le même prix.

Preety avait écouté ce discours avec suspicion. Peut-être sa connaissance limitée du français y était-elle pour quelque chose. Elle soupçonna une arnaque, refusa les timbres de collection et insista pour obtenir les classiques effigies de Marianne.

Cailloux avait noté au dos de l'enveloppe le nom de la jeune fille ainsi que son adresse au foyer des étudiantes de Port-Royal. Attiré par son physique exotique, il s'était présenté le soir même dans le hall du foyer. Preety siégeait à la réception. Elle assurait un remplacement.

— Mademoiselle Preety Arora, c'est pour vous, mon cadeau, avait-il dit gauchement, en lui tendant la planche de timbres qu'elle avait refusée auparavant.

Elle avait donc accepté de sortir avec lui. Il ne parlait pas anglais, ni hindi bien sûr. Leurs dialogues se déroulaient en français dans un registre limité. Il aimait les chevaux. Il l'avait emmenée voir un match de polo à Bagatelle, « un sport très indien » avait-il affirmé, dont elle n'avait que faire. Il l'avait suivie dans les grands magasins. Il avait porté les paquets sans se plaindre ; toutefois, arrivés à la caisse, il tournait la tête si la vendeuse s'adressait à lui pour le paiement. C'est Preety qui sortait sa propre carte de crédit pour régler les achats. Il l'avait pourtant invitée à déjeuner dans un de ces restaurants renommé pour ses grillades. Végétarienne, la jeune fille n'avait guère touché aux plats et s'était nourrie de pain et de salade. Elle était ressortie en ayant encore faim. À son tour, elle l'avait emmené dans un restaurant indien mais Cailloux ne supportait pas le piment, ni les fritures, ni les légumes. C'est lui qui était ressorti en ayant encore faim.

Même s'il n'arrivait pas à ce qu'elle lui cède, Cailloux entretenait l'espoir qu'un jour elle accepterait d'aller plus loin. Il avait décidé de la présenter à ses parents à l'occasion de son anniversaire. Elle avait accepté, heureuse de faire la fête, un dimanche, dans une famille française. Il vint la chercher à midi à Port-Royal. Ensemble, ils prirent la ligne B du RER vers le nord. Ils descendirent dans une sinistre gare de banlieue, sous la pluie. Il leur fallut marcher encore une bonne vingtaine de minutes entre les flaques d'eau, à travers des rues désertes bordées de maisons identiques, avant de parvenir à la grille du pavillon des parents. Ils ne purent entrer. Un énorme molosse de race indéterminée se précipita sur le portillon en poussant un aboiement démoniaque qui terrorisa la jeune fille. Elle recula avant de partir en courant.

— Brutus, couché ! ordonna Cailloux. Penaud, il voyait Preety s'éloigner, sans réagir.

— Rattrape-la, imbécile ! cria par la fenêtre une femme aux cheveux violets.

— Oui, maman, j'y vais.

Preety arrêta sa course pour laisser venir à lui le jeune homme.

— Je déteste les chiens, c'est un animal impur et dangereux, je ne peux pas entrer.

— Ne crains rien, il est très gentil. Pour toi, je vais l'enfermer dans la remise.

Lorsque Preety poussa le portillon du jardin, elle entendit les aboiements de la bête prisonnière et se dépêcha de monter les marches du perron.

Une odeur de marc de café et de tabac froid, mêlée à des remugles d'oignons rances, la saisit à la gorge. La dame aux cheveux violets, boudinée dans une longue robe rose à fleurs jaunes, vint l'accueillir.

— Vous êtes Preety n'est-ce pas, mon fils nous a beaucoup parlé de vous. Entrez donc.

Elle avait dû hausser la voix pour couvrir la flamme d'un présentateur sportif qui commentait les images télévisées d'une grande rencontre internationale.

Dans un fauteuil en velours élimé, un homme âgé lisait *L'Équipe*, une gitane maïs éteinte au coin des lèvres. Il leva à peine la tête pour saluer Preety. Il portait un nœud papillon grenat à pois verts sur une chemise grise. Il était chaussé de pantoufles à carreaux jaune et bleu.

— Ah, c'est toi ! Va aider ta mère, grogna-t-il, avant de replonger dans son journal.

D'autre invités arrivèrent. Des personnages endimanchés avec des bouquets de fleurs, des bouteilles de vin et des gâteaux. Heureux de se retrouver, ignorant royalement la présence de la jeune Indienne et parlant trop vite un français qu'elle n'arrivait pas à saisir. Elle se demanda un instant si on ne la prenait pas pour la bonne. L'une des femmes, une tante ou une cousine, affirma qu'il était cruel de faire souffrir les bêtes, ce que tous approuvèrent. Forte du soutien de la famille, elle suggéra qu'on libérât l'animal dans le jardin car elle ne pouvait supporter d'entendre ses gémissements dans la remise. Et le molosse fut libéré.

Le repas commença par des huîtres dont la seule vue horrifia Preety. Elle se contenta de grignoter des tartines de pain de seigle, tout en s'étonnant qu'un jour de fête on ne serve que du pain noir. Vint ensuite une dinde aux marrons. L'odeur même de la viande la révulsa. Elle pensa un instant courir respirer dans le jardin mais la présence du chien l'en dissuada. Elle n'entendait que ces paroles oppressantes du cercle de famille qui insistait lourdement : « Goûtez-moi cette volaille, vous verrez, c'est très bon ! Allez, essayez, juste un peu. Prenez-en un morceau, un petit. En France, il faut manger de tout ! » L'odeur du gras lui donna envie de vomir. Elle se leva précipitamment et s'enfuit à la salle de bains.

— Mais qu'est-ce qu'elle a ? demanda un oncle.

— Ces gens-là ne sont pas comme nous, dit Cailloux père en regardant son fils sévèrement. Je me demande bien pourquoi tu nous a amené cette fille. Elle ne sait même pas ce qui est bon !

Preety ouvrit la porte de la salle de bains pour ressortir et la referma précipitamment. Brutus était là, dans l'entrebâillement, la truffe frémissante, les canines retroussées, grognant, aboyant de toutes ses forces.

— J'ai entrouvert la porte de la cuisine pour aérer. Notre grand garçon en a profité pour rentrer. Il faudrait que quelqu'un aille voir, dit la femme aux cheveux violets.

Cailloux quitta la table en soupirant. Il retrouva la bête hurlant sa colère devant la porte close de la salle de bains. Il l'attrapa par le collier et sortit l'enfermer dans la remise.

Preety, en pleurs, le rejoignit sur le perron.

— Je ne suis pas bien. Ramène-moi, je t'en supplie. Tu diras au revoir à tes parents. Je ne veux pas retourner à la salle à manger, à cause de cette odeur.

Il la raccompagna en train au foyer de Port-Royal. Ils n'échangèrent pas une parole. Elle lui dit au revoir devant l'entrée. Arrivée dans sa chambre, elle réchauffa un reste de riz basmati avec une purée de lentille, un vrai repas de fête qu'elle partagea avec une de ses voisines.

Elle n'eut plus de nouvelles de Cailloux pendant un certain temps. Pourtant, lorsqu'elle reçut cette invitation au centre culturel, elle lui fit signe car elle voulait arriver accompagnée. Il avait refusé tout net. Il n'avait pas parlé de rompre avec elle, il avait seulement expliqué qu'il ne voulait pas rater son match.

Elle se maquilla les yeux. Elle avait appris à donner de la profondeur ou du mystère à son regard. Elle revêtit une tenue pendjabie dessinée par ses soins, un ensemble grenat brodé de motifs dorés. Elle se regarda dans le grand miroir de son armoire en faisant la grimace. Elle ne se trouvait décidément pas jolie, en dépit de ce qui lui avait affirmé de nombreux garçons. En soupirant, elle s'empara de son petit sac à dos frappé du logo d'un grand couturier et partit seule vers le métro.

Assise sur une banquette au milieu de la foule des voyageurs, Preety réfléchissait. Quel serait son avenir ? Elle avait vingt-huit ans, bientôt vingt-neuf. Ses études étaient à présent achevées. Depuis peu, elle s'était lancée à la recherche d'un poste de styliste modéliste. Elle avait répondu avec soin à de nombreuses offres d'emploi, décroché plusieurs entretiens, sans jamais comprendre les véritables motivations de ces hommes qui acceptaient de la recevoir, sans l'embaucher. Était-ce leur curiosité personnelle, parfois malsaine, ou l'intérêt véritable de leur entreprise ? On ne lui proposa jamais de poste à la hauteur de ses compétences et de ses aspirations. On lui offrit parfois des tâches d'exécutantes, sous-payées, reléguées dans des provinces lointaines, sans rapport avec les descriptifs mirobolants que les annonces laissaient espérer.

Cette situation l'angoissait d'autant plus que son visa allait expirer. Encore un mois à peine et elle se retrouverait « sans-papier ». Elle en avait parlé à Cailloux. Il avait promis de l'aider mais n'avait rien fait. Sans titre de séjour valide, elle ne prendrait pas le risque, elle, Preety Arora, de demeurer en France dans l'illégalité. Quelle honte pour sa famille si elle se faisait arrêter, interner, expulser ! Son père, Raj Veer Arora, un homme venu du Pendjab avec sa famille, industriel et riche commerçant en Uttar Pradesh, ne s'en remettrait jamais. Il avait accepté par pure bonté de cœur que sa fille suive sa voie, qu'elle parte étudier dans la capitale mondiale de la mode. Avec toutefois une arrière-pensée : elle pourrait l'aider un jour à superviser les tâches des divers ateliers de soieries qu'il possédait à Bénarès. Mais ce n'était pas là l'ambition de Preety. Elle voulait rester en France pour, à terme, créer sa propre ligne de vêtements d'inspiration indienne. Si elle devait rentrer en Inde sous la contrainte, elle savait qu'elle ne reverrait jamais Paris. Ses parents, sa mère, ses tantes surtout, lui trouveraient un mari. Elle n'aurait pas le droit de refuser. En moins de deux mois, elle se retrouverait mariée à un inconnu et bien vite enceinte. C'en serait fini de sa liberté. Les robes, les jupes, les corsages, les boléros, tout ce qu'elle aimait, c'est dans sa tête qu'il lui faudrait les dessiner.

Le centre culturel indien des Champs-Élysées se trouvait au premier étage d'un immeuble en pierre de taille, au bas de la plus belle avenue du monde.

— *Aray*, Preety, comment vas-tu ?

La jeune fille se retourna et se trouva nez à nez avec Murthy, une jeune femme pendjabie, au teint clair, documentaliste dans un laboratoire d'études et de recherches sur l'Inde. Mariée à un médecin français, elle ne manquait aucune occasion de participer aux mondanités du centre culturel où elle se replongeait, l'espace d'une soirée, dans une ambiance familière.

— Je vais bien. Comme tu le vois, je suis venue seule.

— Moi aussi. Viens, montons. Je vais te présenter des amis.

Elles furent introduites dans une enfilade de salons où des petits groupes franco-indiens parlaient à voix basse : des femmes en saris de soie ourlés de brocart, des hommes en costume sombre et cravate club. L'attention de tous se portait vers l'invité d'honneur, venu spécialement de Delhi, un jeune auteur dont le premier roman venait d'être traduit en français. Il parlait avec passion. De loin, Preety n'entendait pas la conversation. Elle ne voyait que ses gestes amples, généreux, persuasifs. Le regard de Preety glissa vers l'homme à qui s'adressait l'écrivain. Il ne devait pas être indien. Italien ? Français, peut-être, elle n'aurait su dire. Son allure détonnait sur l'ensemble des invités. Il était plutôt grand, et portait une veste de baroudeur couleur sable, un de ces vêtements bardés de poches, très commode en voyage, ouvert sur une chemise écossaise en laine. Preety jugea à leur coupe que ces tenues, d'apparence négligée, devaient provenir de prestigieuses signatures de Londres ou de Milan. Ses cheveux noirs mi-longs laissaient percer quelques filaments d'argent. Son nez droit assez conséquent, entouré d'yeux marrons foncé, lui donnaient un faciès méridional bien marqué. Preety pensa un instant que cet homme faisait peut-être comme elle, une fixation sur son nez. Elle s'imagina en train de lui poser la question et cette pensée la fit sourire. Tout en bavardant, les deux femmes se rapprochèrent. Grande fut la surprise de Preety lorsqu'elle parvint à saisir à la dérobée des bribes de phrases. Cette conversation avec l'écrivain dont elle n'avait perçu que les gestes, ne se déroulait pas en français, ni en anglais mais en hindi !

Mais qui est donc ce garçon ? se demanda Preety. Serait-il Indien ? Brahmane du Cachemire, par exemple ? Non. Même s'il parlait un hindi parfait, sans trace d'accent étranger, il subsistait dans son maintien, ses gestes, ses attitudes, un je-ne-sais-quoi de français.

— Monsieur, je suis très honorée de faire votre connaissance, minauda Murthy en s'adressant en anglais au romancier, héros du jour, avant de continuer en français :

— Shaline, je vous présente mon amie Preety, une styliste renommée qui nous est arrivée de Bénarès. Preety, voici Charles Mandalagan ou Shaline, tu as dû entendre parler de lui : un homme connu, à la fois cinéaste et photographe. Les grands portraits de femmes indiennes, accrochés aux grilles du jardin du Luxembourg, c'était lui.

— *Aap ko hindi to ati hai*[1] ?

Preety, heureuse de retrouver sa langue maternelle avait laissé échapper cette question spontanément, sans réfléchir. Entre-temps, l'écrivain vedette s'était fait happer par ses admiratrices et Murthy était allée papillonner auprès de nouveaux amis. Preety continua en hindi. Shaline répondait de même, d'une voix grave, pondérée, rassurante.

— Vous êtes vraiment français ?

— Pas depuis longtemps. Je suis fils de réfugiés chiliens. Toutefois, mes ancêtres avaient émigré du sud-ouest de la France. Mandalagan est un nom que l'on dit d'origine basque.

— On dirait un nom tamoul.

— On me l'a déjà fait remarquer en Inde. Cela m'a été parfois bien utile au cours de mes voyages.

— Et comment avez-vous appris le hindi ?

1. « Alors, vous parlez hindi ? »

— « *Ghumte, Ghumte*[1] », répondit-il, un sourire au coin des lèvres.

Elle n'en crut pas un mot. Son élocution était bien trop parfaite et ne ressemblait en rien au sabir que certains apprennent au hasard de leurs voyages. C'est alors qu'il lui avait confié : « Je suis né en Inde. Mon père a enseigné plusieurs années à l'université hindoue de Bénarès. J'ai passé ma petite enfance dans la ville sainte. » Cette révélation illumina le visage de Preety d'un sourire émerveillé. Ils bavardèrent ainsi une partie de la soirée, burent du champagne en dégustant des *samosas*, évoquèrent des souvenirs, l'école Saint-Joseph où tous deux avaient été en maternelle et Jawahar Nagar Colony, le quartier chic où leurs familles avaient vécu. Mise en confiance, poussée par une intuition subite, elle en vint à lui confier son problème de carte de séjour et son angoisse de se retrouver mariée en Inde. Il l'écouta jusqu'au bout, en silence en hochant la tête.

— Si vous voulez, je peux vous aider, Preety. Les questions de carte de séjour, j'ai connu.

Le cœur de la jeune fille se mit à battre la chamade. Jamais elle n'aurait osé lui demander son appui mais s'il le proposait ? Cela ne cachait-il pas autre chose ? Elle pensa à Cailloux : quel esprit rabougri et mesquin alors que ce Charles ou Shaline... Oui, mais un homme comme lui devait avoir toutes les filles à ses pieds. Trop à l'aise, trop beau, trop séduisant, certainement pas pour elle, avec son gros nez !

— Voulez-vous que je passe vous prendre demain matin à neuf heures ?

1. « En voyageant. »

— Oui, enfin, non. Retrouvons nous plutôt à Saint-Michel, à neuf heures et demi.

— Prenez tous vos papiers avec vous. Nous en aurons besoin.

Preety fit de gros efforts pour arriver à l'heure. Malgré cela elle ne sortit pas du métro Saint-Michel avant dix heures moins le quart. Le soleil brillait. Shaline était assis sur la margelle de la fontaine et lisait *Métro* le quotidien gratuit distribué aux voyageurs. Preety bredouilla une excuse en sortant de son sac une série de papiers pliés en quatre avec des noms et des téléphones.

— Pour demander mon visa, il faut que je sois inscrite dans une école, lui expliqua-t-elle. Si vous pouviez m'aider à téléphoner à ces établissements... Vous parlez mieux français que moi.

Charles la regarda, amusé. Il devina qu'un parcours semé d'embûches allait s'offrir à eux. Au bout du fil, aucune école ne répondit à sa demande. Soit la ligne était occupée, soit la personne était en réunion, soit on répondait qu'il fallait se présenter, qu'on ne donnait pas de renseignements par téléphone. Ils se rendirent à la préfecture, dans l'île de la Cité. Après l'attente et la fouille, ils passèrent de bureau en bureau avant de se faire répondre que les visas pour les étudiants étaient délivrés rue Miollis, dans le quinzième arrondissement, et qu'il fallait prendre rendez-vous par téléphone. Ils essayèrent, sans succès : le numéro spécial était inaccessible depuis une cabine publique. Preety était sur le point de pleurer. Charles la serra doucement, en lui chuchotant en hindi des paroles de réconfort.

— Pourquoi vous donnez-vous tout ce mal pour moi ? demanda Preety en essuyant ses yeux.

— Parce que l'Inde m'a beaucoup apporté. C'est mon tour à présent. Maintenant venez, allons manger des *idlis*[1] pour vous consoler.

Ils se rendirent derrière la gare du Nord, dans un bistro tamoul. On leur servit un repas végétarien, accompagné de thé au *massala*. Ces saveurs familières, jointes à la conversation hindie de Shaline, ramenèrent un sourire sur le visage défait de la jeune Indienne.

L'après-midi, ils repartirent à la Sorbonne. Ils firent plusieurs fois la queue en divers endroits réservés aux étudiants étrangers mais aucune inscription n'était possible. Ils se rendirent à la faculté de Censier. Trop tard : le secrétariat était fermé.

— Nous reviendrons demain, affirma Charles, nous trouverons une solution. En attendant, passons la soirée ensemble pour oublier ces tracasseries.

Preety ne voulait pas dire non. Cet homme séduisant lui semblait si proche. Mais d'un autre côté, elle ne voulait pas dire un oui trop rapide à quelqu'un qu'elle connaissait à peine. Elle garda le silence mais ses yeux brillaient d'un éclat que Charles perçut comme un acquiescement.

— Venez, dit-il en lui prenant la main.

Appuyée au bastingage, Preety regardait défiler les monuments de Paris dans la lumière du couchant en faisant force commentaires.

— Paris est comme un rêve ! Tout cela devant moi, grâce à vous, Shaline. Comment avez-vous

1. Pains de riz cuits à la vapeur.

deviné que je rêvais d'une croisière sur la Seine ? Elle continua à parler, faisant seule les questions et les réponses. Elle exultait. Son verbiage l'aidait à se défaire du stress de la journée. Cette tension, cette angoisse qui la tiraillaient s'échappaient avec ce bavardage. Shaline la laissait s'exprimer, en silence. Il l'observait, amusé. Quand à son tour il put parler, il lui glissa à l'oreille un quatrain en hindi :

Ton visage est beau comme l'astre de la nuit,
Tes yeux sont des lacs où je veux me noyer,
Ta bouche est suave comme une mangue au printemps,
Tes cheveux ondoient comme notre mère la Jamuna.

Ces vers, Preety les avait déjà entendus, dans des films, mais jamais un garçon ne les avait prononcés devant elle, pour elle. Elle garda le silence, trop émue pour répondre.

Lorsque plus tard, le bateau rebroussa chemin au-delà de la tour Eiffel, elle leva la tête :

— Je voudrais vous poser une question indiscrète.

— Faites.

— Comment se fait-il qu'un garçon comme vous, gentil, intelligent, célèbre, s'intéresse à une fille comme moi ?

— Et comment se fait-il qu'une fille de votre qualité s'intéresse à un garçon comme moi ?

Preety se serra contre lui. Il lui prit la main. Après une pause, elle retira sa main de la sienne, et reprit ses questions :

— Vous n'êtes pas marié ?

— Pas vraiment. J'ai vécu quelques années avec une femme, une Française. Elle a disparu il y a quelques mois, un accident de voiture.

— Vous viviez ensemble sans être mariés ?

— C'est banal, en France, de nos jours.

— On ne fait pas cela en Inde, ce serait honteux.

— En Inde, bien sûr.

— Alors vous, depuis ce décès ?...

— Vous êtes la première femme avec laquelle j'ai envie de sortir depuis ce drame.

Preety baissa la tête sans le regarder. Elle évoqua à nouveau son problème de mariage lié à l'obtention de son visa.

— Je ne pourrai pas refuser cela à mon père, ce serait lui faire honte.

Ils se revirent le lendemain à Censier. Preety dût passer des tests pour prétendre au DUEF (Diplôme universitaire d'études françaises) ou au DULF (Diplôme universitaire de langue française). Les résultats furent négatifs. Elle avait un niveau insuffisant en langue française pour s'inscrire à l'Université de Paris. Elle en fut désespérée. Ils se rendirent ensuite au bureau de la préfecture, rue Miollis. Le sas d'entrée était encombré d'étudiants en colère qui voulaient tous renouveler leur carte de séjour.

— Il faut prendre rendez-vous par téléphone ou sur le web, répétait la préposée.

— C'est impossible ! clamaient plusieurs voix. La ligne est toujours occupée.

— C'est un numéro spécial. On ne peut pas le composer depuis une cabine, affirma une grande fille blonde.

— Il y a trois semaines d'attente avant d'être reçu, ajouta une petite brune aux cheveux bouclés.

L'employée de la préfecture demanda de loin à Shaline ce qu'il voulait.

— Rien, répondit-il, et il entraîna Preety dehors.

Depuis son portable, Shaline appela le numéro spécial. Par miracle, on lui répondit immédiatement. Il tomba sur une voix féminine, bien disposée, qui lui assura qu'aucun rendez-vous n'était possible avant la fin du mois. Ils arrêtèrent une date ensemble. Quand il ajouta que le rendez-vous était pour une jeune fille indienne, le ton changea, il lui sembla percevoir alors du doute, de l'amertume, de la déception. Mais le rendez-vous était pris, ferme, pour un mardi à seize heures.

Les jours qui suivirent, Preety et Shaline se revirent souvent. Elle avait décidé de s'inscrire dans une école privée, pas trop regardante sur son niveau, de façon à pouvoir justifier de sa qualité d'étudiante. Entretemps, une maison de couture renommée de la rive droite l'avait contactée pour un entretien. Ils cherchaient une styliste modéliste, capable d'enrichir leurs collections d'une touche indienne. Elle apporta son book empli d'échantillons des tissus qu'elle avait créés. Elle sut plaire, charmer, convaincre. Ils décidèrent de l'embaucher.

Elle retrouva Shaline ce même soir devant la fontaine Saint-Michel. Pour célébrer l'événement, il l'emmena dîner dans un restaurant libanais dont elle découvrit les spécialités végétariennes avec délice. Shaline lui révéla le grand projet qu'il avait en chantier pour le compte d'un consortium d'ONG : tourner un film sur le Gange, fleuve sacré, source de vie, afin de sensibiliser le public français aux avancées du pays en matière de développement. Il ajouta qu'il se rendrait en Inde prochainement pour effectuer les repérages.

— Et vous irez à Bénarès ?

— Bien sûr !

— J'aimerais tellement venir avec vous !

Il ne faisait pas froid. Après le dîner, ils partirent à pied le long des quais. Preety parlait, parlait. Elle évoquait ses projets d'avenir : ce qu'elle allait faire dans son nouveau job tout en essayant de poursuivre ses cours de français. Ils traversèrent la Seine, passèrent devant Notre-Dame, gagnèrent l'hôtel de ville avant de s'enfoncer dans le labyrinthe de ruelles pittoresques du quartier du Marais.

Shaline s'arrêta devant un immeuble du XVIIe siècle. Penché vers Preety, il dit simplement : « C'est ici que j'habite. » Il lui prit la main pour franchir la porte cochère. Elle ne répondit rien et se laissa conduire. Un sentiment d'extrême curiosité vis-à-vis de cet homme l'animait. Comment vivait-il ? Quels objets familiers l'entouraient ? N'y avait-il pas une autre femme dans sa vie ? Cet intérêt dépassait de loin l'appréhension ou le risque de se retrouver seule en tête à tête avec un homme qu'elle connaissait à peine.

Au troisième étage de cet ancien hôtel particulier, Shaline habitait une sorte de loft. Un vaste espace mansardé peint en blanc. De nombreuses photos de l'Inde garnissaient l'un des murs. Lui faisant face, un ensemble d'étagères chargées de livres comportait une collection de figurines de guerriers marathes en tenue de combat et des statuettes en bronze issues de l'art tribal. Au fond de la pièce, un portait en pied, à l'huile, représentant un maharajah des temps anciens, dominait un grand lit couvert d'un tchador en soie sauvage. Des fauteuils indonésiens, des chaises et une table radjpoutes complétaient l'ameublement.

Shaline déposa sur sa platine un disque de A.R. Rahman puis, silencieux comme un chat, s'avança derrière Preety, absorbée dans la contemplation du tableau royal. Il lui enleva doucement son manteau et se pencha pour l'embrasser dans le cou. Elle se laissa faire, découvrant des sensations inconnues. Elle se retourna pour lui tendre sa joue. Il l'effleura à peine de ses lèvres puis glissa jusqu'à sa bouche. Jamais Preety n'avait accepté qu'un garçon ne manifestât ses sentiments de cette façon. Le baiser, geste interdit d'image dans les films de son pays et qu'elle avait observé dans les productions américaines, à présent, elle s'y adonnait ! Elle éprouvait une impression mitigée de dégoût et de plaisir. La bouche lui avait toujours servi à se nourrir, à respirer, à parler, à chanter. Ce mélange intime des humeurs lui semblait sale, impudique, inconvenant mais, à cet instant, serrée contre Shaline, elle oubliait ses inhibitions et ne pouvait s'empêcher de goûter pleinement à ce baiser, à l'intensité des sensations qu'il répandait dans tout son corps. Le temps lui parut long mais, quand leurs lèvres se séparèrent, cela lui sembla trop court : elle voulait continuer mais n'osait reprendre l'initiative.

Sans ajouter quoi que ce soit, Shaline l'entraîna vers le lit et baissa la lumière. Il lui enleva son gilet, déboutonna son corsage et défit son attache dans le dos. Ses petits seins hauts et drus jaillirent dans la main de Shaline. « Que suis-je en train de faire ? pensa-t-elle. Il faut que je lui dise que je ne peux pas, que je n'ai pas le droit. Ne va-t-il pas se rire de moi ou me rejeter ? » Sous les caresses de Shaline, Preety se raidit puis se relâcha, dominée par des vagues de plaisir intenses. Lorsqu'il tenta de défaire sa ceinture d'argent, elle dit simplement mais fermement : « *Please, No !* » Et l'affirmation de ce refus la soulagea d'un poids oppressant.

— Tu n'as jamais... ?

Preety répondit par un battement de cils. Elle l'embrassa avant de s'écarter de lui.

Il lui murmura alors en hindi qu'il ne voulait pas qu'elle se marie avec un homme qu'elle n'aimait pas, qu'il voulait vivre avec elle. Il appuya ses paroles d'un geste en lui glissant au poignet droit un fin bracelet de jade.

Elle joignit ses mains à hauteur du front pour exprimer sa gratitude.

— Je le garderai toujours, affirma-t-elle. Ce sera mon plus beau souvenir de Paris.

Elle se blottit dans le grand lit auprès de Shaline. Ils se couvrirent mutuellement de caresses, de baisers. Ils se récitèrent des poèmes avant de s'endormir enlacés dans les bras l'un de l'autre. Le matin, elle se réveilla heureuse. Pour la première fois de sa vie, elle avait passé la nuit avec un homme, un homme qu'elle aimait, qui n'avait pas cherché à profiter d'elle. Elle se prit à rêver qu'il la demandait en mariage, aux tiraillements avec sa famille pour faire accepter un étranger. Tant qu'elle resterait en France, tout serait possible, alors qu'une fois rentrée à Bénarès, elle passerait sous la domination de son père, de sa mère et de ses tantes.

Shaline dut s'absenter de Paris pour effectuer un reportage au Moyen-Orient. Elle eut peur pour lui, car chaque journée apportait sa cohorte de nouvelles désastreuses : attentats, exécutions, risques de guerre. Il lui envoya plusieurs emails pour la rassurer et revint à Paris comme promis pour le rendez-vous à la préfecture.

Au vu de ses documents d'inscription, on lui accorda un titre de séjour de trois mois pour étudier le français à Paris.

Ils se revirent souvent, passèrent encore bien des nuits ensemble, avant que Shaline ne reparte pour un nouveau reportage au Bangladesh.

La maison de couture de la rive droite s'impatientait. Le comptable voulait la voir pour régler les formalités d'embauche. Elle se présenta un matin souriante et plein d'entrain, son passeport à la main. La réponse de l'homme derrière son bureau tomba, laconique comme un couperet de guillotine.

— Mademoiselle, votre visa ne vous autorise pas à travailler en France, seulement à étudier. Je suis désolé, nous ne pouvons pas vous embaucher.

Elle regagna seule sa chambre au foyer de Port-Royal et plongea dans son oreiller pour enfouir ses larmes. Lorsque le téléphone sonna, elle ne voulut pas décrocher. La sonnerie s'arrêta un instant puis on frappa à sa porte. Sa voisine était là, dans l'encadrement :

— Décroche le téléphone, Preety. Le standard vient de m'appeler, c'est un appel de l'Inde, je crois que c'est ton père.

— Allô, articula-t-elle d'une voix éteinte avant d'éclater en sanglots.

À l'autre bout du fil, le ton se faisait péremptoire :

— S'il n'y a pas de place pour toi en France, rentre ! Reviens à Bénarès. Ici, on saura prendre soin de toi.

Cinq jours plus tard, Preety se présentait à l'aéroport de Roissy pour prendre le vol d'Air India à destination de Delhi. Elle n'avait pas revu Shaline. Il était quelque part au Bangladesh, injoignable. Et puis à quoi bon ? Cet homme avait été un moment de bonheur dans son séjour parisien mais sa vie, la vraie, était ailleurs, auprès de sa famille à Bénarès. On allait lui présenter un bon parti, un garçon « comme il faut », un inconnu qui partagerait sa vie et, comme toutes les femmes, elle se résignerait, elle apprendrait petit à petit à l'aimer.

3

La sœur

RAJU NE PARVENAIT PAS À QUITTER DES YEUX CETTE SILHOUETTE KAKI accroupie en dévotions. Pourquoi ces pleurs ? Pourquoi ce dos tourné à la rue ? Pourquoi cette solitude ? Où était le mari ? les enfants ? Il fut dérangé dans sa réflexion par l'irruption dans la ruelle d'un troupeau de buffles aux longues cornes noires, dont le chef de file, la bave au museau, semblait avancer droit sur eux.

— Attention ! cria Raju.

Il saisit alors la femme et l'écarta de l'animal. Ce faisant, il envoya valdinguer la bougie qui s'éteignit dans une flaque d'eau.

— Ne me touche pas, imbécile ! cria la femme en colère. Regarde ce que tu as fait de ma chandelle.

Raju put alors tout à loisir observer le visage de celle qu'il venait de protéger. Sous un bonnet de laine marron se devinaient des traits poupins, des yeux cernés de khôl dont le noir avait dégouliné, traçant sur ses pommettes des traînées anthracite qui la faisaient ressembler à un démon. De ses petits poings, elle frappait la poitrine de Raju tout en proférant des insultes.

— *Aray* ! les enfants, calmez-vous, cria un menuisier. Allez jouer ailleurs !

C'est alors que Raju prit conscience que la personne devant lui n'était qu'une petite fille, une gamine malheureuse comme il en avait rencontré dans la gare de Bombay. Elle interrompit son manège une seconde et fixa le garçon droit dans les yeux.

— Toi, menuisier ? demanda-t-elle.

La question le prit au dépourvu. Comment avait-elle pu deviner que Raju appartenait à la caste des Barhai, menuisiers de père en fils depuis la nuit des temps ? Peut-être n'en savait-elle rien et sa question n'était-elle que formelle ? Raju ramassa sa bougie éteinte parmi les débris et la tendit à la fillette. Mais cette dernière n'amorça pas le moindre geste pour s'en saisir. L'ouvrier menuisier gratta une allumette pour enflammer le lumignon.

— Moi, je m'appelle Shah Jahan, dit-il, simplement. Et toi ?

— Moi, c'est Raju Barhai. Je viens de Cholapur au Maharashtra.

La gamine lui toucha alors les pieds et porta ses doigts à son front. Son visage ravagé s'orna d'un sourire, comme une lumière dans la nuit. Elle attrapa la bougie et la jeta violemment par terre.

— C'est fini, je n'en veux plus.

Raju la regarda faire, intrigué. Sans dire un mot, il la prit par la main et l'entraîna doucement. Ils gagnèrent les abords du fleuve sacré et s'assirent sur les marches de Dashaswamedh Ghâte.

— Essuie tes yeux, lui dit Raju en lui tendant un mouchoir. Comment t'appelles-tu et d'où viens-tu ?

— Je m'appelle Anjali. Nous sommes venus ici en pèlerinage. Dans la foule, j'ai été séparée de ma famille. Maintenant je suis seule, abandonnée, je n'ai que Billi, dit-elle en faisant émerger de sa couverture la tête d'un chaton tigré. Tu vas m'aider, toi, un Barhai.

— Tu es une Barhai, toi aussi ?

— Presque. Je suis une Adivasi[1]. Dans ma famille, les hommes sculptent le bois de santal à l'effigie des divinités.

— Comment s'appelle ton village ?

— Baragaon. Nous sommes venus en camion. Très nombreux.

La tâche n'était pas facile pour Raju. Des « Baragaon » ou « gros villages », il y en avait pléthore à travers toute l'Inde. Anjali était bien incapable de lui dire si c'était loin ou proche de Bénarès. Elle avait dormi pendant le trajet. Elle parla d'une rivière qui coulait à l'extérieur du village, du temple dédié à Krishna, de sa maison en terre au toit de chaume, de son père décédé bien des années auparavant, de ses frères, de ses sœurs, du travail dans les champs et du temps passé à observer ses oncles donner vie à une idole, à partir d'une pièce de bois.

— Raju, voudras-tu être un grand frère pour moi ?

— Quel âge as-tu ?

— Je ne sais pas.

1. Population tribale.

Raju la toisa, l'air pensif, avant d'ajouter :

— Moi, j'ai treize ans. Toi, nous dirons que tu as douze ans. Ainsi, je pourrai être ton aîné.

— Douze ans, répéta Anjali, amusée. Maintenant, j'ai douze ans, grâce à toi, Raju !

— Viens, je t'emmène auprès de mon oncle au *dharamsala*. Tu pourras te rafraîchir, laver tes vêtements et te reposer.

Elle mit sa main dans celle de Raju. Ensemble ils repartirent à travers les allées du *chowk*. Ils passèrent devant la boutique d'un drapier. Des robes à volants, rose, violet, turquoise, garnies de dentelle étaient accrochées sur des cintres en hauteur. Anjali s'arrêta un instant les yeux pleins d'envie. Raju s'en aperçut. Il lui proposa de lui offrir le vêtement de ses rêves.

— Non, je ne peux pas, je dois porter le sari, je n'ai pas le droit aux jolies robes, dit-elle, avant d'ajouter tout bas : « À cause de ma mère. »

Le chaton passa la tête hors des replis des vêtements d'Anjali en miaulant. D'un signe de la main, Raju invita la fillette à le faire taire tandis qu'ils franchissaient le seuil de la chambre. L'oncle Suresh reposait dans la pénombre. Les deux enfants entourèrent sa couche. Raju secoua le dormeur.

— Oncle Suresh, oncle Suresh, réveillez-vous ! Je vous ai trouvé une couverture.

Le vieux menuisier ouvrit les yeux en faisant la grimace.

— Ma jambe, toujours elle, murmura-t-il.

— Vous avez mal où ? demanda Anjali.

Il désigna sa cuisse amputée, puis sa tête. La petite fille s'assit à son chevet pour lui masser les sourcils, le front, les tempes.

— Il a de la fièvre, je le sens, chuchota-t-elle, en poursuivant ses soins.

— Raju, qui est cette fillette ?

Le garçon expliqua sa rencontre dans le quartier des menuisiers.

— Tu as bien fait, répondit l'oncle Suresh. Il s'interrompit un instant, avant de continuer dans un murmure :

— Raju, la vie me quitte. Je vais bientôt partir vers l'autre rive. Mon temps est compté. Je ne veux plus lutter pour survivre. Toi, tu es grand, tu es presque un homme, tu sauras te défendre. Garde cet argent, dit-il en extirpant un petit sac en toile rose dissimulé sous ses vêtements. Je veux que tu fasses le nécessaire pour le bûcher et que tu disperses mes cendres dans le Gange comme nous l'avons fait ce matin. Elles s'uniront à jamais à celles du pandit.

— Non, oncle Suresh, je ne veux pas que vous m'abandonniez. Je veux encore apprendre à travailler avec vous. Vous êtes comme mon père.

— C'est mon destin, Raju. Maintenant, tu dois prendre soin des autres, des plus faibles et des plus jeunes. Promets-moi d'aider cette petite Anjali.

— Je vous le promets, mon oncle.

L'homme sombra alors dans une somnolence semi-consciente. Son visage semblait apaisé, comme si les élancements de sa jambe avaient cessé. Anjali disparut dans la salle de bains. Raju lui prêta son châle pour s'envelopper, le temps que son unique vêtement, un sari blanc, séchât.

Cette mort, que Suresh avait appelé de ses vœux, ce grand départ ne se fit pas attendre. Au petit matin, l'oncle rendit son dernier soupir sous les yeux consternés des deux enfants. Raju revécut ce sentiment d'abandon et de solitude qui l'avait souvent hanté durant ses mois d'errance à Bombay. Anjali ne pleurait pas. Son regard allait et venait en silence de Raju à la dépouille de l'oncle. Le garçon maîtrisait son chagrin mais les mots lui restaient dans la gorge.

— Il faut l'emmener aux ghâtes et acheter du bois, lui dit Anjali tout bas.

Le garçon inclina la tête de côté pour acquiescer et se dirigea vers la porte.

— Ne me laisse pas seule avec le défunt, supplia-t-elle, je viens avec toi.

Raju ne savait guère à qui s'adresser. Il pensa demander au vieillard à la réception du *dharamsala* mais une foule de nouveaux pèlerins se bousculaient autour de lui dans l'entrée.

— Viens, allons chez les menuisiers, suggéra Anjali.

Ils retrouvèrent la ruelle où ils s'étaient rencontrés. Shah Jahan, l'ouvrier qui les avait houspillés la veille, les reçut cordialement.

— Je veux acheter du bois, dit Raju. De quoi édifier un bûcher pour mon oncle.

L'homme les toisa du regard, posa son herminette avant d'interroger le garçon :

— Pourquoi tu me demandes cela à moi ?

— Parce que je suis un Barhai, comme vous. Vous vous souvenez, je suis Raju Barhai de Cholapur au Maharashtra. Vous pouvez me vendre du bois ?

— Ici, nous sculptons des meubles. Il faut que tu t'adresses à un Dom[1] à Manikarnika Ghâte. Va voir Chuni Lal de ma part, c'est un ami.

1. Caste chargée des crémations.

Ils redescendirent à Dashaswamedh Ghâte, passèrent devant Mir Ghâte, continuèrent à longer le fleuve vers le nord jusqu'à parvenir en vue de Manikarnika Ghâte. Plusieurs bateaux, le pont surchargé de longues bûches, étaient amarrés à la berge. Une noria de coolies dépenaillés emportaient le bois loin derrière. Les enfants s'approchèrent. Une odeur âcre, écœurante les saisit à la gorge. La fumée, chassée par le vent, leur piquait les yeux. Ils s'arrêtèrent sur un terre-plein d'où l'on pouvait observer l'ensemble des cérémonies. Étagés sur diverses plates-formes, une vingtaine de bûchers brûlaient en crépitant, entretenus par des fossoyeurs qui rassemblaient les ossements ou ravivaient les foyers, afin que tout soit bien incinéré.

Certains bûchers, bien pourvus, flambaient avec vigueur, alors que d'autres se consumaient chichement, nourris de modestes fagots. En demi-cercle autour des brasiers, les hommes des familles surveillaient, recueillis, les crémations. Les femmes n'y assistaient pas. Une musique tonitruante vint rompre cette quiétude : une fanfare comme celles qui précèdent les cortèges de mariage accompagnait un convoi funèbre, celui d'un personnage important, drapé d'or, porté bien haut sur une litière.

— Regarde, Anjali, je veux avoir tout ça pour mon oncle.

— Il devait être très riche, ce mort.

Un cortège d'hommes au crâne rasé s'avançait. Ils immergèrent la dépouille dans le Gange puis la hissèrent sur la plate-forme d'honneur, celle qui dominait toutes les autres. Le corps fut allongé sur un immense bûcher, enduit de beurre clarifié puis recouvert de fagots.

— Il y en a bien pour 15 000 roupies, commenta un badaud près de Raju.

— Ils ont acheté trois cent soixante kilos de bois, ajouta un autre.

La fanfare cessa de jouer lorsque le bûcher s'embrasa. Raju, intrigué par les chiffres faramineux que ces inconnus avaient proférés, décida de partir à la recherche de l'ami de Shah Jahan sans plus tarder.

Il découvrit sous les plates-formes des commerces en tous genres : articles de piété, bûchettes de bois de santal, colorants en poudre, urnes, vases et toutes sortes d'objets inconnus dont ils ignoraient tous deux l'usage.

— Où se trouve Chuni Lal ? demanda le garçon aux boutiquiers.

Ni les vendeurs de thé, ni les parfumeurs, ni les fleuristes ne purent le renseigner. Un des fossoyeurs, son bambou à la main, entendit leur question.

— Chuni Lal n'est pas là, qu'est-ce que vous lui voulez ?

— Ce serait pour du bois, répondit Anjali.

— Adressez-vous là, demandez Butharam, dit l'homme en indiquant de la main un énorme empilement de bûches de toutes essences, cerné d'une foule jacassante.

Un homme gros et gras, assis en tailleur sur une plate-forme, donnait des ordres en hindi à une kyrielle de coolies qui s'affairaient à peser le bois sur les plateaux d'une gigantesque balance suspendue à une branche d'arbre.

— C'est lui, Butharam ? demanda Raju à l'un des ouvriers.

— Non, lui c'est le patron. Butharam, c'est l'autre là-bas. Il désigna de la main un petit homme à moustache, encore jeune, l'air malingre, le regard fuyant, la bouche rougie par le bétel. Debout dans l'ombre, il prenait des notes sur une feuille de papier pliée en quatre.

Il écouta Raju, étonné.

— Tu veux vraiment un bûcher de bois précieux pour ton oncle ?

— Oui, *Sahib*, répondit Raju.

— Bien, je vais envoyer les fossoyeurs au *dharamsala* enlever la dépouille mais cela va te coûter cher. Le bois se fait de plus en plus rare. As-tu de l'argent pour payer ?

— Oui, bien sûr, répondit Raju. Il sortit le sac en toile de sa poche et compta les billets. Il y avait quinze billets de cent roupies.

— Mille cinq cents roupies, ce n'est pas assez. Il en faut beaucoup plus. Je suis désolé, je ne peux pas.

— Je vous en supplie, *Sahib*, dit Raju. Je veux honorer mon oncle.

— Pas à ce prix là, répondit l'homme.

Il réfléchit un instant, toisa les deux enfants avant d'ajouter :

— À moins que toi et ta sœur vous n'acceptiez de me rendre quelques services, que vous m'aidiez dans mes tâches.

— Oui, bien sûr, répondirent Anjali et Raju.

— Bon, c'est bien pour vous faire plaisir. Donnez-moi déjà les mille cinq cents roupies.

La cérémonie eut lieu l'après-midi même. Anjali dut rester à l'écart. Raju, un rameau à la main, recueillit la flamme auprès du feu sacré entretenu dans un oratoire. Il tourna cinq fois autour du bûcher dressé sur la berge avant de l'enflammer, à la tête d'abord, aux pieds ensuite. Seul, avec un Dom chargé de surveiller la crémation, il resta debout, silencieux. Il était triste d'avoir perdu son oncle mais se réjouissait qu'il ait pu finir ses jours à Bénarès. Il avait toujours entendu dire que c'était là que tout hindou souhaitait mourir. Le jour déclinait lorsque la crémation s'acheva. Le fossoyeur fouilla dans les cendres à la recherche de quelques scories de métal précieux mais ne trouva rien. Il s'apprêtait à pousser les restes dans l'eau lorsque Raju l'arrêta.

— Une urne, il me faut une urne ! Je dois aller verser les cendres au milieu du fleuve.

Au petit matin, seul à bord d'une barque, il déversa les restes dans le Gange, à Dashaswamedh Ghâte, là même ou il avait vidé l'urne du pandit. Heureux d'avoir accompli son devoir, il entraîna Anjali, le cœur léger, retrouver Butharam. Il ne se doutait pas du sort qui allait leur être réservé.

4

L'étudiante

LORSQUE SHALINE DÉBARQUA À ROISSY, IL CRUT RÊVER EN APERCEVANT au loin dans la foule des passagers la silhouette gracieuse d'une jeune fille en robe pendjabie grenat. Happée par la foule, elle disparut de son champ de vision et s'engagea sur la passerelle du 747 d'Air India. « C'est impossible, j'hallucine », pensa-t-il. Tiraillé par le doute, il ordonna à son taxi de le conduire au foyer de Port-Royal. Là, il apprit de la bouche de sa voisine de chambre l'atroce vérité.

C'en était donc fini de son aventure avec la jeune Indienne. En y réfléchissant, le mot « aventure » lui répugnait. Une liaison ? Non, pas une liaison, une amitié plutôt, empreinte de sentiments, différente, intense, profonde, même si elle avait été brève. Qu'aurait-il fallu faire pour la retenir ? S'il avait été en Inde, il aurait dû lui parler de mariage. Mais demander sa main à une personne que l'on connaît depuis un mois à peine a quelque chose de contrefait, d'indécent, de grotesque. Il s'en voulut d'avoir accepté cette mission au Bangladesh, loin de tout et dans l'impossibilité de lui envoyer le moindre email.

Une fois chez lui, il alluma son ordinateur. Il y avait un message de Preety, un texte bref, laconique : « Adieu Shaline, je garde ton bracelet de jade. Preety. » Ne lui fallait-il pas l'interpréter comme un pathétique appel au secours ? La question le tarauda un moment. Il pensa sauter dans un avion pour Delhi, mais les paroles de la jeune fille lui revinrent en mémoire : « À Bénarès, je serai sous la coupe de ma famille. » Sans son adresse comment la retrouver ? Et même, comment la soustraire à sa culture, à sa tradition, sans jeter l'opprobre sur sa famille ? Il n'y avait pas d'issue, hormis faire le deuil de ses sentiments, oublier Preety, recommencer à vivre sans elle.

Un mois se passa durant lequel il tenta de lui envoyer des emails. Les messages se bloquaient : elle avait dû résilier sa boîte aux lettres. Il s'absorba alors dans ses activités professionnelles. Il enregistra plusieurs émissions de télévision. Il fut aussi invité à diverses reprises en province pour parler de son expérience. Le souvenir de Preety s'estompait peu à peu, hormis certaines nuits, lorsqu'il ne parvenait pas à trouver le sommeil. Il la voyait, drapée de mousselines pourpres, virevoltant parmi les fleurs dans un décor de montagne. Elle chantait pour lui les airs de A.R. Rahman qui résonnaient dans sa tête. Ces visions ne faisaient qu'entretenir sa douleur. Il tenta d'anesthésier son chagrin avec une fugace aventure féminine mais ce fut un échec.

— Shaline, nous avons l'accord définitif du consortium d'ONG, lui annonça un soir le producteur avec lequel s'était élaboré le projet de film sur le Gange. Une chaîne de télévision anglaise est intéressée. Il faut que tu partes en Inde au plus tôt. Je compte sur toi pour effectuer les repérages et prendre les contacts avec les partenaires locaux pour le tournage.

Environ six semaines après le départ de Preety, il embarquait à Roissy sur un vol d'une compagnie du Moyen-Orient à destination de Delhi. Installé en salle de départ, il observait autour de lui les allers et venues des passagers, des Indiens pour la plupart. Un petit groupe de femmes en saris chatoyants, avec des enfants, riaient aux éclats. Elles semblaient entourer quelqu'un. Lorsque, à l'appel de l'hôtesse, les femmes se levèrent, Shaline aperçut une jeune fille blonde, genre *fashion victim*, qui plaisantait à haute voix, en hindi. Ses cheveux longs et fins étaient tirés en arrière et maintenus vaille que vaille par un crayon de couleur, planté de biais dans son chignon, laissant folâtrer une mer de mèches rebelles. Chaussée de baskets rouges, elle portait un jean délavé sous une robe décolletée noire. Une écharpe pendjabie rose dissimulait sa poitrine. Elle disparut sur la passerelle avec les enfants, loin devant Shaline.

On lui attribua un siège au fond de l'appareil, en bordure d'allée. Il s'assit, boucla sa ceinture et se plongea dans la lecture du magazine offert par la compagnie. Il fut flatté d'y trouver plusieurs de ses photos dévoilant la splendeur des palais de maharajahs, au Pendjab. Lorsqu'il leva les yeux à l'annonce du décollage de l'appareil, il s'aperçut que le siège voisin du sien de l'autre côté de l'allée était occupé par la fille blonde qui parlait hindi. Elle était seule à présent. Il la vit tourner la tête dans tous les sens, inquiète. Elle semblait chercher quelque chose.

— Pardon, monsieur, dit-elle, on m'a donné une mauvaise place. Regardez ma ceinture. J'ai bien la boucle mais pas le fermoir.

— En effet, c'est votre voisine, la dame au sari vert, qui est assise dessus.

— Oh, suis-je bête ! Madame, s'il vous plaît, ma ceinture !

Déjà endormie, la passagère ne réagit pas.

Shaline se leva, repoussa la dame au sari vert pour attraper la ceinture. Son visage frôla celui de la jeune fille. Elle sentait bon le jasmin, ses yeux noisette étonnamment naïfs lui donnaient un air de femme enfant, confirmé par une voix juvénile. Elle s'exprimait comme une de ces nymphettes au regard transparent que l'on propulse en *prime time* sur les écrans cathodiques pour se trémousser, nombril à l'air, devant des quadragénaires en goguette.

— Je m'appelle Philippine, dit-elle en français. Ne m'en veuillez pas, en avion, je m'empêtre toujours avec ces foutues ceintures…

Shaline se présenta et, intrigué, lui demanda où elle avait appris le hindi :

— Vous parlez couramment, on dirait ? Je vous ai entendue tout à l'heure avec les enfants, vous aviez l'air de bien vous amuser.

Je leur racontais *Le lièvre et la tortue*. L'histoire les faisait se tordre de rire. Peut-être à cause de mon accent.

— Votre accent était excellent. Comment se fait-il que vous parliez aussi bien ?

— Je rêve de l'Inde depuis toujours. Je suis inscrite à l'École des langues orientales. Je viens de recevoir une bourse pour aller étudier la musicologie à l'université hindoue de Bénarès.

Shaline se présenta à son tour. Il lui parla de l'Inde, de ses photos, de ses reportages. Il lui avoua qu'il connaissait aussi le hindi, une langue bien utile pour accomplir ses missions. Leur conversation était perpétuellement dérangée par les passagers qui se rendaient à l'arrière de l'appareil pour se dégourdir les jambes ou utiliser les toilettes. Après le repas, une queue se forma dans l'allée et ils furent séparés par un mur de saris et de costumes sombres.

— Allons dans le fond, suggéra Philippine. Il reste deux places libres. Nous serons plus à l'aise pour parler.

Ils se retrouvèrent assis côte à côte. Ils n'eurent guère le loisir de pouvoir reprendre leur bavardage. Le steward vint abaisser les volets des hublots. Le noir se fit dans la cabine et l'on projeta un film. Il n'y avait rien d'autre à faire que de mettre le casque sur ses oreilles et subir la projection. Le lamentable navet américain qui se déroulait sous leurs yeux les accablait. Shaline retira ses écouteurs, inclina son fauteuil et s'offrit une petite sieste. Sa voisine fit de même. Il sentit petit à petit la tête de Philippine glisser vers la sienne. Il ne la repoussa pas. Son parfum lui plaisait. Dormait-elle ou profitait-elle de la pénombre pour se faire câliner ? Shaline n'aurait su le dire. Il trouvait la situation amusante, agréable même. Une pensée fugitive pour Preety lui traversa l'esprit puis s'estompa aussi vite. Ils restèrent ainsi tout près l'un de l'autre jusqu'à la fin du film.

Ils firent escale dans une grande ville du Moyen-Orient où était prévu un changement de vol. Une gigantesque pagaille régnait dans l'aéroport. Les passagers en transit pour Delhi furent conduits dans une salle d'attente et abandonnés à leur sort. Nul ne les informa sur les horaires de départ de leur prochain vol, ni sur la porte d'embarquement. Chaque fois qu'un homme en uniforme galonné se montrait, une masse de gens en colère fondait sur lui mais toujours sans succès. Shaline observait de loin ce manège : rompu depuis des années à toutes les vicissitudes du transport aérien, il savait que ce n'était pas la bonne méthode.

— Attendez-moi là, dit-il à Philippine. Je vais à la pêche aux infos.

Il disparut dans les couloirs, laissant la jeune fille blonde pensive et inquiète sur sa banquette. Les enfants revinrent la trouver pour réclamer une autre histoire. Philippine leur raconta alors *Le chat botté*.

Lorsque Shaline regagna la salle de transit, il tenait à la main des coupons de repas.

— Voilà la situation : l'avion qui doit nous emmener à Delhi est actuellement immobilisé à Bombay, en panne. Ils ne savent pas encore s'ils peuvent réparer l'appareil et nous le renvoyer avec quelques heures de retard, ou s'ils doivent en affréter un autre. Dans tous les cas nous devrons passer la nuit ici. Ils viendront nous chercher avec un autocar pour nous conduire dans un hôtel. En attendant, si vous avez faim, voici des tickets pour la cafétéria. Shaline renouvela ses explications en hindi à l'adresse des enfants et ceux-ci le répétèrent à leurs parents, qui venaient tous s'attrouper autour de lui. Il distribua des tickets à chacun des passagers. Tous remercièrent Shaline de son initiative.

Ils franchirent le hall d'un hôtel somptueux : murs en marbre, lustres de cristal, peintures dorées, fontaines lumineuses, fleurs en plastique, tapis persans.

— Deux passagers par chambre, martela le réceptionniste.

Philippine regarda Shaline droit dans les yeux. Il répondit par un battement de cils. Elle prit la clé. Il l'entraîna vers les ascenseurs.

— Vous êtes le héros du jour, lui dit-elle, tandis qu'il refermait la porte derrière eux.

— Peu de chose, la routine, dit-il.

Philippine disparut dans la salle de bains. Shaline alluma la télévision mais ne trouva rien d'autre que des extraits de films indiens chantés et dansés qu'il regarda d'un œil distrait. Elle ressortit, drapée dans une grande serviette rose, les cheveux dénoués : il la trouva vraiment jolie.

— À vous, maintenant, dit-elle, avec un sourire cajoleur.

Lorsqu'il sortit, frais et dispos, il vit qu'elle avait regroupé leurs deux sacs sur un lit et qu'elle s'était allongée dans l'autre. La serviette rose gisait en boule au pied du lit. Il éteignit la lumière et, dans la pénombre, se glissa auprès d'elle.

Shaline se réveilla sous une avalanche de petits baisers. Philippine, allongée contre lui, ponctuait chacun de ses effleurements de questions indiscrètes. Shaline se contentait de sourire, ne voulant pas rompre le charme de leur nuit par des paroles creuses, des phrases éculées, vides de sens.

— Tu sais, Shaline, je suis heureuse de t'avoir rencontré. Et toi ?

— Moi aussi, bien sûr ! tu es jeune, Philippine. Au fait, quel âge as-tu ?

— Vingt-cinq ans, pourquoi, j'en fais plus ?

— Non ! mais moi, j'ai cinq ans de plus que toi.

— Et alors ?

— Alors, rien. Rien du tout.

Le ton de sa voix tomba, comme enlisé dans la brume. Il s'était consolé avec cette gamine qui lui avait donné un fugitif moment de bonheur. Elle avait su se montrer sous son plus beau jour, vive, sensuelle, désirable. Il avait très envie de donner suite à cette aventure même s'il ne le disait pas. Philippine se dégagea de son étreinte et le regarda, interdite :

— Tu n'éprouves rien pour moi, n'est-ce pas ?

— Si je te disais des « je t'aime », alors que nous nous connaissons à peine depuis vingt-quatre heures, croirais-tu que ce serait sincère ?

Philippine ne répondit rien. Shaline l'attira à lui et l'effleura de ses lèvres.

— Je suis bien auprès de toi, Philippine. Sachons profiter de ces instants sans nous torturer l'esprit. Tu veux bien ?

— Bien sûr que je veux bien.

La panne d'avion dura deux jours. Tous les passagers se plaignaient, sauf eux. Ils passèrent une deuxième nuit ensemble. Shaline se laissa emporter par la volupté dévorante de Philippine qui ne cessait de se manifester que lorsque, épuisée, pantelante, elle retombait inerte, allongée sur sa poitrine. Elle reprenait alors son cortège de questions sur sa vie, ses photos, l'Inde, ses goûts, ses habitudes, le film qu'il allait tourner et bien d'autres choses. Shaline répondait avec patience de sa voix grave, sauf quand elle voulait qu'il parlât de ses amours anciennes. Le sujet était tabou. Il lui avoua seulement qu'il n'était pas marié.

Ils discutèrent de leur passion commune pour l'Inde. Philippine parla de ses grands-parents qui manifestaient ouvertement des sentiments xénophobes envers les ressortissants des anciennes colonies d'outre-mer. Curieusement, sa grand-mère aimait les Hindous (elle ne disait jamais « Indiens ») : « Ils sont noirs mais ils sont comme nous, eux ! » répétait-elle souvent. Philippine la soupçonnait d'avoir fantasmé dans sa jeunesse en allant voir des opérettes comme *Lakmé* ou *La Bayadère*. Le rêve de son aïeule avait fait son chemin. Il l'avait conduite à s'intéresser à l'indologie, puis à demander une bourse pour étudier à Bénarès. À son tour, Shaline raconta que tout petit à l'école, à son arrivée en France, on l'avait contraint à dessiner une carte de l'Afrique à main levée, de mémoire. Il avait crayonné une vague forme d'outre allongée, en plaçant au petit bonheur des fleuves et des villes. En plus du zéro, la maîtresse lui avait fait honte en exhibant son œuvre devant toute la classe. Meurtri par cette humiliation, il avait voulu prendre sa revanche. En scrutant le planisphère accroché au mur, il avait retrouvé, plus loin que l'Afrique, un continent pointu, le sien, son pays natal, « les Indes », plus simple, plus facile à dessiner. Il s'y était employé en secret. C'est ainsi qu'il s'était accaparé pour lui, et lui tout seul, cette « petite Afrique » où personne ne viendrait jamais lui faire honte. Durant ses longues années d'école, il avait nourri un amour secret pour l'Inde, ce continent qui lui avait séché ses larmes d'enfant.

Il évoqua aussi le Gange tel qu'il l'avait connu autrefois.

— Les choses changent. Il y a maintenant un programme de purification de l'eau. Il y avait autrefois des requins d'eau douce, des crocodiles et des dauphins. Seuls ces derniers fréquentent encore les eaux du fleuve. Les autres ont disparu. Il y avait aussi nombre de bateaux à voiles. Des gabares qui venaient de Monghyr, au Bihar, avec du sable ou des cailloux. Aujourd'hui, cette navigation a presque disparu. Il ne reste que les bateaux qui acheminent le bois pour les bûchers funéraires depuis Allahabad.

Philippine buvait ses paroles, fascinée par sa connaissance de l'Inde.

— Et quand il n'y avait pas de vent, comment avançaient-ils, tes bateaux ?

— Les marins descendaient sur la berge. Arcboutés, ils halaient la gabare avec un filin accroché en haut du mât et relié à une bûche qu'ils se calaient sur l'épaule.

— Vas-tu l'évoquer dans ton film ?

— Bien sûr. C'est pour cela que je pars directement à Allahabad en arrivant.

— Allahabad ? N'est-ce pas là que se tient la Kumbh Mela ?

— Exact, tous les douze ans. Un grand rassemblement de dévots sur le Sangam, au confluent du Gange, de la Jamuna et de la mythique Saraswati. Chaque année se déroule une version plus petite appelée Magh Mela, toujours en janvier ou février.

— C'est cette fête que tu reviendras filmer avec ton équipe ?

— Pas sûr. Il y a eu déjà de nombreux documentaires, des ouvrages illustrés, des reportages sur le sujet. Non je vais m'attacher à explorer la dimension humaine du Gange. Le rôle que ce fleuve joue dans la vie quotidienne de millions de personnes. À Allahabad, je vais essayer d'embarquer sur une de ces gabares qui charrient le bois pour les morts, jusqu'à Bénarès.

Shaline et Philippine finirent par atteindre Delhi, le troisième jour. Là, ils se séparèrent. Elle devait s'arrêter dans la capitale pour régler des problèmes administratifs auprès de l'ambassade de France. Quant à lui, il lui fallait prendre un vol intérieur pour Bénarès, puis un bus pour couvrir encore 128 kilomètres jusqu'à Allahabad. Elle le supplia de rester quelques jours à Delhi avec elle, mais il refusa.

— J'irai te voir à l'université hindoue de Bénarès d'ici une dizaine de jours. Je te le promets. Tu me raconteras tes premières impressions. J'aurai besoin de ton aide pour interviewer des petites filles. Elles te parleront plus facilement qu'à moi.

À peine arrivé à Allahabad, Shaline gagna le port. Une ruelle sablonneuse bordée d'échoppes diverses descendait en pente douce vers le fleuve. Au loin, de grands voiliers balançaient doucement leurs silhouettes pourpres dans le soleil levant. Shaline prit des photos puis emmagasina quelques images avec sa petite caméra numérique, un bijou gros comme un paquet de cigarettes et qui tenait dans la poche. Avec sa grande taille et sa veste de reporter, le Français ne passait pas inaperçu. Il se trouva bientôt entouré d'une multitude d'enfants qui lui réclamaient un portrait :

— *Sahib*, photo, *Sahib* !

Il prit quelques clichés des bambins pataugeant dans l'eau du Gange. Il en profita pour leur poser des questions en hindi sur le fleuve, sur les bateaux, sur les mariniers.

Tous répondaient en même temps. Un garçonnet l'invita à venir voir son père : « Il a un bateau. » Shaline le suivit jusqu'à une gargote voisine auprès d'un homme de forte stature, le visage buriné, traversé par une foisonnante moustache blanche. Assis sur un banc, il sirotait un verre de thé fumant qu'il enserrait de ses deux mains pour se réchauffer. L'homme invita Shaline à prendre place à ses côtés et lui commanda un thé au *massala.*

— Il parle hindi, crièrent à l'unisson tous les gamins amassés dans la ruelle.

— Vous connaissez notre langue ? J'en suis très flatté, dit l'homme. Je m'appelle Anil ; et vous, quel est votre pays ?

Shaline se prêta avec complaisance au jeu des questions-réponses : il expliqua qu'il était photographe et qu'il était venu en Inde pour faire une série de clichés sur le Gange. Il précisa qu'il était venu jusqu'à Allahabad pour voir les bateaux.

— C'est une activité en déclin. Maintenant, les gens préfèrent les camions. Si vous voulez, vous pourrez venir sur mon voilier. Ce soir, nous fêtons Diwali et demain, nous appareillerons pour Bénarès. Je serais très honoré que vous soyez mon hôte à bord.

5

Les prisonniers

— TOI, TU VAS MOULER DES BRIQUES. TA SŒUR, ELLE, ROULERA DES *BIDIES*, ordonna Butharam, la bouche dilatée par sa chique de bétel.

— Nous voulons rester ensemble, Sahib ! supplia Raju.

— Soit. Dans ce cas, ta sœur elle aussi ira aux briques.

— Mais nous sommes des Barhai, s'indigna Raju, nous, c'est le bois !

— On verra ça plus tard, si vous faites bien les tâches qu'on vous assigne. Allez, en route !

Un commis les emmena à pied à travers le labyrinthe de ruelles du *chowk*, jusqu'à la barrière de Godowlia. Là, ils durent monter à l'arrière d'un camion qui les conduisit hors de la ville. Un vent glacial leur cinglait le visage. L'engin s'engagea sur un chemin bourbeux serpentant parmi la verdure des champs de moutarde. Ils débarquèrent, grelottants, sur un terrain vague. Raju avait eu le loisir d'observer par le passé les villageois qui édifiaient eux-mêmes des pyramides de briques qu'ils cuisaient sur place. Mais ce qu'il découvrit, là devant lui, n'avait rien de commun avec ce qu'il avait vu autrefois. À ses pieds s'ouvrait un fossé gigantesque, un ravin en forme d'anneau allongé, plus grand qu'un terrain de volley-ball, surmonté d'une haute cheminée fumante. Loin au fond, une fillette enveloppée dans une couverture marron apportait des briques crues couleur vert-de-gris à un ouvrier qui les rangeait en ordre sur un lit de paille. La partie arrière de cette fosse était déjà comblée, recouverte de sable jusqu'à la gueule. Une dizaine d'ouvriers étaient assis à croupetons sur ce remblai, les mains tendues comme s'ils voulaient se réchauffer. Raju ne fut pas long à comprendre que sous leurs pieds couvait le feu de cuisson. Ils soulevaient des petits couvercles en métal répartis çà et là pour surveiller la cuisson. L'un d'eux sortit de sous le sable une gamelle brûlante où mijotaient des œufs au curry avec des tomates : leur déjeuner.

Sur le côté s'ouvrait un alignement rudimentaire de maisons basses aux toits de chaume dont les murs étaient constitués de briques crues empilées à la diable, sans mortier. Des femmes au regard absent, drapées dans des châles, un nourrisson dans les bras, tentaient de se réchauffer aux pâles rayons du matin.

Tout autour, sur le chantier, s'affairait une foule d'ouvriers dont certains n'avaient pas dix ans. Raju et Anjali furent pris en charge par un homme longiligne, édenté, le visage constellé par la petite vérole.

Il assigna à la fillette le transport de la terre dans une batte. Il lui fallait aller la remplir au fond d'une fosse accessible par un chemin bourbeux et l'apporter sur sa tête à une équipe d'enfants chargés d'humecter la glaise avant de la malaxer. Raju devait alors saisir une boule de glaise et la mouler dans un gabarit en bois posé à même le sol.

La première journée de labeur se révéla un peu rude. Le soir, lorsqu'ils voulurent repartir, le grand édenté les rattrapa.

— Où allez-vous comme ça ?

— Nous rentrons chez nous au *dharamsala*.

— Inutile de gaspiller votre argent pour vous loger. Vous pourrez dormir ici. Je vais envoyer un coolie chercher vos affaires.

— Merci, *Sahib*.

— Ici, tous m'appellent « *dada* », « grand frère ». Allez, continuez avec les briques. Il y a encore de l'ouvrage. Plus tard, on vous servira à manger.

La nuit était déjà bien avancée lorsqu'on les installa dans une hutte avec d'autres enfants. À la lumière parcimonieuse d'un brûlot à pétrole, ils distinguèrent les visages burinés, poussiéreux, hébétés des petits ouvriers, assis comme eux à même la terre battue. On leur apporta des galettes de froment avec une soupe de pois chiches. Les enfants se servaient en silence. Anjali, épuisée, arrivait à peine à se nourrir. Son petit chat, qui ne l'avait jamais quittée, hasarda une patte, puis l'autre, hors du sari, pour s'en aller dévorer sa part de légumes. Raju dévisagea ses compagnons un à un : huit garçons et quatre filles. Il chercha, mais en vain, dans leurs yeux un éclat de curiosité, un signe de sympathie. Les enfants mangeaient l'esprit ailleurs, le regard éteint. La dernière bouchée avalée, ils se levaient, sortaient nettoyer leur écuelle, boire et se rincer au robinet. Puis ils regagnaient la cabane et s'allongeaient épuisés à même le sol, pour sombrer dans un profond sommeil.

Ce soir-là, pourtant, Raju s'endormit heureux. Il avait le sentiment du devoir accompli. Même si la disparition de son oncle Suresh venait jeter une ombre sur ses sentiments, il ne pouvait s'empêcher de penser que grâce à son travail de la journée, il avait pu lui offrir la fin la plus digne d'un hindou. Il pensa aussi au *dada*. Lui rapporter ses affaires et le loger gratuitement, c'était vraiment gentil de sa part. Et Anjali ? Quels mystères se dissimulaient derrière son sari blanc, sa bougie et son petit chat ? Il était fier qu'on la considérât comme sa petite sœur. Il sentait sa chaleur tout contre lui et cela le rendait heureux. Il la protégerait, il l'aiderait à retrouver sa maman. Ne l'avait-il pas promis à son oncle ?

Le lendemain, le travail changea. Il fallait transporter des briques sèches au fond de la fosse de cuisson, accessible par une rampe boueuse. Chaque enfant, un lot de six briques empilées sur la tête, devait prendre garde de ne pas s'embourber ou pire de déraper, avant de les remettre au potier qui les entassait avec méthode.

À la pause de midi, on leur servit le même repas de galettes et de légumineuses que la veille, accompagné cette fois, d'un oignon cru. Raju, après avoir confié son assiette à Anjali, partit parler au chef.

— *Dadaji*, je voudrais récupérer mes affaires.

— Le coolie est allé au *dharamsala* et n'a rien trouvé. Quelqu'un a dû les prendre. Il y a des voleurs partout.

— Et nous, combien de jours devrons nous travailler pour rembourser le bois ?

— C'est moi qui dois me rembourser. J'ai dû verser pour vous une grosse somme à Butharam. Maintenant, tu vas retourner sur le chantier et cesser de poser des questions, sinon je t'expédie dans la carrière casser des cailloux.

— Mais je suis menuisier, insista Raju, il n'était question que de quelques petites tâches, pour le bûcher de mon oncle, rien d'autre.

Le *dada* leva la main sur Raju, l'air menaçant.

— Dégage ! Retourne avec les autres. Ta sœur, on pourrait bien s'occuper d'elle, tu me comprends, si tu continues à faire le malin. L'homme édenté se mit à ricaner de sa voix grasseyante et, content de lui, alluma une *bidie*.

Raju retrouva Anjali. Elle lui rendit son assiette de *chapaties* refroidies. il y toucha à peine, l'appétit coupé par ce qu'il venait d'entendre. Bien sûr, il ne dirait rien à Anjali, sauf la disparition de son sac. Ils étaient donc prisonniers comme les autres enfants. Il comprenait à présent leur air hébété de la veille. Tous étaient séquestrés sur ce chantier, astreints à un travail forcé, sans rémunération, sans espoir d'en sortir.

— Raju, les briques sont lourdes, ces tâches sont trop dures pour moi, se plaignit Anjali. Quand allons nous avoir fini ?

— Encore quelques jours et nous serons libres, affirma le garçon.

Il pensa en lui-même qu'il allait lui falloir trouver un stratagème pour s'enfuir. Il trouverait.

L'après-midi, la noria des enfants charriant les matériaux reprit de plus belle. Raju repéra un vieux potier qui prenait son temps pour aligner ses briques au fond de la fosse.

— Regarde, mon garçon, il faut disposer chaque brique debout sur la tranche sur une fine couche de son, pour l'isoler de l'humidité du sol.

— *Chachaji*, combien vous gagnez à faire ce travail ?

— Des fois plus, des fois moins, selon les commandes, si le client est content, s'il a payé.

— Et pour manger tous les jours ?

— Le patron nous donne des sacs de farine et des légumes. Parfois de l'huile, parfois du sucre, même du pétrole pour nos lampes.

— Et de l'argent ?

— On peut demander des avances. Je te trouve bien curieux mon garçon. Comment t'appelles-tu ?

— Raju Barhai, de Cholapur au Maharashtra. J'aimerais savoir combien je vais être payé. Le *dada* ne veut rien me dire.

— Écoute, moi, mes enfants, ma famille et tous ceux de ma tribu, nous appartenons à cette briqueterie, à son propriétaire. Nous sommes pauvres, nous sommes des Adivasis de la tribu Musahar, nous ne sommes pas d'ici. Il nous loge et nous nourrit. Pourquoi chercher à en savoir plus ? Si nécessaire, pour une maladie ou un mariage, le patron nous accorde un prêt. Il retient les remboursements sur notre paye.

— Et il vous reste quoi ?

— Si Dieu le veut, certaines années, en fin de saison nous touchons une liasse, de quoi acheter de l'or pour nos filles.

— Et vos maisons ?

— Tu as vu, elles sont faciles à démonter. Si le patron nous demande d'aller travailler sur un autre gisement d'argile, nous pouvons rapidement les reconstruire ailleurs.

— Et ces enfants qui travaillent seuls, sans leur famille ?

— Ils sont là pour apprendre. Au début, ils ne touchent rien. Après, on leur donne quelque chose.

— Combien ? insista Raju.

— Tu m'ennuies avec tes questions. Reprend ton travail. Tu sais, le patron, je l'ai vu un jour, c'est un Marwari ou un Pendjabi, c'est un homme bon. Il sait bien prendre soin des familles qui travaillent pour lui. Deux fois par an, en fin de saison, il organise pour nous une grande fête, une grande *mela*, avec des musiciens, des danseurs et des films vidéo.

— Une dernière question, *Chachaji*, quand est-ce que vous allez commencer la cuisson ?

— Demain soir, si tout va bien.

— Et l'on pourra enlever les briques après-demain ?

— Non ! La cuisson est longue. Il faut laisser refroidir doucement pour éviter la casse. Et tu as dit après-demain, n'est-ce pas ?

— Oui.

— Impossible, c'est Diwali, la fête de la lumière. Personne ne travaille.

— Pas même les enfants ?

— Non, tout le monde a droit à une journée de repos. On fera une cérémonie rituelle ici même, dans la briqueterie. Ensuite, un repas de fête sera offert à tous.

Des lumières, des pétards, un repas de fête, voilà ce qu'il fallait à Raju pour organiser leur évasion. Le chantier était cerné de ravines, de fondrières, de champs bourbeux. On y accédait par un portail qui demeurait souvent ouvert à cause du va-et-vient des camions. C'est par là qu'il fallait s'enfuir. Toutefois, un gardien surveillait les entrées et les sorties tout en somnolant d'un œil. Raju repéra des enfants du voisinage venus vendre des pétards. Il en acheta des gros, plusieurs paquets, avec les roupies qu'il retrouva au fond de sa poche. Il fit aussi l'emplette d'une poignée de sucreries enveloppées dans une feuille de journal et d'une dose d'huile de coco dans un sachet de plastique.

— Nous sortirons après-demain, jour de Diwali, chuchota Raju à sa nouvelle sœur. Tiens, bonne fête ! voilà pour toi, dit le garçon en lui offrant l'huile de coco. Anjali se lava les cheveux à la fontaine avec de la glaise puis s'enduisit les cheveux avec l'huile. Lorsqu'elle vint s'allonger auprès de Raju, elle sentait bon et son parfum lui mit du baume au cœur.

Le jour de Diwali, un silence relatif régnait sur le chantier. Des femmes avaient dessiné sur le sol des motifs sacrés et posé des lumignons sur les lignes. Raju recommanda à Anjali de rester accroupie près du portail, sans bouger, sans poser de questions. Elle vit le garçon se diriger vers le gardien, lui offrir des sucreries et exhiber un gros paquet de pétards bleus qu'il lui remit, accompagné de force paroles. Le gardien semblait énervé. Il se leva et brandit le poing, menaçant. Raju le salua de ses mains jointes et s'esquiva vers les masures où habitaient les potiers.

— *Chachaji*, dit-il en s'adressant au vieil ouvrier de l'avant-veille, prenez une douceur, c'est mon cadeau pour Diwali. Le vieillard eut un sourire fugitif. Il accepta la sucrerie qu'il mangea aussitôt. Raju en fit de même.

— Maître, je viens de parler au gardien, c'est un salaud. Il a refusé mon offrande. Il m'a répondu d'aller chez les potiers, des bons à rien, des paresseux, des sauvages, mangeurs de charogne. Il m'a dit qu'il profiterait de la fête de Diwali pour leur balancer des pétards à la gueule, que ce serait bien fait pour cux.

— Tu me raconte des histoires, mon garçon, je connais le gardien, il n'est pas comme ça !

— Tenez, dit Raju, lorsqu'il s'est levé pour ouvrir la grille, j'ai trouvé dans sa guérite des paquets de pétards bleus. Voilà, j'en ai pris un pour vous montrer.

Il tendit au vieux potier un sachet de même facture.

— Ce sont des gros, ils peuvent faire très mal si on vous les lance dessus. Vous pouvez aller voir, il y en a d'autres dans sa cahute, les mêmes. Vous verrez que je ne mens pas !

La suite se déroula comme Raju l'avait imaginée. Les potiers de la tribu des Musahar sortirent en nombre de leurs maisons, armés de longs bambous. Il faisait presque nuit. Voyant les pétards bleu bien en évidence dans la guérite, ils se mirent à rosser le gardien. Dans le tumulte des pétards et des clameurs qui venaient de toutes parts, personne ne prêta attention à cette querelle, sauf Raju qui empoigna Anjali et l'entraîna dehors. Ils étaient libres.

Les deux enfants coururent de toute leur force. Personne ne prêtait attention à eux dans le concert de pétards. Ils retrouvèrent la grand-route. En dépit de la nuit, ils n'avaient aucune peine à avancer : tout était éclairé, orné de guirlandes lumineuses. Ils marchèrent vite pour oublier le froid, au milieu d'une multitude de gens qui avançaient vers le fleuve, chantant et dansant. Ils ne se reposèrent qu'une fois arrivés à Dashaswamedh Ghâte, envahie d'une foule immense. Ils s'assirent sur les marches auprès des mendiants, dont le nombre avait triplé depuis.

— Qu'allons-nous devenir, ô Raju ?

— Je vais te raccompagner chez toi ; ensuite, je rentrerai à Cholapur au Maharashtra.

Anjali ne répondit pas, comme si la réponse du garçon ne la concernait pas.

— Regarde l'eau qui scintille dans la nuit. Vois comme c'est beau ! Quand j'étais petite, nous allions en famille avec ma mère et mes sœurs pour voir la lune se lever sur le Gange.

— Ton village est donc situé au bord du fleuve ?

— Chez nous, il n'est pas aussi grand qu'ici. Avec beaucoup de bancs de sable.

— Anjali. Nous allons trouver un bateau et remonter le fleuve jusqu'à ce que tu reconnaisses les lieux. Tu saurais ?

— C'est facile, il y a un temple sur une île, un sanctuaire dédié à Krishna, notre Seigneur.

Ils s'assirent sur les marches, serrés l'un contre l'autre, grelottant de froid, mais la fatigue et les émotions de la journée étaient si fortes qu'ils s'endormirent aussitôt.

Bien avant les premières lueurs de l'aube, ils furent réveillés par les premiers dévots qui se dirigeaient vers le fleuve pour y prendre leur bain. Certains se faisaient raser la tête, d'autres se massaient les pieds avec de l'huile. En dépit de la température hivernale, tous descendaient joyeux avec leurs enfants s'immerger dans l'eau glacée. Ils ne sentaient pas le froid ou n'en éprouvaient pas de désagrément tant était forte la dimension spirituelle, la purification de l'âme, la joie profonde induite par ce rituel.

Les deux enfants avaient faim. Autour d'eux, les mendiants tendaient leurs écuelles où des pèlerins déposaient à manger : une poignée de riz cru ou de lentilles, parfois une sucrerie. Raju ne voulait pas s'abaisser à demander l'aumône : il fouilla dans ses poches. Le résultat n'était pas brillant : une pièce de 50 naya paisa et une vieille coupure de 5 roupies usagée que les commerçants refusaient toujours. Anjali sortit d'un repli de son sari une petite liasse : quatre billets de 10 roupies.

— Je vais aller nous chercher des *puri aloo*[1], j'ai trop faim.

— Garde ta fortune, Anjali. On doit bien pouvoir trouver un sanctuaire où l'on distribue gratuitement à manger. Un des nombreux mendiants leur indiqua le Vishwanath Mandir, à Mir Ghâte. Ils remontèrent les marches, gagnèrent la rue de Godowlia. Ils n'eurent pas besoin de franchir le portail en forme de temple hindou où commençait la ruelle menant à Mir Ghâte. Devant un petit oratoire orné de fleurs et de baguettes d'encens bouillonnait un gigantesque chaudron qui exhalait un arôme appétissant. Un homme bedonnant, entre deux âges, remuait à deux

1. Galettes frites servies avec un curry de pommes de terre.

mains à l'aide d'une longue spatule une soupe épaisse, une *korma* de pommes de terre, potiron et aubergines, teintée de safran. Les mendiants s'agglutinaient tout autour. Raju et Anjali prirent leur place dans la queue et reçurent à leur tour une généreuse portion dans une grande assiette en feuille.

Une fois rassasiés, les deux enfants partirent se promener nonchalamment le long des berges. Ils s'amusaient à se faufiler entre les groupes de pèlerins, sauter de marche en marche, se cacher, se retrouver en éclatant de rire.

— J'aime te voir heureuse, Anjali.

Il s'assit derrière elle et lui posa ses deux mains sur les yeux.

— Le bateau qui va nous ramener, comment le vois-tu ?

— Il a une voile bleue. Non, une voile blanche, une grande voile blanche, carrée, et au-dessus, une autre, plus petite, couleur de lune. La coque est en bois, un bois qui crisse sous le vent. J'y vois une petite maison en paille sur le dessus. Le capitaine porte un turban rouge.

— Vos vœux seront exaucés, ma princesse !

Il prit la main de la fillette et l'entraîna vers Manikarnika Ghâte, là où se retrouvaient les bateliers.

— Je cherche le bateau de mon père, dit-il avec aplomb, un grand bateau en bois avec une voile blanche et une plus petite, couleur de lune.

Les hommes toisèrent le garçon, puis sa petite sœur, avant de discuter entre eux dans une langue inconnue.

— Mon père, il porte un turban rouge, ajouta Raju.

— Il doit s'agir du bateau de Sunil. Des voiles grises et jaunes, un turban rouge, il n'y a que lui. Ouvre les yeux, là-bas, à l'horizon. Le voilà qui arrive d'Allahabad. Regarde comme il penche avec son chargement de bois. Il sera là d'ici une heure. Demain il remontera à vide.

— Eh bien ! Anjali, cela te convient-il ?

Pour toute réponse, il ne décela que de la terreur sur le visage de la fillette. Raju se retourna et, à son grand effroi, aperçut en haut des marches, à travers le voile de fumée des bûchers funéraires, l'homme de la briqueterie, le sinistre personnage édenté, au visage ravagé par la petite vérole.

6

Exaltée

PHILIPPINE QUITTA L'AÉROPORT DE DELHI D'HUMEUR MAUSSADE. Était-ce à cause des tracasseries douanières — un ordinateur portable à déclarer — ou de la complication pour réserver un *prepaid taxi*[1], ou encore du froid vif et de la brume qu'elle ne s'attendait pas à trouver sous cette latitude ? C'était plutôt le départ de Shaline qui créait un grand vide dans sa tête. Elle s'en voulait de s'être engagée dans une aventure qui à présent la tourmentait et l'empêchait de savourer son rêve de découvrir l'Inde en toute sérénité.

En prenant sa clé au YMCA près du Jantar Mantar[2], elle se jura d'expédier au plus vite ses formalités administratives afin de partir sans délai pour

1. Taxi payé d'avance.
2. Observatoire astronomique.

Bénarès. La panne d'avion l'avait décalée de quarante-huit heures. On était dimanche. Les bureaux étaient fermés. Après sa douche, elle essaya de se reposer mais trop d'images virevoltaient dans sa tête. Comment rester enfermée dans une chambre quand le pays dont on rêve depuis toujours est là, à portée de main ? Elle s'habilla et sortit à pied dans la ville. En quelques minutes, elle parvint à Connaught Place, la grande place ronde cernée d'arcades marquant le centre de la Nouvelle Delhi. Bien des commerces de luxe avaient tiré leurs rideaux de fer mais il demeurait une foule nonchalante, bariolée, qui déambulait au milieu des camelots qui, eux, n'avaient pas manqué de dresser leurs éventaires. Avec sa chevelure blonde et sa carnation de rose, elle attirait les regards. Des marchands l'accostaient sans cesse, proposant leurs articles ou leurs services. Philippine se régalait à leur répondre en hindi : ce petit jeu la réconfortait. Elle prenait plaisir à s'asseoir derrière des attroupements pour écouter les conversations, elle ne comprenait pas tout mais parvenait à saisir le sens général de leurs discours. Cela l'emplissait de joie : une sorte d'accomplissement des choix qu'elle avait fait de ses études, de sa vie. Le choc qu'elle s'attendait à subir n'était finalement pas si fort. À Paris, elle s'était imprégnée de culture indienne : outre la lecture des grands romanciers comme Nirmal Verma, Shashi Tharoor, Mahasweta Devi ou Alka Saraogi, elle avait visionné quantité de films hindis en DVD, fréquenté les restaurants du passage Brady et les magasins du faubourg Saint-Denis.

À présent, elle découvrait avec amusement les auto-rickshaws, ces taxis-scooters à trois roues fonctionnant au gaz. Elle se fit déposer à Chandni Chowk, la grande artère de la Vieille Delhi. Quel contraste ! Là, elle eut un choc. Ce n'était pas comme dans les films, qui toujours embellissent la vie et prennent bien soin de ne jamais montrer la misère, celle qui touche un tiers de la population indienne. Là, devant elle, s'ouvrait un enchevêtrement démentiel de camions, rickshaws, vélos, charrettes, automobiles, vaches et piétons. Pourtant, ce puzzle vivant se mouvait, avançait, reculait, se faufilait, sans heurts, sans violence, en gestes de routine. Philippine se doutait bien que, dans la foule, des hommes se permettraient des gestes inconvenants. Cela ne manqua pas. Lorsqu'un adolescent moustachu lui pinça les fesses, elle le traita de « vagin de vache » en hindi, en lui donnant un coup de genoux bien placé. Le garçon disparut en maugréant une insulte de même saveur. Philippine imagina que la nouvelle de sa réaction s'était répandue dans la foule car plus rien de fâcheux ne vint la perturber.

Elle entra dans une bijouterie, curieuse de bavarder avec les clientes, penchées sur des parures nuptiales. Ravies de rencontrer une étrangère qui parlait leur langue, les femmes lui posèrent maintes questions indiscrètes ; elles l'invitèrent même à la cérémonie.

Elle ne put résister à l'envie de franchir le seuil d'une boutique de luthier. L'artisan se fit un plaisir de lui montrer ses sitar, *vina*, *sarod*, tabla, avant de lui offrir le thé dans l'arrière boutique où sa propre fille joua pour elle un *raga* du matin. Philippine parla de son séjour d'études à l'université hindoue de Bénarès. La jeune musicienne lui suggéra d'endosser une tenue plus discrète, plus adaptée au contexte indien. Ensemble, elles parcoururent les magasins de confection pour acheter des costumes pendjabis. Philippine fit l'emplette de deux ensembles *shalwar-kamiz-dupata*[1], l'un rose bonbon, l'autre vert turquoise.

Habillée en jeune fille indienne, Philippine se sentit éprise d'une liberté nouvelle. Elle passa une partie de l'après-midi dans le quartier musulman, autour de la mosquée Jama Masjid, s'offrit une courte halte dans une gargote pour déguster un kebab avec des *rumali roti*[2], avant de rentrer au YMCA, épuisée mais heureuse de ce premier contact avec l'Inde et les Indiens.

Le lendemain, pour Diwali, la fête de la lumière, la ville était en liesse. Des hommes perchés sur des échelles en bambou accrochaient des guirlandes électriques autour des arcades, sur les bâtiments officiels, dans toutes les rues, tandis que les enfants hilares allumaient des cascades de pétards.

Philippine parvint tout de même à expédier en quarante-huit heures ses formalités auprès des autorités indiennes et du consulat de France. Le mercredi suivant, aux aurores, elle prenait l'avion pour Bénarès, distante de 700 kilomètres, but ultime de son voyage.

Dès l'aéroport, une meute de rabatteurs brandissant des cartes de visites l'entourèrent pour l'entraîner vers les hôtels qui leur versaient une commission. Avertie de tous ces stratagèmes, elle les remercia en hindi, poliment d'abord puis, à ceux qui insistaient

1. Pantalon bouffant, chemise et écharpe.

2. Mot à mot : « pain mouchoir ». Grande galette très mince.

trop lourdement, elle sortit sa gamme d'insultes imagées qu'elle avait apprise avant de venir. Ces noms d'oiseaux eurent raison des plus coriaces, qui se demandèrent quel genre de divinité maligne habitait cette femme aux cheveux de paille qui leur tenait un langage pareil.

Elle prit un taxi et se fit conduire dans un hôtel au bord du Gange que des amis lui avaient recommandé. Le chauffeur y alla lui aussi de son petit couplet : « *No good, Mem Sahib, Hotel full !* » Philippine le rassura en lui affirmant qu'elle avait réservé. Le chauffeur renchérit en lui racontant des horreurs sur le dit hotel. Content de son effet, il ajouta qu'il connaissait un lieu bien plus accueillant avec des chambres tout confort, pas cher, bien fréquenté, etc. Philippine s'apprêtait à lui sortir un chapelet de mots grossiers mais se retint, pensant qu'il fallait en priorité qu'il la conduise à destination.

Depuis l'aéroport, il fallait une bonne heure pour couvrir les vingt-cinq kilomètres qui le séparaient du centre. Le soleil avait bien du mal à percer. Il faisait aussi froid qu'à Delhi. La campagne, avec ses champs de blé et ses cultures maraîchères céda bientôt le pas aux faubourgs de la ville. Peu de voitures, peu d'auto-rickshaws mais beaucoup de rickshaws-vélos et de piétons. Le chauffeur avançait au pas, slalomait pour éviter les obstacles, freinait rarement, frôlait vaches, buffles, chèvres. Ils atteignirent enfin Assi Ghâte, la berge la plus au sud de la ville, la plus proche de l'université aussi.

Elle s'installa à la Saraswati Guest House, une ancienne maison de maître accrochée sur un promontoire dominant le fleuve. On lui donna une chambre avec un balcon ouvrant sur le Gange. Elle prit le temps d'observer les enfants qui gambadaient en libérant leurs cerfs-volants, fugitives taches de couleur au milieu des corbeaux noirs et des hérons blancs, tandis qu'au loin un bateau avec deux voiles, une grise, une jaune, s'approchait du rivage.

En sortant de l'hôtel, elle remarqua, noyées dans le chaos des enseignes peintes dans toutes les langues, nombre de cyberboutiques qui fleurissaient ici ou là. Elle en choisit une au hasard, espérant secrètement un mot de Shaline. Rien. Elle surfa sur le site de Bénarès, trouva les adresses de plusieurs hôtels à qui elle envoya, comme un SOS, un bref message demandant s'ils avaient un client du nom de Charles Mandalagan.

Satisfaite, elle héla un rickshaw pour se rendre à l'université.

Il ne fallut pas plus de dix minutes au cycliste pour atteindre le portail monumental donnant accès au campus de l'université hindoue de Bénarès. Après les périlleux zigzags dans les rues commerçantes, ils pénétraient par une large avenue ombragée, au cœur d'un havre de paix, une sorte de parc de villégiature peu fréquenté, affectant la forme d'un soleil levant. À travers la verdure des tamariniers, on devinait l'étendue des terrains de cricket ou de hockey. Ici ou là se profilaient des bâtiments jaune d'or, ourlés de corail, accessibles par un portail coiffé d'un panneau portant le nom de l'établissement.

De temps à autre passaient des rickshaws, des camions ou de rares voitures. Des jeunes gens, l'air sérieux, solitaires parfois, marchaient le long de la chaussée, alors que les jeunes filles, toujours habillées de tenues pendjabies hautes en couleurs, avançaient par groupes de cinq ou six en bavardant, avec force éclats de rire.

Philippine sauta de son rickshaw devant le conservatoire de musique, à la recherche des services administratifs. À l'extérieur, le bâtiment était rond, à l'intérieur aussi. Le hall d'entrée, désert, débouchait sur une cour intérieure, circulaire, cernée d'arcades sous lesquelles s'alignaient des salles de répétition. Au fond se dressait un large podium où plusieurs personnes étaient en train de bavarder. Une musique rythmée, saccadée même, semblait provenir de l'extrémité de la coursive. Guidée par le bruit, Philippine parvint jusqu'à une pièce brillamment illuminée où une dizaine d'hommes et de femmes assis sur des coussins entouraient une artiste chamarrée d'or et de carmin qui dansait aux accents d'une musique carnatique[1]. Philippine s'accroupit auprès des autres spectateurs. Le maître de ballet menait les pas de son élève de gestes de la main et de mimiques appropriées. Pourtant, quelque chose dans l'allure générale de cette bayadère n'allait pas : un soupçon de différence heurtait le regard. Philippine détailla la jeune étudiante. Un peu plus grande que la moyenne, peut-être, la taille souple, une poitrine haute et ferme, une peau ambrée, un visage régulier avec un petit nez rond et de grands yeux noirs cernés de khôl, tout cela caractérisait parfaitement une jeune femme indienne, à un détail près : elle portait une longue chevelure nouée en chignon, ornée de bijoux et de fleurs — mais la couleur ! « La même

1. Du sud de l'Inde.

que la mienne », pensa Philippine. La danseuse était blonde : une teinte dont le naturel ne faisait aucun doute.

À l'issue de la leçon, l'étudiante fut très entourée par les spectateurs qui ne manquaient pas de faire des commentaires, de la féliciter. La plupart d'entre eux étaient étrangers : Coréens, Israélien, Canadiens. Philippine demeura en retrait. Oubliant ses problèmes administratifs, elle cherchait un moyen de lier connaissance avec la danseuse.

C'est le vieux maître qui lui adressa la parole en premier.

— Vous aussi, vous êtes américaine, comme Ashley ?

— *Nahin, Ustad ji, main fransisi hun*[1], répondit-elle.

— Je suis très flatté d'entendre parler aussi bien notre langue. Venez que je vous présente.

Philippine serra les mains molles et les mains moites de cet aréopage cosmopolite, en adoration devant la danseuse.

— Miss Ashley, dit le professeur, cette jeune Française veut vous rencontrer. Et vous savez, elle parle hindi !

— *How nice*, répondit Ashley avec un accent traînant d'outre-Atlantique, avant d'ajouter :

— Je dois enlever ce costume, venez, nous bavarderons, vous pourrez m'aider.

Philippine emboîta le pas de la danseuse jusque dans la pièce voisine. Elle retira un à un bijoux et ornements, en expliquant de quoi il s'agissait. Philippine l'aida avec les fermoirs. Puis elle défit son

1. « Non, Maître, je suis française. »

sari, son jupon, son corsage. Philippine lui dénoua son chignon et sa longue chevelure tomba en cascade sur ses épaules.

— Une indienne blonde qui parle américain, ce n'est pas courant, dit Philippine.

— Ma mère vient de Delhi, mon père est anglais. J'ai grandi en Californie. Je viens ici pour la première fois, pour apprendre la danse ; et toi ?

Philippine parla de son projet d'études, de sa bourse et surtout de son amour de l'Inde. Ashley disparut un instant sous la douche puis réapparut drapée dans une tenue pendjabie turquoise.

— Écoute, Philippine, aujourd'hui les services administratifs sont fermés, si tu veux je t'y emmènerai demain matin. En attendant, j'aurais besoin de ton aide : tu parles hindi, tu vas pouvoir m'aider à discuter dans le bazar.

— Oh oui ! j'adore, répondit Philippine en battant des mains.

Ces deux jolies filles blondes en tenues turquoise ne passaient pas inaperçues dans les allées du *chowk*. Les rabatteurs ne cessaient de les accoster, une carte de visite à la main avec leurs ritournelles de « *Come to visit my factory*[1] » ou encore « *Come to visit my shop, you want shawls, change money, good rate etc.*[2] ». À ceux qui se montraient trop empressés, voire désagréables, Philippine se faisait une joie de servir en hindi son répertoire d'expressions imagées. En revanche, elles se laissèrent atten-

1. « Venez voir mon usine. »
2. « Venez voir ma boutique. » « Vous voulez des châles, changer de l'argent, taux intéressant, etc. ».

drir par un petit bonhomme haut comme trois pommes, qui leur proposa en anglais de venir visiter l'atelier de son père.

— C'est vraiment ton papa ? insista Philippine en hindi.

— *Mem Sahib*, c'est mon patron, je dois lui obéir et dire aux étrangers que c'est mon père.

Philippine repensa alors à Shaline et à sa mission. Ne voulait-il pas rencontrer des enfants à Bénarès ? Elle questionna à nouveau le petit garçon.

— Est-ce que tu as vu un homme, un grand, avec des appareils photos, qui serait venu parler avec ton patron et avec vous, les enfants.

— Oui, *Mem Sahib*, je l'ai vu aujourd'hui. J'en vois tous les jours, des touristes grands, avec des appareils photos, qui viennent au magasin.

— Oui, dit Philippine, mais celui-là il parle hindi, il s'appelle Shaline. Et en plus il est beau, ajouta-t-elle en aparté.

— Si je le vois, *Mem Sahib*, je viens vous chercher, promis. C'est quoi le nom de votre hôtel ?

Ashley acheta des bijoux et des parures de danseuses. Grâce à Philippine, elles purent couper les prix en deux, au grand dam des marchands qui affirmaient ne rien gagner, qu'ils faisaient cela par pure amitié sans aucun profit. Elles firent semblant de les croire.

Les deux filles ressortirent dans la ruelle et prirent sans se presser le chemin du retour.

— Je t'attendrai demain matin à l'université, pour ton inscription. Et puis…

Ashley ne put continuer. Prise de spasmes, elle se pencha au-dessus du caniveau pour rendre son repas. Elle se releva, blême, s'essuya la bouche avec un mouchoir tandis que Philippine lui frottait le dos.

— Le climat, la nourriture, j'ai du mal ! Je ne suis pas sûre de pouvoir continuer la danse.

7

L'embarquement

SHALINE FÊTA DIWALI À ALLAHABAD, SUR LE BATEAU D'ANIL. Les hommes d'équipage allumèrent des petits lumignons sur le pont. Après les offrandes rituelles, ils partagèrent un ragoût de cabri au curry, préparé par le très jeune cuisinier du bord.

Shaline avait eu l'occasion de faire des campagnes de photos de bateaux dans diverses parties du monde. Le voilier sur lequel il avait embarqué s'apparentait à une felouque ou une gabare. On y accédait par une planche étroite jetée entre le rivage et le bastingage. Le pont était recouvert de stères de diverses essences, alignés sur trois rangs, du simple eucalyptus jusqu'au précieux bois de santal. Bûches, branches, fagots, brindilles étaient entassés jusqu'au-dessus des têtes. Au centre, un mât émergeait de cette forêt. Il supportait une basse voile carrée surmontée d'un hunier que des matelots étaient en train de hisser. À l'arrière, une barre franche commandait le safran triangulaire. À l'avant, une cabine obscure s'enfonçait sous le pont jusqu'à la proue. Huit hommes constituaient l'équipage. Shaline observait chacun de leurs gestes. Il effectua quelques prises de vue : soucieux de l'aspect esthétique, il voulait voir comment le bateau, ses hommes, son chargement et le fleuve rendraient à l'image.

La manœuvre d'appareillage occupa tout l'équipage. Armés de gaffes, tous poussaient sur le ponton. Puis les hommes empoignèrent les rames — à deux par rame — pour mettre le bateau en mouvement, vers l'aval. Le courant allait les porter mais ils espéraient que le vent viendrait à leur aide. Bientôt, un claquement sec se fit entendre. L'air s'engouffra dans la grand-voile, les hommes purent reposer leurs avirons. Les petites falaises boueuses de la rive nord défilaient monotones devant eux. La rive sud demeurait indiscernable tant étaient nombreux les bancs de sable. À la proue, un homme accroupi sondait le fond à l'aide d'un long bambou et transmettait des instructions en criant à l'homme de barre assis sur le toit de la cabine.

Shaline cherchait comment se rendre utile. Il voulut aider les matelots à carguer les voiles, mais Anil lui fit comprendre qu'en tant qu'invité d'honneur, il n'avait pas besoin de participer aux manœuvres. Un couple de vieillards qui avaient payé leur passage au capitaine restait assis à ne rien faire. Ils se rendaient à Bénarès pour y mourir, « délivrés », avaient-ils confié. Près de la porte de la cabine, un garçon dépenaillé faisait chauffer de l'eau, une eau qu'il venait de puiser dans le fleuve, pour préparer du thé. Chacun eut droit à son verre brûlant. Shaline interrogea le garçon sur sa famille :

— Ils sont loin, répondit le garçon.

— Et ici, tu gagnes combien ?

Il désigna le capitaine d'un mouvement de tête.

— Faut lui demander à lui.

Le petit cuisinier disparut dans la cabine. Shaline n'insista pas. Mais cette rencontre lui donna à réfléchir : « Des enfants au travail, il faudra en parler dans mon film. »

Le voyage dura cinq jours. Le soir, on s'arrêtait à terre pour dormir car la navigation eut été trop dangereuse la nuit, en cette saison. Anil fumait son *hukka* tout en posant mille questions à Shaline sur son pays, sa famille, ses habitudes alimentaires, sa vie. Le Français, de son côté, ne manquait pas de lui renvoyer la pareille en pensant à son futur tournage.

— Et ce garçon qui sait si bien préparer le cabri et faire bouillir le thé ?

— Vous parlez de Babu ? Il nous aide. Il vient du village de ma femme, au sud de Bénarès. Il fait un peu partie de la famille.

Anil ajouta après un temps :

— Comme tous les hommes d'équipage, d'ailleurs.

— Et pour son salaire ?

— On s'arrange avec son père !

Shaline devinait ce qui se cachait derrière cette expression. Mais à quoi bon embarrasser son hôte ? Un homme sincère, qui ne faisait que perpétuer un système d'exploitation en vigueur depuis toujours. Était-ce inéluctable ? La place des enfants n'était-elle pas plutôt à l'école ? Il y aurait nécessairement à Bénarès des éducateurs, des journalistes, des politiciens, des industriels, ou d'autres, concernés par cette question ; des hommes qui auraient des propositions à faire pour sortir les enfants de cette servitude. Il les rencontrerait.

Le lendemain, le vent tomba. Le voilier glissait lentement, porté par le courant. Au loin, un bateau de même facture remontait le fleuve. Et là, Shaline fut témoin de l'incroyable, de l'impensable. Le bateau était halé non pas par des bêtes mais par les hommes d'équipage eux-mêmes. Pliés en deux sous l'effort, ils étaient quatre, à demi-nus, les pieds dans un sable boueux, une bûche sur l'épaule gauche, une forme de joug maintenu en place par un bambou calé sur l'épaule droite. Ce joug était relié à un long filin attaché en haut du grand mât. Arc-boutés sous la charge, ils avançaient pas à pas, ruisselant de sueur, malgré le froid.

Assis près de Shaline, le vieux passager accomplit une cérémonie rituelle pour faire souffler le vent. Le lendemain, ses vœux furent exaucés. La brise se leva, rapprochant les deux bateaux.

— Sunil, mon cousin, dit Anil.

Ils se firent signe d'accoster. Les gabares s'alignèrent bord à bord sur la berge. Shaline fut invité à prendre le thé. C'est là qu'il remarqua, assis devant un réchaud à pétrole, deux enfants avec un petit chat tigré, un garçon aux cheveux ondulés, auprès d'une fillette en sari blanc en train d'écraser des épices sur une pierre.

Anjali mettait tout son cœur, toute son énergie pour écraser ensemble sur la pierre, le piment, l'ail, le safran, la coriandre qui allaient parfumer les pois chiches du repas. Elle ne prêtait guère attention à

Raju, qui versait le thé aux invités du bord. Elle ne le vit pas dévisager avec intérêt le grand homme au teint clair, qui parlait en hindi avec le capitaine. Cette rencontre rappelait au garçon son escapade à Bombay. Sa tâche accomplie, il s'installa dans un recoin pour se reposer, tout en observant le soin avec lequel Anjali préparait les épices. Il se remémora les péripéties qui les avaient menés à bord, sur le bateau dont Anjali avait rêvé.

Le contremaître édenté de la briqueterie les avait vus. Raju, très maître de lui, avait entraîné Anjali vers le bas des marches. Là, ils s'étaient noyés au cœur d'une foule de pèlerins en prière. Les pieds dans l'eau, ils avaient marché le long de la rive en se glissant entre les groupes. Ils étaient enfin remontés à hauteur de Dashaswanedh Ghâte. Par un mauvais hasard, leur poursuivant, accompagné de deux *goondas*[1], les avait à nouveau repérés. Ils ne durent leur salut qu'au passage approprié d'un cortège de dévots qui s'intercala entre les malfaiteurs et eux. Raju entraîna sa sœur d'adoption.

— Regarde, ô Raju, notre bateau est en train d'accoster.

Accrochés à une barque, ils gagnèrent le mouillage du grand voilier de leurs rêves. Tout dégoulinants, ils se hissèrent à bord par la proue en agrippant une drisse de coco.

Le capitaine au turban rouge, tout occupé à surveiller la noria de coolies qui enlevait son chargement, ne prit pas garde à ces deux enfants grelottant de froid, en train de se sécher au soleil.

1. Hommes de main.

Dès qu'il s'aperçut de leur présence, il les chassa d'un geste impétueux avant de retourner à ses occupations. Lorsque ces tâches furent accomplies, il remarqua que les deux enfants étaient toujours là, immobiles, accroupis sous le bastingage.

— Vous êtes encore là, vous deux, qu'est-ce que vous voulez ? Pas de mendiants avec moi. Redescendez ou je vous fais jeter par-dessus bord.

« Mendiant » : le mot heurta la sensibilité de Raju.

— *Sahib*, nous ne sommes pas des mendiants mais des menuisiers. Je m'appelle Raju Barhai et avec ma petite sœur nous sommes en route pour rendre visite à nos cousins du côté d'Allahabad. Anjali a rêvé d'un bâtiment à deux voiles, blanche et lune avec un capitaine au turban rouge. C'est pour cela que nous avons escaladé votre bord.

Raju nota que le capitaine l'écoutait : il avait l'air d'accrocher à son histoire.

— Un menuisier, cela peut toujours être utile sur un bateau, dit le capitaine. Tu travailleras le bois et ta sœur aidera à la cuisine. C'est bon, je vous emmène à Allahabad.

Anjali renoua avec des tâches ménagères qu'elle accomplissait depuis toujours sauf que les conditions dans lesquelles elles les exécutaient étaient différentes, une différence qui lui plaisait beaucoup. Elle ne tirait pas l'eau du puits mais du Gange. Au lieu de papoter avec les fillettes de son âge, elle observait les dauphins exécuter de gracieux ballets à la surface des flots. Elle devait éplucher les légumes mais le roulis du bateau faisait bouger les marmites à droite et à gauche. Elle observait ces glissades comme une partie de *caramboard*[1], ce jeu auquel jouaient les garçons.

Raju avait du travail à faire, un travail à sa mesure : réparer un mobilier en bois endommagé par le temps. On lui désigna une vieille trousse à outils. Il commença par nettoyer le matériel avec du pétrole, puis il affûta patiemment haches, herminettes, ciseaux, couteaux sur une pierre humide ; il versa de l'huile sur toutes les paumelles, les targettes, dans toutes les ferrures qui grinçaient. Il sut remettre en état les pieds branlants des tabourets et raboter les portes de placard déformées par l'humidité. De temps en temps, Anjali l'appelait à l'aide comme à présent, pour servir le thé aux invités venus du voilier du cousin du capitaine.

Le lendemain, à l'aube, après les prières rituelles, leur bateau reprit sa course vers l'est.

— Regarde, là, un temple bâti sur une île, remarqua Raju. Tu reconnais ta région, Anjali ?

— Non, je ne connais pas, ce n'est pas là, laisse-moi tranquille Raju, j'ai les aubergines à éplucher.

Raju n'insista pas. Intrigué, il se dirigea vers la poupe auprès du capitaine, qui d'une main sûre tenait la barre. Le maître avait apprécié son travail de menuisier autant que la cuisine d'Anjali. Il les traitait tous deux avec respect comme s'ils avaient été des adultes. Il leur avait d'ailleurs promis un petit salaire en arrivant à Allahabad. Raju questionna son patron à propos d'un temple sur une île.

— En saison des pluies, le Gange monte. Des sanctuaires se trouvent un peu partout cernés par les

1. Billard à jetons.

eaux mais en saison sèche, comme maintenant, c'est différent.

Raju n'osa pas poursuivre son interrogatoire de peur de paraître impoli. Il voulait savoir pourquoi Anjali ne reconnaissait pas son village ou pourquoi elle faisait semblant de ne pas le reconnaître.

Lorsqu'ils arrivèrent à Allahabad, Anjali se jeta au pied du capitaine en le suppliant de la garder à bord.

— Raju, dis à ta sœur de se relever. Voilà 101 roupies chacun pour le service que vous m'avez rendu. Vous allez revoir votre famille, et moi je vais retrouver mon cuisinier habituel.

Ils débarquèrent sur le ponton, puis sur la terre ferme. Raju fit asseoir la fillette en face de lui sur le sable.

— Anjali, tu dois me dire la vérité. Pourquoi n'as-tu pas voulu reconnaître ton village quand nous sommes passés devant ? Il y a des gens qui te veulent du mal ? Dis-le moi, je saurai te défendre.

— Non Raju, je n'ai rien vu. Ce n'était pas mon village, je t'assure.

— Essaye de te rappeler ton voyage en camion, des détails, quelque chose qui t'aurait frappé.

— Il y avait beaucoup de monde. On était entassés. On respirait mal, j'avais soif. Certains chantaient. Tous portaient des costumes orange avec un dessin comme ça, dit-elle en esquissant la trace d'un caractère avec son doigt sur le sable.

Raju n'avait aucune idée de ce que pouvait signifier ce signe. Il réfléchit un instant puis il se leva et tira Anjali par la main.

— Viens, petite sœur, nous devons aller là où tu as vu ce dessin pour la dernière fois, nous allons retourner à Bénarès.

8

Le renonçant

PARVENUS EN GARE D'ALLAHABAD, RAJU N'EUT AUCUN MAL À TROUVER UN TRAIN en partance pour Bénarès.

— Si un contrôleur s'annonce, nous nous cacherons dans les toilettes.

— Tchi ! c'est dégoûtant et ça sent mauvais. Je ne veux pas, dit Anjali.

— Si on nous attrape, on nous frappera avant de nous jeter sur le premier quai de campagne.

— Alors, j'ai une idée. Toi, Raju, tu vas faire semblant d'être aveugle, un infirme qui demande l'aumône dans le train, guidé par sa petite sœur.

— Non, dit Raju. Je suis un Barhai, je travaille le bois. Je ne mendie pas. Toi, tu tendras la main si tu veux.

Anjali déchira un carré de son sari et se le noua sur les yeux.

— Dis-moi, ô Raju, est ce que j'ai bien l'air d'une aveugle ?

— Oui, tu es parfaite.

— Alors, ne me lâche pas.

À la grande surprise du garçon, la fillette entonna une mélodie d'une petite voix aiguë, des chants populaires, rythmés, dans une langue que Raju ne comprenait pas. Les pièces tombèrent dans sa main comme par enchantement.

Arrivés à l'extrémité du convoi, ils firent les comptes : ils étaient parvenus à ramasser trente et une roupies et quelques paisas.

— Trente et un, chiffre porte-bonheur, souligna Anjali en soulevant à peine le bandeau sur ses yeux. Elle pointa son index vers le garçonnet en ajoutant :

— J'ai faim, ô Raju, trouve-nous à manger.

Raju était étonné du ton impétueux de la fillette. Elle s'était affranchie de sa timidité ou de la réserve que la société lui imposait pour se révéler elle-même : une petite personne vive, débrouillarde, avec du caractère. Il lui retira le chiffon qui lui masquait encore le haut du visage. Elle lui octroya un grand sourire, en insistant :

— Donne-moi à manger, ô Raju.

Auprès d'un marchand ambulant, le garçon fit l'emplette de galettes frites garnies d'un curry de pommes de terre ainsi que d'une portion de salade au yaourt, emmaillotés dans une grande feuille de *sal*. Accotés à la paroi, près de la portière, ils dévorèrent en silence. La fillette rajusta le bandeau sur ses yeux. Tous deux s'endormirent ainsi, serrés l'un contre l'autre, le chaton au milieu, pour avoir bien chaud.

Au sortir de la gare de Bénarès Cantt., au petit matin, ils furent saisis par le froid et la brume qui recouvrait la ville. Des cohortes de pèlerins quittaient la salle des pas perdus. Ils avançaient tous dans la même direction. Raju et Anjali leur emboîtèrent le pas. Ils croisèrent de nombreux individus à la mine patibulaire, enroulés dans des tchadors, la tête entourée d'une écharpe.

— Raju, j'ai peur de revoir le contremaître et ses *goondas* !

— Si nous avons l'air de traîner au hasard sans but précis, nous courons le risque de nous faire ramasser. Alors que noyés parmi les pèlerins personne ne nous verra.

Raju lui prit la main et d'un pas vif, ils parvinrent à Dashaswamedh Ghâte. Une foule dense se bousculait encore sur les marches. En dépit du froid, les pèlerins s'immergeaient dans le Gange avec leurs enfants.

Ils restèrent un long moment silencieux. C'est Anjali qui parla la première.

— Si nous restons ici, les *goondas* pourront nous voir de loin. Regarde contre la rampe ces rangées de mendiants. Mettons-nous avec eux.

Raju n'était pas content. Il n'avait rien de commun avec ces indigents. Il trouvait pourtant que l'idée n'était pas si mauvaise mais il s'en voulait de ne pas y avoir pensé en premier, lui. Ils s'installèrent en haut des marches au bout de l'alignement de miséreux. Ils supportèrent les quolibets des estropiés qui leur disaient d'aller travailler, de laisser les aumônes aux vrais impotents. Raju ne répondit rien ; les autres se calmèrent.

— Regarde, ô Raju. Voila le dessin qui ornait notre camion, regarde, là, sur le mur.

Du menton, elle désignait une trace, une sorte de chiffre trois prolongé par la boucle élégante d'une queue de singe, surmontée d'un nid d'oiseau. Un motif rouge et or sur fond bleu inscrit dans un cercle cannelé.

— Anjali, ce n'est pas un dessin, c'est une lettre, notre *Om,* syllabe sacrée pour nous, les Hindous. Elle figure dans la décoration de beaucoup de camions. N'as-tu rien d'autre à me dire, aucun indice dont tu pourrais te souvenir pour que nous puissions retrouver ton village ?

— Non, rien ! répondit-elle d'une voix blanche, neutre, impénétrable.

— Tu mens, Anjali, toutes tes paroles ne sont que des inventions. Je ne crois pas une seule seconde que tu sois une Adivasi ni que tu aies perdu ta famille. Tu t'es moquée de moi ! Tu as un sale caractère ! On a voulu te punir et tu t'es sauvée. Tu es une fugueuse, voilà la vérité. Et moi j'ai été assez bête pour te croire. J'aurais dû passer mon chemin ou te laisser encorner par les buffles quand je t'ai vue pleurer dans la ruelle devant ta chandelle ! Qu'est-ce que je vais faire de toi ?

— Rien, tu ne feras rien. Reste-là à mendier, Raju ! Moi, je pars, j'ai mon petit chat, je n'ai pas besoin de toi.

Et Anjali détala de toute la force de ses petites jambes pour s'engloutir dans les allées du *chowk*, laissant Raju interdit, sous les moqueries des mendiants.

Raju se retenait pour ne pas pleurer. Il s'en voulait de s'être emporté contre Anjali. Il avait promis à son oncle de prendre soin d'elle. Il lui fallait la retrouver à tous prix. En outre, cette humanité déguenillée tout autour lui donnait la nausée. Il bondit sur ses pieds et partit à la poursuite de la fugueuse. Il grimpa les marches, contourna les faiseurs de monnaie, évita un marchand de fruits et s'en vint buter contre un passant.

— Où cours-tu ainsi ? As-tu trouvé le Ganapati ji Maharati Dharamsala ? lui demanda-t-il.

Il reconnut le religieux qui avait accompli la cérémonie en mémoire du pandit.

Quelque chose dans l'accoutrement de l'homme éveilla chez l'enfant d'autres souvenirs. Une barbe et des cheveux blancs, un visage couvert de cendres, une robe orange, un seau d'offrandes, tous ces attributs lui rappelèrent le pandit de Cholapur, son village, le saint ermite dont il avait versé les cendres dans le Gange.

— Je cherche…

Raju jugea plus prudent de ne pas achever sa phrase. Après un temps de silence, il reprit :

— *Babaji*, je vais retrouver mon père dans le bazar.

— Assieds-toi, mon garçon, dit l'ascète en prenant place sur un tabouret devant l'étal d'une quincaillerie.

Raju obéit et s'installa à croupetons en face du saint homme.

— À ton accent, je reconnais que tu n'es pas d'ici, dit l'ascète en marathi. D'où viens-tu ? Pourquoi es-tu seul à présent ?

Mis en confiance par ce religieux qui s'adressait à lui dans sa langue maternelle, Raju se laissa aller aux confidences. Il parla de Cholapur, de sa caste de

Barhai, de son pèlerinage dans la ville sainte pour verser les cendres dans le Gange.

— Cholapur au Maharashtra, un pandit ? Je le connaissais, nous avions cheminé ensemble autrefois, il y a des lustres. Tu n'étais pas encore né. Nous sommes descendus jusqu'à la pointe la plus méridionale de l'Inde, un lieu sacré nommé Kanniya Kumari[1]. Je suis remonté au nord avec lui. Je suis passé par Cholapur, là où il a choisi de demeurer. Moi j'ai continué ma route, éternel nomade. Je passe beaucoup de temps à Bénarès. C'est ici que je reviendrai mourir pour connaître ainsi la délivrance.

Raju toucha les pieds du *saddhou*[2], puis son front.

— *Gourouji*, je dois partir maintenant. Je dois rejoindre les miens.

— Une fillette qui est partie en pleurs, à cause de toi, n'est-ce pas ?

— C'est vrai, vous devinez tout. Comment se fait-il ?...

— Va vite la voir et protège-la comme ta sœur. Elle a besoin de toi.

— Où la retrouverai-je ?

— Visite les temples. Elle a dû se réfugier dans une enceinte sacrée. Là où l'on sert à manger à tous. Va et veille sur elle.

Encore tout ému d'avoir entendu parler maharati, Raju bredouilla un vague remerciement, toucha à nouveau les pieds du saint homme et disparut en courant.

Il franchit la porte monumentale donnant accès au *chowk*. La ruelle menait au Temple d'Or. Des poli-

1. Le cap Comorin.

2. Renonçant.

ciers en uniforme en contrôlaient l'entrée, fouillant les sacs et les personnes. On craignait une action des extrémistes. Raju eut peur et rebroussa chemin. Il pénétra dans plusieurs lieux saints. Après y avoir accompli ses dévotions, il demandait s'il y avait une hôtellerie où l'on servait à manger. Il visita plusieurs de ces salles où les pèlerins se voyaient offrir des *chapaties* avec des lentilles. Il avait faim mais n'osait s'asseoir tant qu'il n'aurait pas retrouvé sa protégée. Après des heures de recherche et d'errance dans les rues, angoissé à l'idée de se faire voir par le contremaître édenté de la briqueterie ou l'un de ses *goondas*, il repensa à ce que lui avait indiqué un mendiant : Vishwanath Mandir, à Mir Ghâte.

Anjali était assise parmi les fidèles, dans la salle de prière, face à un groupe de musiciens qui chantaient des paroles sacrées en s'accompagnant à l'harmonium et aux tablas. Elle lui tournait le dos. Il n'eut pourtant aucun doute sur la frêle silhouette drapée dans un sari blanc. Il se glissa furtivement derrière elle.

— Anjali, ne te retourne pas, je suis venu te chercher.

— Laisse-moi, dit elle à travers son voile. Laisse-moi profiter de la musique. Tu ne vois pas que nous sommes dans un lieu de prière ?

Vexé, Raju eut envie de déguerpir. De laisser là cette petite fille capricieuse, de s'en retourner à Cholapur auprès de sa mère, faire enfin le deuil de l'oncle Suresh. Il repensa aux paroles du vieux menuisier avant de mourir, reprises par les recommandations du *saddhou*. Il devait protéger Anjali et l'aider à retrouver les siens. Sa résolution était prise. Il resterait. Il attendit que la prière s'achevât, que les musiciens se retirent, avant de murmurer à l'oreille de la fillette :

— Viens, allons manger, n'as-tu pas faim ?

Sans répondre, Anjali se leva et sortit avec lui dans la cour du temple.

— Il n'y a pas à manger avant le coucher du soleil, dit la petite fille. Il faut attendre.

Ils prirent place sous les arcades, dans un coin tranquille à l'abri des autres.

— Pourquoi es-tu venu, ô Raju ? Il faut que tu me laisses. Je veux demeurer ici pour toujours à m'enivrer de la musique.

— La musique ?

— Raju, c'est ce que j'aime le plus au monde. Je voudrais pouvoir passer le restant de ma vie à chanter. Quand je chante, je me rapproche des dieux, je m'envole loin de la terre, loin de tous ceux qui m'ont fait du mal, ceux que je veux ne jamais revoir.

— Est-ce que j'en fais partie ?

Anjali regarda le garçon un instant en silence. Des larmes perlèrent de ses grands yeux noirs. Elle avança sa tête et se blottit au creux de l'épaule de Raju.

— Toi qui es comme mon grand frère, sanglota-t-elle. Tu me protégeras. Jamais je ne retournerai chez moi. Je n'ai plus de chez-moi. J'ai profité du pèlerinage pour m'enfuir. Raju, tu es à présent ma seule famille.

9

La dispute

LA GABARE D'ANIL ACCOSTA À BÉNARÈS, AU PONTON DE MANIKARNIKA GHÂTE, en fin de matinée, devant une dizaine de bûchers dévorés par les flammes. Shaline voulut payer son écot pour le voyage mais le capitaine refusa tout net.

— Vous étiez notre invité. Revenez quand vous voudrez.

Shaline lui confirma qu'ils seraient amenés à se revoir lors du tournage de son film. Ils se séparèrent avec une vigoureuse poignée de main.

En remontant les escaliers des ghâtes, au milieu des pèlerins, Shaline crut à une hallucination. Devant lui avançait une fille blonde, svelte, qui escaladait les marches en biais. Il s'approcha mais, à la gaucherie des gestes, il s'aperçut bien vite que ce n'était pas Philippine. Son image revenait à nouveau le hanter. Il la connaissait à peine mais ces nuits d'escale avaient laissé leur empreinte. Il avait encore envie d'elle, de sa présence, de son parfum, de son corps. Il scrutait cette foule, imaginant qu'elle pourrait surgir devant lui spontanément. Il n'était pas revenu dans la ville sainte depuis plusieurs années. Il prit le temps d'observer autour de lui. Une gamine qui vendait des fleurs en avait agrippé par le bras une autre plus petite et l'avait conduite auprès d'une troisième qui faisait cuire des *dosas*[1] sur la berge. Il remarqua les jeux de cricket, les cerfs-volants, les planches à roulettes, évita un troupeau de buffles avant de contempler, amusé, un manège qu'il connaissait bien : celui des singes en bandes qui se livraient à toutes sortes d'acrobaties dans les arbres.

— *Sahib, namaskar*, entendit-il dans le lointain.

Il vit s'approcher un garçonnet qui montait les marches en courant. Il reconnut Babu, le petit cuisinier du bateau, une main de bananes accrochée à l'épaule.

— Où vas-tu si vite ?

— Nous ne resterons pas longtemps à quai. Je vais voir mon petit frère dans l'atelier de soie, pour lui offrir ces fruits.

— Mais que fait-il ?

— Il travaille avec un tisserand comme d'autres enfants.

— Je viens avec toi, Babu. Nous allons acheter des douceurs pour tous les enfants. Tu vas me montrer l'atelier.

Ils gagnèrent Dashaswanedh Ghâte et de là, prirent un auto-rickshaw en direction de Sarnath.

1. Crêpes de farine de lentilles fourrées de légumes.

Avant d'arriver aux sanctuaires bouddhiques, ils obliquèrent à droite dans Ghazipur Road, puis sur un chemin de terre qui les conduisit à un village isolé.

Aucune maison en terre au toit de chaume. Uniquement des bâtisses en dur, en brique ou en béton, serrées autour d'une mosquée. Babu pilota Shaline à travers un dédale de rues rectilignes bordées de hauts murs aveugles. Il lui fit signe d'entrer dans une étroite cour carrée mais un animal attaché à une chaîne en barrait l'accès : un bouc aux longues cornes effilées. Avec dextérité, le garçon empoigna l'animal par les cornes et le força à s'allonger sur le côté. Un ou plusieurs cliquetis significatifs se faisaient entendre. Des métiers à tisser. Tout autour de la cour s'ouvraient des ateliers dans lesquels était installée toute la machinerie permettant d'élaborer les somptueux saris en soie, ourlés de brocart, portés par les femmes les plus riches de l'Inde. Shaline compta sept métiers à tisser, serrés les uns près des autres. Un adulte, le bras en l'air, tirait une poignée pour lancer la navette, tandis qu'avec les pieds il actionnait le système Jacquard de cartons perforés, permettant de tracer le motif. À sa gauche, un autre ouvrier, un petit garçon, faisait glisser un bobineau de fils d'or, celui qui dessinerait les motifs latéraux du brocart, en suivant bien le rythme de son maître. Babu salua Rafiq, le patron de son petit frère. L'homme marqua une pause. Il proposa à Shaline une tasse de thé tandis que les deux enfants sortaient parler dehors. Shaline commença à lui poser quelques questions sur son travail, sa rémunération, l'emploi des enfants.

— Nous sommes attachés à cette maison, à ces machines, à ce métier, adultes comme enfants. Nous appartenons à un propriétaire qui nous loge et nous paye à la tâche. Il nous confie parfois aussi des plus jeunes comme le petit frère de Babu. Nous les gardons comme nos propres enfants. Moi, j'essaye de faire de mon mieux pour les aider.

— Et l'école, alors ?

— Nous avons notre école. C'est nous qui l'avons créée avec l'aide du docteur Gupta. Les enfants étudient le matin avant le travail ou le soir quand il fait nuit. Venez, je vais vous montrer.

Rafiq emmena Shaline à la sortie du village. Sur un terrain de sports, des garçons jouaient au cricket. En face se dressait un hangar en briques recouvert de tôle ondulée.

— Voilà, c'est sommaire mais c'est à nous. L'institutrice est hindoue ; nous, nous sommes musulmans. Garçons et filles apprennent ensemble, voyez par vous-même.

Shaline était agréablement surpris par la volonté de ces villageois de trouver des biais pour sortir de cette quasi-servitude imposée par leurs propriétaires. Rafiq lui semblait être un personnage intéressant. Shaline lui parla de son projet de film. L'autre acquiesça. Pas un seul instant, il ne s'étonna que son visiteur parlât hindi.

— Nous reviendrons, Rafiq ji, *Khuda Affiz*[1].

Il retrouva Babu. Ensemble, ils repartirent en auto-rickshaw vers les ghâtes.

— Babu, tu connais un certain docteur Gupta ?

— Bien sûr, c'est le directeur de Ma Ganga Sangetan[2], la maison des enfants.

1. « Au revoir », terme employé par les musulmans.

2. Association de la Mère Gange.

— Où puis-je le trouver ?

— Dans le quartier de Nadessar, derrière la gare.

Shaline déposa le garçon à la barrière de Godowlia. Il aurait aimé continuer avec lui son enquête sur le travail des enfants, mais le jeune Babu avait trop peur de se faire battre par le capitaine s'il tardait à rentrer. Resté seul dans le rickshaw, il hésita un instant puis demanda à se faire conduire à l'université.

Philippine était assise en tailleur sur un matelas dans une salle de danse. Elle observait avec attention Ashley qui prenait un cours de chant avec son maître. Lorsqu'elle vit la grande silhouette de Shaline dans l'embrasure de la porte, elle ne bougea pas afin d'éviter de troubler la leçon mais son visage afficha les marques d'un plaisir extrême. Des yeux, elle lui fit signe de venir s'asseoir à côté d'elle sur le matelas.

— Où dors-tu ? lui demanda-t-elle à la pause.

— Nulle part ; comme tu vois, je me balade avec mon sac. Il lui raconta brièvement son périple sur le Gange.

— Bien, tu peux venir à mon hôtel, je te ferai une petite place dans mon lit.

Elle marqua une pause avant d'ajouter sur un ton moqueur :

— Si tu m'accordes une petite place dans ta vie !

Shaline se contenta de sourire, un sourire que Philippine avait appris à interpréter comme un acquiescement tacite. Le cours de chant reprit. Shaline observait, intrigué, les intonations de cette Indienne blonde sous la direction de son maître.

— C'est Ashley, une amie, chuchota Philippine. Je l'ai invitée à déjeuner. Tu viendras avec nous, cela me ferait plaisir.

Ils se retrouvèrent tous trois à la cantine de l'université. Ils eurent droit à un plateau végétarien avec des pois chiches et des galettes de blé.

Ils parlèrent de musique, de photos, du Gange, des enfants. Ashley demeurait sur la réserve. Elle dit seulement qu'elle était étudiante, qu'elle était mariée, avant d'ajouter, se sentant gênée entre les deux Français : « *Three is a crowd*[1] », avant de prendre congé.

Philippine entraîna Shaline à l'hôtel. Ils renouèrent avec les gestes de l'escale. Ils ne se parlèrent guère. Ils n'en éprouvaient pas le besoin, tout heureux qu'ils étaient de se retrouver, de se fondre naturellement, sans se poser de questions. Lorsqu'ils se furent rassasiés l'un de l'autre, ils bavardèrent. Ils échangèrent des points de vues, des idées, des opinions sur leurs missions. Philippine parla du chant *dhrupad* de l'Inde du Nord et du *bharatanatyam* de l'Inde du Sud. Shaline relata en détail son odyssée sur le Gange, sa visite aux tisserands, Rafiq, le docteur Gupta, son intérêt pour le travail des enfants. Quand il parlait, elle l'écoutait. Quand à son tour elle prenait la parole, il lui accordait toute son attention. Leur liaison reposait sur une curiosité intellectuelle réciproque, associée à une harmonieuse entente sexuelle. Mais ni l'un ni l'autre n'accordait véritablement de place aux sentiments. Ils n'en parlaient pas. Était-ce par pudeur ? Il leur semblait que de la façon dont leur relation s'était nouée, ce n'était pas nécessaire.

1. « Trois, c'est la foule ! »

— Il faudrait rencontrer des bienfaiteurs, des associations qui luttent contre la maltraitance des plus petits ici, à Bénarès, Shaline. Si tu m'acceptes comme assistante, j'ai hâte de venir avec toi voir les enfants.

Philippine n'avait pas eu de gros efforts à faire pour entraîner Shaline au conservatoire. Passionné de musique classique, il prenait grand plaisir à écouter maître et élèves progresser ensemble. Philippine était très fière des compliments que lui faisait son amant. Quant à Ashley, dont la voix profonde avait quelque chose d'émouvant, elle répondit à ses civilités par l'esquisse d'un sourire. À table, elle parlait volontiers de l'Inde — un pays qu'elle découvrait chaque jour —, de l'université, de la musique, mais difficilement d'elle-même.

— Depuis l'Amérique, je m'étais inscrite à un cours au conservatoire de Calcutta, mais là-bas les choses ne se sont pas bien passées. Alors, j'ai préféré venir à Bénarès.

— Et ton mari ? demanda Philippine.

— Il n'a pas pu venir, son travail l'accapare tout le jour et parfois la nuit.

— C'est un artiste ? suggéra Shaline.

L'idée fit sourire Ashley.

— Un artiste ? Presque. Il travaille dans les jeux, les machines à sous, c'est lui qui les conçoit avant de les faire fabriquer.

— Alors, il doit aller souvent à Las Vegas ?

Philippine se rendit compte que sa question causait un certain émoi à la jeune métisse. Cette dernière laissa passer un instant de silence avant d'ajouter à voix basse :

— Il m'y a emmenée une fois. C'est là que nous nous sommes mariés.

Ma Ganga Sangetan, l'association de la Mère Gange : la raison sociale du lieu avait été peinte en lettres jaune sur une plaque de tôle au-dessus du portail d'entrée. Philippine et Shaline entrèrent ensemble dans le centre d'accueil de Nadessar derrière la gare. Le Dr Gupta était absent. Ils furent accueillis par les animatrices entourées d'une grappe d'enfants de tous âges, qui leur firent les honneurs du lieu.

Une cour de la taille d'un terrain de badminton cernée de hauts murs donnait accès à un long couloir où s'alignaient différentes pièces. Sur la droite, une double porte s'ouvrait sur un préau où une douzaine d'enfants étaient agglutinés autour d'un téléviseur.

L'installation était sommaire. Dans les dortoirs, les enfants disposaient de nattes pour la nuit et d'une petite cantine fermant à clé pour ranger leurs affaires. Dans le fond, on pouvait sentir les effluves de curry d'un ragoût de légumes mis à cuire sur un feu de bois. Une salle était consacrée à l'école. Garçons et filles assis en cercle autour de la maîtresse ânonnaient tous en cœur, une ardoise à la main.

— Nous accueillons beaucoup d'enfants, plus de deux cents dans un lieu conçu pour une centaine.

— D'où viennent-ils ?

— De partout ! Des enfants de pèlerins perdus par leur famille, des ouvriers échappés des briqueteries, des ateliers de tissage, des fugueurs, des vagabonds des ghâtes, des petits chiffonniers, des gamins du quartier employés par les mécaniciens et les casseurs. Ajoutez à cela des enfants de la ville qui viennent ici chercher un peu de liberté ou de repos, vous aurez tout compris. Nous sommes le seul centre ouvert de la ville. Nous avons pu louer ce local grâce à la générosité de nos bienfaiteurs. Mais ce n'est pas suffisant. Nous aimerions trouver un financement extérieur pour ouvrir un deuxième centre sur les ghâtes.

L'animatrice autorisa les deux Français à s'adresser directement aux enfants. Elle les invita à revenir une autre fois pour rencontrer le Dr Gupta. Shaline posa maintes questions, prit des photos et quelques plans de vidéo en tenant négligemment sa petite caméra à bout de bras.

Philippine l'aida de son mieux à interviewer les fillettes sur leur vie, leur travail, leur famille et aussi sur leurs espoirs pour le futur. En dépit de leurs larges sourires, ces gamines ne donnaient pas de leur avenir une vision très optimiste. Philippine était accablée de ce qu'elle avait entendue sur la situation de ces enfants. Shaline, quant à lui, s'attachait à l'aspect technique. Il imaginait déjà le long métrage qu'il allait pouvoir venir tourner avec son équipe, comment il allait enchaîner les séquences. Il observait les éclairages, notait les bruits ambiants, repérait les enfants les moins intimidés qui passeraient le mieux à l'image. Tout cela, Philippine s'en rendit compte. Dans le rickshaw qui les ramenait à Godowlia, elle garda le silence.

Shaline invita sa compagne à s'asseoir dans une échoppe pour discuter.

— Je suis heureux, attaqua-t-il. Je tiens mon sujet. On va réaliser un super film. Un grand succès.

— Moi, je ne suis pas heureuse, rétorqua Philippine. Tous ces enfants qui ont souffert, ça me donne la nausée. Toi, tu penses à ton reportage, à l'argent que tu vas gagner en le vendant aux chaînes de télévision du monde entier. Tu vas montrer un des visages les moins beaux de ce pays. Il y a bien d'autres choses en Inde à faire connaître au monde. Tu me dégoûtes, Shaline. Je ne sais pas pourquoi je me suis prêtée à ce jeu.

Étouffant un flot de larmes, la voix étranglée par l'émotion, Philippine quitta précipitamment les lieux et s'enfuit dans les ruelles. À quelques pas de là, le passage était obstrué par un char à bœuf qui déchargeait des sacs de grains. Philippine arrêta sa course. Elle s'assit sur une grosse pierre. Elle ne cessait de ressasser dans sa tête les paroles qu'elle venait d'échanger avec Shaline. Petit à petit, le doute puis les regrets s'insinuèrent en elle. « Et si c'était lui qui avait raison ? Ne cherche-t-il pas à dénoncer par l'image les conditions intolérables dans lesquelles travaillent les enfants ? Ne va-t-il pas surtout montrer le dévouement des associations qui agissent pour les aider à se sortir de leur condition ? Je me suis laissée emporter un peu trop vite ! » Elle décida de retourner voir Shaline et rebroussa chemin.

Quand elle parvint à hauteur de l'échoppe, le garçon avait quitté les lieux. Elle s'enquit auprès du serveur. Celui-ci lui désigna un magasin au loin.

— Le *Sahib* est parti là-bas, dans cette boutique.

La colère et le départ de Philippine prirent Shaline au dépourvu. Il s'en voulait de ne pas avoir remarqué combien Philippine était sensible, combien elle avait été bouleversée par le sort de ces enfants. C'était son premier séjour en Inde. Le contexte ne lui était pas encore assez familier. Il n'aurait pas dû lui parler de la réalisation de son film de cette façon-là. Il gagna la rue. Un magasin brillamment éclairé, orné de couleurs vives, attira son attention. En vitrine étaient exposés des saris, des châles et des parures de luxe que seules les familles nanties pouvaient s'offrir. « Voilà ce à quoi mène le travail des enfants, pensa Shaline ; à voir de plus près, peut-être une séquence à ajouter. » Il pénétra dans le magasin. Des vendeurs, debout derrière des comptoirs transparents, déployaient des brocarts chatoyants devant un parterre de femmes en train de jacasser à voix haute. Nombre d'entre elles n'étaient que des silhouettes que Shaline voyait de dos ou de profil, le *pallu* de leur sari remonté sur la tête.

Au cœur de ce tumulte, une voix se distinguait. Une élocution claire et continue dans un hindi parfait. Une silhouette voilée, de trois quarts. Une petite main élégante, un poignet délicat orné d'un fin bracelet de jade. Shaline n'avait pas besoin d'en savoir plus. Il l'avait reconnue : c'était Preety.

10

L'atelier

ASSIS EN LIGNE DEVANT LEUR FEUILLE DE BANANIER sous les arcades de Vishwanath Mandir, Anjali et Raju mangeaient en silence. Il y avait d'autres enfants de leur âge, le visage terne, incapables de sourire. Raju eut envie de leur parler, de savoir ce qu'ils faisaient là, puis se ravisa. Il devait veiller sur Anjali. Il n'allait pas jouer les chefs de bande comme il l'avait fait à Bombay. Le repas terminé, ils firent une toilette sommaire avant de quitter le temple à la recherche d'un endroit tranquille où passer la nuit.

Ils se dirigèrent d'instinct vers les escaliers menant au fleuve. Il faisait froid. Il était tard. Les ruelles n'étaient guère éclairées. De loin en loin, un réverbère diffusait une modeste lumière. On pouvait alors distinguer les visages des passants. Au détour d'une venelle surgirent trois sinistres silhouettes : l'édenté et ses *goondas*. Eux aussi les avaient repérés. Raju attrapa Anjali par la main et l'entraîna au loin à travers le *chowk*. Ils coururent, coururent, se faufilant entre les obstacles, tournant ici à droite, là à gauche, au hasard, avec une seule idée en tête : semer leurs poursuivants, ne plus tomber sous la coupe de ces malfaiteurs. Leur fuite éperdue s'acheva lorsque Raju glissa sur une bouse de vache et s'étala sur le ciment en poussant un cri.

Une porte à double battants s'ouvrit sur un homme encore jeune, bien mis, qui tenait une lampe torche à la main. Avisant Raju à terre, le genou en sang, il s'approcha et aida Anjali à le relever.

— Pauvre garçon ! s'exclama-t-il en zézayant. Entrez-donc une seconde, les enfants, nous allons nettoyer ce bobo.

Une femme d'un certain âge apporta une assiette de confiseries, puis, avec un linge humide, entreprit de nettoyer la plaie de Raju.

— Où cours-tu ainsi avec ta sœur ? Où est ta famille ?

— Je suis un Barhai, répondit Raju avec fierté. Nous fuyons des malfaiteurs qui veulent nous faire travailler de force dans une briqueterie.

— Une briqueterie ? dit l'homme avec compassion. On n'a pas idée d'employer des enfants délicats comme vous à des tâches aussi barbares !

Raju regarda autour de lui. Il réalisa qu'il se trouvait dans un magasin, un de ces lieux où l'on vend toutes sortes d'objets fantaisie : tissus, statues, bijoux, vêtements. Sur le côté, un couple à la peau claire discutait avec un vendeur dans une langue peu familière. À l'énoncé de chiffres, Raju crut reconnaître de l'anglais. La vieille femme acheva de panser le genou de Raju avant de laisser la place à celui qui semblait être son fils. Anjali écoutait et observait en silence.

— Où dormez-vous ? demanda l'homme.

Un silence suivit cette question. Anjali prit la parole.

— Nous dormons au Ganapati ji Maharati Dharamsala.

— C'est loin, dit l'homme, en fronçant les sourcils. Moi, on m'appelle Garulal. J'aime bien les enfants, affirma-t-il, péremptoire, avec toujours son petit cheveu sur la langue. Il passa sa main sur la tête de Raju avant d'ajouter : « Vous allez dormir chez moi cette nuit, si vous voulez. Ou plutôt chez mon cousin. Il a une grande chambre où vous pourrez vous reposer en paix. » Les deux enfants échangèrent un regard entendu. Pour eux qui avaient pensé grelotter dehors ou passer la nuit dans la promiscuité d'un temple, cette offre était une vrai aubaine. Ils remercièrent leur hôte en joignant les mains.

La maison où on les conduisit en rickshaw était située loin en banlieue dans un village aux maisons carrées, serrées autour d'une mosquée. Une cour intérieure gardée par un bouc donnait accès à des ateliers de tissage.

— Voila le maître des lieux, M. Rafiq. Il va prendre soin de vous.

Garulal ouvrit la porte d'une petite pièce dans l'angle, plongée dans l'obscurité. Lorsqu'il eut allumé, Raju vit que tout autour, sur des clous, étaient suspendus des vêtements d'enfants, des shorts kaki, des robes incolores, des chemises rapiécées, des haillons de toutes sortes. Il ne comprit la vérité du lieu que lorsque l'homme eut refermé la porte derrière lui. Anjali, elle, avait immédiatement saisi où on les avait conduits et à qui elle avait affaire : d'un bond, elle était parvenue à s'enfuir. Raju entendit la targette coulisser dans la gâche suivi du clic du cadenas. Il était seul, prisonnier. Il s'effondra dans un coin et se mit à pleurer.

Raju somnolait quand il fut réveillé par un bruit de porte suivi de l'irruption d'une bande de gamins hirsutes.

— Pousse-toi de là, le nouveau, c'est ma natte.

Raju se leva pour céder la place au nouvel arrivant. Dans la pénombre, il dénombra sept enfants : quatre garçons et trois filles, tous plus jeunes que lui. Ils affichaient le même regard éteint, inexpressif, que les petits ouvriers de la briqueterie. Sans demander leur reste, ils s'étaient allongés et immédiatement endormis. Raju ne parvenait plus à trouver le sommeil. Il pensait à Anjali. Où pouvait-elle bien être ? Il savait les nombreux dangers que courait une petite fille, seule la nuit, dans une grande ville. Il revécut les derniers événements. Cet homme affable, ce Garulal, qui l'avait fait soigner, n'était qu'un fieffé menteur, un comédien qui piégeait les enfants. Encore plus dangereux que l'édenté et ses *goondas*, pensa Raju. Eux au moins, on les repère de loin mais cet homme si bienveillant à qui il avait fait confiance, pourquoi l'avait-il conduit ici ? Pourquoi l'avait-on enfermé ? Qu'attendait-on de lui ? Il se doutait bien, à voir les autres enfants, qu'on allait l'embaucher de force. Raju se serait bien accommodé à l'idée de travailler le bois puisque c'était son métier, celui de ses ancêtres, celui de sa caste. Après tout, pourquoi pas ici, à Varanasi ? Mais en échange de son labeur, il attendait argent et liberté. Il se demandait quel genre de tâches accomplissaient les bambins endormis autour de lui. Tout en se posant ces questions, il sombra petit à petit dans le sommeil.

Rafiq vint ouvrir la porte à l'aube. On entendait bêler le bouc attaché à sa chaîne

— Raju, c'est moi le patron ici. Tu vas pouvoir te rendre utile.

L'homme le conduisit dans une pièce obscure ouvrant sur le côté de la cour. Et là, Raju comprit. Il y avait une dizaine de métiers à tisser. Les enfants prirent place chacun à côté d'un adulte et se mirent au travail.

— *Sahib*, combien allez-vous me donner ? Qu'avez-vous fait de ma sœur ?

— C'est Garulal qui nous paye, pas moi. C'est lui qui a emmené la fillette.

Raju pensait qu'on l'installerait devant un métier à tisser mais tel ne fut pas le cas. Il fallait connaître ce travail délicat. On lui assigna diverses tâches de *coolie*. Il remplissait des seaux d'eau, transportait des ballots, servait le thé. Il le faisait en silence, sans rechigner, profitant de ces allées et venues pour examiner les lieux et étudier la manière dont il pourrait s'échapper. Rafiq avait compris son manège. Il le prit à part dans l'après-midi.

— Tu n'es pas tisserand, Raju ?

— Non, menuisier.

— Tu n'es pas prisonnier ici, pas plus que nous tous ici dans cette communauté.

— Et ces enfants, avec moi ?

— Ce sont des apprentis que nous confie Garulal. Ils apprennent à tisser comme nos propres enfants.

— Sahib, je ne veux pas apprendre à tisser, je veux retrouver ma sœur et rentrer chez moi, au Maharashtra.

— Va ! Tu es libre. Retourne chez Garulal. Dis-lui que je n'ai pas besoin de toi.

Il fallut plus de trois heures à Raju pour regagner à pied le *chowk*. Il faisait vraiment très froid. Un feu avait été allumé dans la ruelle. Un cercle d'homme tout autour essayait de se réchauffer. Garulal était là, emmitouflé dans une couverture.

— *Sahib*, où est ma sœur ?

L'autre leva la main, prêt à le frapper, mais se retint. Il l'empoigna par le bras et le conduisit à l'intérieur de sa boutique.

— Qu'est-ce que tu fais ici, misérable ? zozota-t-il.

— Anjali, qu'en avez-vous fait ?

— Elle est en sécurité. Personne ne lui fera de mal. Maintenant, retourne travailler si tu veux qu'on te ramène ta sœur.

— Combien allez-vous me donner ?

— Un bon travail est toujours récompensé d'un bon salaire.

— Oui mais combien ? insista Raju, combien de roupies par jour ?

— Ne me parle pas sur ce ton, misérable mendiant ! C'est toi qui me dois de l'argent. Vous aviez les *goondas* à vos trousses, toi et ta sœur. Il a fallu les calmer et leur donner de quoi vous oublier.

— Et à combien s'élève cette dette ?

— Les hommes sont avides, Raju. Cela m'a coûté des milliers de roupies. Mais tu es sûrement un garçon habile et courageux. Tu auras vite fait de rembourser.

Maintenant, pour Raju, la situation était claire. Il était prisonnier. L'autre refusait de lui communiquer le montant de ce qu'il appelait la dette. Il était donc condamné à travailler comme un esclave, sans salaire, sans liberté, pour une durée indéterminée. Une seule issue possible. La fuite.

Il parvint à négocier avec Garulal de ne pas retourner chez les tisserands mais de rester en ville. Il passait beaucoup de temps dans la boutique où il s'arrangeait pour faire traîner en longueur la mise en place de statuettes ou de bijoux dans les vitrines et sur les étagères. Il observait du coin de l'œil ces étrangers au teint clair assis sur des tabourets devant les vitrines, tripotant les divers souvenirs que Garulal et ses employés les convainquaient d'acheter. Il pensa un instant leur demander protection, les appeler à l'aide pour sortir de cette maison, mais sa connaissance de l'anglais se limitait aux chiffres et à quelques phrases d'usage courant.

Certains soirs, Garulal faisait venir des musiciens dans un salon attenant à la boutique. Nombreux étaient les étrangers avec leurs femmes, qui venaient écouter un *raga* joué au sitar ou au *sarangi*[1], accompagné par les battements d'une paire de tablas. Les bâtonnets d'encens, le thé à la cardamome et les volutes de quelques *bidies* contribuaient à créer une atmosphère extatique. À l'issue du concert, les doubles battants du salon s'ouvraient sur la boutique généreusement éclairée. Raju s'était exercé à répéter des phrases en anglais entendues ici ou là. Avec conviction, il persuadait ces riches visiteurs d'entrer

1. Instrument à cordes.

pour dépenser leur argent à l'avantage de Garulal. Amusés ou émus par son bagout, pris au piège, les touristes se laissaient tenter et, bien vite, les billets de cinq cents roupies à l'effigie du Mahatma Gandhi sortaient des poches et passaient par-dessus le comptoir.

À ceux qui lui demandaient pourquoi, si jeune, il travaillait, Raju répondait en anglais : « C'est mon oncle, c'est normal que je l'aide. » Garulal fut vite conquis par la vivacité, l'intelligence et l'esprit d'à-propos du garçon. Il ne manquait pas de lui dire qu'il allait lui trouver des tâches plus valorisantes que celles de coolie.

— Je suis menuisier, *Chachaji*[1]. Laissez-moi travailler le bois avec ceux qui font les statuettes.

Garulal refusa. Il lui promit en revanche qu'il aurait bientôt droit à une surprise. En effet, le lendemain matin, Garulal remit à Raju un petit paquet. Une longue *kurta* blanche brodée sur le devant avec un *shalwar* pendjabi.

— Tiens, Raju. Je veux que tu sois bien habillé pour la mission que je vais te confier.

— Merci, *Chachaji*.

— Tu connais quelques phrases d'anglais, tu n'as pas ta langue dans ta poche. Alors voilà : tu vas parcourir les rues de la cité, descendre sur les ghâtes. Dès que tu verras des étrangers, tu leur donneras la carte de visite de la maison en disant : « *Shawls, pashmina, silk, shirt, dress, santal wood, come to visit my shop*[2] *!* » Tu peux aussi leur dire : « *Come to visit*

1. Oncle.
2. « Châles, cachemire, soie, chemise, robe, bois de santal, venez voir ma boutique ! »

my house, meet my uncle, drink tea[1] *!* » Le mieux, c'est de les conduire ici toi-même. S'ils achètent, je te donnerai une prime.

— Combien ? demanda Raju.

— Une commission, un pourcentage sur ce qu'ils auront payé. Alors, choisis les plus riches, les plus âgés, avec leurs femmes, ce sont ceux qui dépensent le plus.

Garulal décela sur le visage de Raju les signes d'une intense réflexion.

— Naturellement, si tu décidais de ne pas revenir, je serais contraint de faire jouer mon réseau. J'ai des amis dans toute la ville. Tu n'irais pas bien loin. En outre, nous serions obligés de prendre ta sœur pour te remplacer. Elle pourrait rapporter beaucoup d'argent. Pour une autre sorte de travail.

L'évocation d'Anjali déplut profondément à Raju. Ce Garulal, avec ses airs patelins et son zézaiement, n'était rien d'autre qu'un malfaiteur, un ennemi à neutraliser.

— *Chachaji*, je suis très heureux de travailler pour vous, affirma Raju avec son aplomb habituel. Je suis très flatté de l'honneur que vous me faites en me confiant cette mission. Je vais vous amener beaucoup de clients. Je vais gagner beaucoup de commission. Alors, pourquoi chercherais-je à m'enfuir ? Donnez-moi donc des cartes de visite, que je me mette au travail.

1. « Venez chez moi, voir mon oncle, prendre le thé ! »

11

Le rendez-vous

PHILIPPINE RECONNUT DANS LE MAGASIN LA LONGUE SILHOUETTE DE SHALINE. Il lui tournait le dos. Elle se demandait ce qui pouvait bien l'intéresser dans le marchandage des clientes. Elle entra à son tour. Elle fit mine d'admirer les brocarts dont étaient drapés des mannequins en plâtre, palpa entre ses doigts la finesse de la soie, tout en observant la scène à la dérobée. Shaline, fasciné par sa découverte, les yeux rivés sur les femmes, ne s'était pas rendu compte de sa présence.

Le vendeur déployait les saris les uns derrière les autres, sous les commentaires de ses clientes.

— Celui-ci irait bien avec ton teint.

— Celui-là plairait à ta belle-famille.

— En voilà un autre dans lequel tu seras la plus belle des mariées. C'est celui-là qu'il devra t'offrir.

Preety ne répondait rien. Elle ne manifestait guère d'enthousiasme pour les soieries que l'on déversait sous ses yeux. Elle avait reconnu son ami français. Elle lui jeta un regard en coulisse, le visage empreint d'une profonde émotion. Shaline pouvait lire sur les traits de la jeune Indienne à la fois de l'embarras et de la résignation. Elle était prise dans les mailles du filet, de sa tradition, de sa culture. Ses yeux exprimaient l'inéluctable : un mariage arrangé avec un garçon de sa caste. Shaline était prêt à rendre les armes, à oublier définitivement celle qui était à présent promise à un autre ; que l'on vouait à une union destinée à apporter honneur, harmonie et descendance aux siens. Shaline ne se sentait pas le droit de s'ingérer dans les affaires d'une famille où sa présence ne pourrait apporter que chaos et malheur. Il lui fallait se retirer sur la pointe des pieds, quitter ce magasin, sortir de la vie de Preety, pour toujours.

Il ne vit pas la jeune fiancée sortir une feuille de papier comme pour noter des prix et des mesures. Il ne la vit pas non plus déchirer la moitié de la page et la glisser dans la main d'une autre femme plus jeune, en sari bleu, en lui chuchotant un mot à l'oreille. Il entendit le froissement de l'étoffe. Il vit l'azur du sari s'approcher de lui et sentit qu'on lui déposait un billet dans la main.

Il recula pour lire le mot. Il était rédigé en français. « Shaline, c'est mon amie Raksha qui t'a remis ce billet. Contacte-la ce soir. Preety. » Suivait un numéro de téléphone. Pas de formule de politesse ni de petit mot tendre. Shaline sentit un souffle chaud sur son cou. Philippine était là, collée derrière lui, le visage sévère.

— Tu lis par-dessus mon épaule ?

— Qu'est-ce que tu lui veux à cette fille ? Elle écrit en français, on dirait ! C'est une de tes anciennes maîtresses ? Je crois bien qu'elle va être bientôt mariée, à en croire le genre de boutique dans laquelle nous sommes.

— Philippine, cela ne te regarde pas, c'est ma vie.

— C'est aussi celle de cette fille. Tu ne vas pas perturber ses noces en renouant avec elle ?

— Qui te parle de renouer ? Et puis, Philippine, tu m'ennuies. On dirait que tu es jalouse !

— Jalouse ? Moi ? Jamais de la vie !

Philippine sortit de la boutique d'un pas martial, comme outragée, en lui lançant une dernière invective :

— Et en plus, elle est même pas belle, ton Indienne !

Puis elle se fondit dans la foule des passants.

Au téléphone, Raksha se présenta comme l'amie d'enfance de Preety. La voix était cordiale mais embarrassée. Elle devait s'acquitter d'une mission difficile mais qu'elle ne pouvait refuser à sa meilleure amie. Elle lui posa quelques questions par politesse. Shaline parla brièvement de son enfance à Bénarès, de son film. Il ajouta qu'il écoutait volontiers de la musique indienne au conservatoire de l'université.

— Shaline, venez chez moi demain à trois heures. Preety vous attendra.

À 15 heures, le lendemain, Shaline se présenta à la grille d'un bungalow à Jawahar Nagar Colony, quartier empli de souvenirs d'enfance. Le portier précéda le Français jusqu'aux marches de la véranda qui ceinturait le bâtiment. Raksha, la fille au sari bleu, se leva pour l'accueillir.

— Shaline, asseyez-vous, voulez vous du thé ? J'ai beaucoup entendu parler de vous. Comment trouvez-vous notre Inde ?

La cordialité de ces mots d'accueil ne parvenait pas à dissimuler une tonalité empruntée, où pointaient suspicion ou réprobation — c'est ainsi que Shaline l'interprétait. Elle ajouta sur le même ton qui s'efforçait de paraître neutre, détaché de son contenu :

— Mes parents sont sortis. J'ai donné congé aux domestiques. Je vous prie de m'excuser : j'ai des obligations. Je ne peux pas rester. Entrez donc.

Elle ouvrit la porte à doubles battants et la referma sans bruit derrière son visiteur. Dans la pénombre, il devina un salon décoré avec goût : cabinets de style colonial portugais, médaillons Louis XVI, tapis persans. Assise sur une méridienne en velours grenat, devant une fenêtre grillagée, une silhouette lui tournant le dos, drapée de rose, le voile remonté sur la tête, feuilletait un magazine. Il reconnut le bijou de jade qui tintinnabulait avec les autres bracelets. Il fit un pas dans sa direction en toussotant légèrement.

— *Mere paas mat ao*[1] *!*

Elle s'était exprimée en hindi : leur langue, celle dans laquelle leur complicité s'était nouée, leurs secrets s'étaient confiés. Elle aurait pu choisir le français, langue dans laquelle ils avaient échangé des familiarités ou des banalités, ou l'anglais, langue passe-partout qui ne connotait pour eux aucun sentiment particulier. Mais le hindi évoqua pour Shaline des souvenirs romantiques. La phrase de Preety lui

1. « Ne t'approche pas de moi ! »

rappelait les scènes de dépit amoureux au cinéma. Il ne put s'empêcher de penser au film *Devdas*, à la scène du retour après dix ans d'absence : l'héroïne tourne obstinément le dos au garçon, elle n'acceptera de lui dévoiler son visage qu'au clair de lune. Mû par une soudaine intuition, Shaline lui fredonna l'air des retrouvailles :

— *Woh chandra, jaisi larki*[1]...

Il s'approcha sans bruit et continua à chanter dans son oreille. Il fit glisser le *pallu* de son sari et déposa ses lèvres sur ses cheveux. Elle sentait bon le jasmin et l'huile de coco. Ils restèrent ainsi, silencieux, immobiles, sans se voir, leurs deux têtes appuyées l'une sur l'autre. Shaline s'accroupit et voulut contempler son visage mais elle remonta le voile brodé d'or de son sari pour dissimuler ses traits.

— Shaline, je suis fiancée et toi aussi. Je ne sais pas quel hasard t'a amené à Bénarès. J'ai voulu cette rencontre simplement pour te dire adieu. Nos destins se séparent : moi je serai bientôt mariée et toi tu pourras épouser la femme blonde qui t'accompagnait dans la boutique.

— Preety, regarde-moi. Je ne suis pas fiancé. C'est une fille que j'ai rencontrée dans l'avion. Rien d'autre.

— Va la retrouver et oublie moi ! articula t elle d'une voix étrange comme brisée par l'émotion, en pivotant de façon à tourner le dos à son visiteur.

« Jalouse ! Serait elle jalouse, pensa Shaline, ou peut-être dépitée que je me sois trouvé dans ce magasin avec Philippine ? » En guise de réponse, il reprit sa chanson : *Woh chandra*. Elle l'écouta sans

1. « La fille est belle comme la lune. »

bouger, puis, imperceptiblement, se tourna vers lui et souleva son voile, offrant son visage à la lumière.

Shaline eut envie de la serrer et de l'embrasser mais il prit son temps pour la regarder, détailler chacun des traits de son visage soulignés par un discret maquillage. Il s'abreuvait de cette beauté qu'elle avait tardé à lui montrer. Il remarqua que ses yeux étaient gonflés. Elle venait de pleurer.

— Shaline, je ne peux plus te voir. Je n'en ai plus le droit.

Elle ne put finir sa phrase car le garçon avait rapproché sa bouche de la sienne. Elle pinça ses lèvres en signe de refus mais les entrouvrit aussitôt, vaincue par la bouffée de souvenirs associée à la vague de plaisir qui l'inondait. Ils renouèrent avec les gestes d'avant. Ils se parlèrent en français. Ils se remémorèrent leurs jours heureux. Preety oubliait tout : son retour en Inde ; sa famille à Bénarès et le futur mari choisi par ses parents. Elle se retrouvait étudiante à Paris, libre et indépendante, dans les bras d'un garçon qu'elle avait choisi.

— Preety, il faut arrêter ces préparatifs de mariage. Tu ne vas pas épouser un inconnu, alors que nous deux…

— C'est impossible, dit-elle en se dégageant de l'étreinte de Shaline. Nos familles se sont mises d'accord. Jamais je ne ferai honte à mon père. Jamais je ne lui ferai rompre cet engagement.

— Mais cet homme, l'as-tu vu au moins ?

— Non ! Il habite au Canada, à Toronto. Il n'est pas encore arrivé. On ne le verra pas avant l'avant-veille de la cérémonie. Il travaille beaucoup. Il est ingénieur en électronique, il a trente-quatre ans.

— Tu as déjà vu sa photo ?

— Oui, il s'appelle Aswani Chadha, il est beau garçon, il a l'air costaud. Il porte une veste de cuir noir, les cheveux drus coiffés en arrière, une moustache. Et il mesure cinq pieds cinq pouces.

— Et pourquoi lui plutôt qu'un autre ?

— Parce que son grand-père et le mien étaient de vieux camarades de classe. C'est ainsi que les choses ont pu se nouer.

— Et toi, Preety, tu lui as parlé au téléphone ? Il est d'accord pour t'épouser ?

— Non, il ne m'a jamais appelée mais je suis sûre qu'il est d'accord. Il cherchait à sc maricr. Scs parents lui proposcnt un parti. Il acccptc. C'cst un bon fils.

— Et toi, tu es soumise ? Tu vas partir à Toronto, dans un pays que tu ne connais pas avec quelqu'un que tu ne connais pas. Cela te semble acceptable ?

— Oh ! Shaline, je t'en supplie, ne retourne pas le couteau dans la plaie. Ne fais pas de scandale. Je m'habituerai à cette vie. J'essaierai de t'oublier.

— Preety, laisse-moi au moins aller voir tes parents. Je leur expliquerai tout. Ils comprendront.

— Non, Shaline. Demain commence pour moi la période de onze jours de réclusion avant la noce. Interdiction de sortir et de voir qui que ce soit.

Elle se rapprocha de lui et sanglota sur son épaule. Il la serra de toutes ses forces dans ses bras. Il lui caressa les joues, le front, le cou.

— Ne pleure plus, Preety. Si tu ne veux pas de ce mariage, ce mariage n'aura pas lieu. Je te le promets.

— Shaline, je t'en supplie, pas de drame, pas de coup d'éclat, pas de scandale. Ma famille ne s'en remettrait jamais.

— Il n'y aura pas de mariage forcé, Preety. Je t'en fais la promesse solennelle.

— Je ne vois pas comment. Il faudrait un miracle.

— Je trouverai un miracle.

En quittant le bungalow, Shaline se demandait comment il parviendrait à tenir ses engagements sans faire d'éclat. Il repassa dans sa tête toutes les paroles qu'ils avaient échangées. Une des petites phrases prononcées par Preety retint son attention. Il sourit intérieurement, heureux d'avoir peut-être trouvé une aspérité à laquelle s'accrocher, un fil à tirer pour faire échouer un mariage forcé.

De retour à l'hôtel, il trouva une Philippine énervée, en train de faire sa valise.

— Tu reviens de chez elle, n'est-ce pas ?

— Tu ne vas pas me la jouer jalouse, toi aussi.

Shaline se mordit la lèvre. Le « toi aussi » était de trop : un aveu qu'il aurait préféré éviter.

— Shaline, je parle pour toi. Je ne sais pas qui est cette fille, mais apparemment, tu dois la connaître : une de tes anciennes conquêtes, peut-être ?

— Une amie de Paris, rectifia Shaline, laconique.

— Je ne suis pas jalouse mais elle a l'air de t'aimer encore. Tu dois t'effacer, quitter Bénarès et la laisser accomplir son devoir envers sa famille. Moi, je pars. Ashley m'a proposé de partager sa chambre à la cité universitaire. Ce sera plus pratique pour mes cours de musique. Oublie cette fille, Shaline. Elle n'en vaut pas la peine. Tu auras l'air fin quand la famille aura lancé des *goondas* à tes trousses pour te faire quitter la ville de force. Si tu veux me revoir, tu sauras où me trouver.

Shaline resta seul, en proie à ses tourments, dans la chambre désertée par Philippine. Elle avait sûrement raison mais il ne parvenait pas à l'accepter. Avait-il vraiment envie de passer le reste de sa vie avec Preety ? Saurait-il la rendre heureuse ? L'aimait-il ? Si oui, était-ce pour elle-même ou pour l'image qu'elle représentait ? N'était-elle pas une illusion, un fantasme ? La femme indienne dans toute sa splendeur ? Au-delà, ne représentait-elle pas pour lui l'Inde elle-même, berceau de son enfance, l'Inde incarnée sous les traits d'une jeune étudiante à Paris, l'Inde de la beauté, du charme, de la culture, l'Inde qu'il aimait, qui faisait partie intégrante de son existence ? Preety serait-elle heureuse en France auprès de lui ? Ne pourrait-elle pas lui reprocher un jour de lui avoir fait rater la chance de sa vie en n'épousant pas le fiancé choisi par ses parents ? Si ces fiançailles étaient rompues, comment vivrait-elle cette rupture ? Ne risquerait-elle pas le reniement de sa famille ? Ne s'était-il pas vanté à la légère de faire annuler l'engagement de Preety ? Il avait voulu jouer les matamores, se poser en personnage de film *massala* où les héros parviennent à faire échouer les mariages forcés pour épouser leur belle. Il se demandait à présent si le fil ténu de son espoir n'allait pas se rompre.

Après le départ de Shaline, Raksha se précipita à l'intérieur. Comme elle s'y attendait, elle trouva Preety en pleurs.

— J'aurais dû rester à Paris. Quelle bêtise j'ai faite en venant m'en remettre à ma famille pour mon avenir ! Quel avenir ? Je ne serai plus moi, Preety Arora. Je deviendrai « la femme de… » puis, neuf mois après, on m'appellera « la mère de... ». Et cet engouement de nos familles pour les prétendants de la diaspora ? L'Inde ne serait-elle rien d'autre qu'une pourvoyeuse de femmes, de préférence soumises, fidèles, obéissantes, pour ces mâles bardés de diplômes, fiers de leur expatriation ?

— C'est le chagrin qui dicte tes paroles, Preety. Ce prétendant est sûrement quelqu'un de bien. Penses-tu une seule seconde que tes parents auraient choisi pour toi quelqu'un qui te rendrait malheureuse ? Tous les garçons qui font des études supérieures rêvent de Harvard ou de Stanford. Ce sont les élites, ceux qui appartiennent aux meilleures familles qui y parviennent. Naturellement, après leurs études, ils s'installent en Amérique, en Australie ou en Europe. Aux yeux de tes parents, Toronto est comme un label de qualité. Je crois que tu n'aurais pas dû revoir ce Français. C'est sa présence qui te fait remuer ces pensées moroses.

Preety ne répondit pas. Qu'aurait-elle pu répondre ? Qu'elle était amoureuse de Shaline ? Raksha l'avait bien compris. Inutile d'insister. Sa meilleure amie pourrait-elle l'aider à accepter son sort ? Ce mariage n'était-il pas à présent engagé de façon irrévocable ? La promesse de Shaline l'avait bouleversée mais, en son for intérieur, elle savait bien que ce n'étaient que des mots. Sa situation était sans issue.

12

L'aveugle

LA TEMPÉRATURE NE CESSAIT DE BAISSER. UN AIR GLACIAL, DESCENDU DE L'HIMALAYA, s'était répandu à travers la vallée du Gange, jusqu'au golfe du Bengale. La presse annonçait chaque matin son lot de personnes retrouvées mortes de froid dans les rues des grandes villes. À Bénarès, le thermomètre était descendu à 1,2 °C. De nombreux ateliers avaient dû cesser leur activité. Les écoles étaient fermées. Pourtant, ce matin là, en dépit de la brume, dès avant l'aube, une foule bien plus dense que d'habitude s'avançait à grands pas sur Godowlia, en direction de Dashaswamedh Ghâte : des voyageurs avec leurs sacs, des *saddhous* avec leurs longs bâtons, des touristes avec leurs caméras, des miséreux avec leur maigre baluchon, des lépreux poussés sur des chariots en bois. Les pèlerins descendaient jusqu'à la berge, les mendiants s'asseyaient sur les marches le long de la rampe, tandis que les lépreux demeuraient en ligne en haut des escaliers. Aujourd'hui était jour de Makar Sankranti[1], la fête dite « des cerfs-volants », un événement qui drainait vers la cité sainte beaucoup de monde et par la même occasion beaucoup de mendiants.

Avec sa *kurta* brodée et son *shalwar* assorti, Raju s'admirait dans le miroir du magasin. Il ne s'était jamais vu habillé ainsi. Il avait l'impression d'avoir en face de lui un fils de maharajah, un héros de cinéma.

— *Shawls, pashmina, silk, shirt, dress, santal wood, come to visit my shop !* répétait-il à haute voix devant la glace, pour être sûr de bien prononcer ces mots avec lesquels il devait accoster les touristes.

— Allez, Raju, au travail, lui dit Garulal. Tu n'as pas oublié les cartes de visite ?

— J'y vais, *Chachaji.*

Raju éprouva un sentiment de bonheur à se retrouver dans la rue, libre. Libre ? Pas tout à fait. Garulal le tenait sous sa coupe. Raju ne savait pas encore comment il parviendrait à retrouver Anjali, ni comment il s'échapperait, mais il lui serait plus facile d'échafauder un plan dehors, plutôt que confiné à l'intérieur.

De petits groupes de touristes remontaient des ghâtes : ils revenaient d'une promenade en barque d'où ils avaient pu assister aux ablutions rituelles des pèlerins. Grelottant dans leurs manteaux ou leurs anoraks, ils hâtaient le pas pour retrouver le confort douillet de leur autocar.

1. Selon les astronomes hindous, c'est le jour où le soleil entre dans le zodiaque de *Makara.*

— *Shawls, pashmina, silk, shirt, dress, santal wood, come to visit my shop !* répétait Raju en tendant ses cartes de visite. Il ne recevait en retour que dédain, rebuffades ou insultes. Ces étrangers qu'il avait vus si calmes et si aimables jusqu'à présent affichaient à son égard un mépris qu'il ne comprenait pas. Même les femmes, celles qui distribuaient des crayons et des bonbons, de l'argent même, si on savait s'y prendre, même elles le rejetaient avec des mots barbares dont il devinait le sens.

Il descendit vers le fleuve. La cohorte d'estropiés, d'aveugles, d'indigents de toutes sortes : vieillards, jeunes, femmes avec enfants, tout un monde de misère était rassemblé là, assis le long de la rampe, une écuelle à la main. Lorsqu'un bienfaiteur se présentait, les mains se tendaient, les assiettes s'avançaient pour recueillir une poignée de riz, de sucre, de lentilles ou quelque menue monnaie. Plus vifs, les bambins couraient au devant des passants pour quémander une aumône. Exaspérés par ces chamailleries, touristes, visiteurs et pèlerins se hâtaient de quitter les ghâtes au plus vite. Toutefois, en haut des marches, les lépreux avec leurs acolytes savaient barrer la route des piétons avec leur chariots et les forcer à leur donner quelque chose. Cet univers de misère, de souffrance choquait Raju, il comprenait à présent l'agressivité des visiteurs. Il descendit vers les berges et là, à sa grande surprise, il se rendit compte que nombre de rabatteurs comme lui harponnaient les touristes en disant aussi : « *Come to visit my shop !* » et en distribuant des cartes. Il vit les essaims de fillettes qui vendaient des fleurs, d'autres qui proposaient des cartes postales ou des poudres de couleur. Tous et toutes se faisaient rembarrer avec des remarques peu amènes. Raju comprit que ce n'était pas la bonne méthode. S'il voulait drainer vers la boutique de Garulal le flot de visiteurs, il lui fallait changer de stratégie.

Il avisa un petit groupe d'étrangers nonchalants, assis à bavarder dans des fauteuils en plastique devant une maison de thé.

— *English* ? demanda-t-il.

— *French*, français, répondirent-ils en riant.

Il débita son boniment tout en distribuant ses cartes. Un grande brune au regard vif l'interpella en hindi.

— Comment t'appelles-tu ?

Raju allait se présenter lorsque le patron lui intima l'ordre de déguerpir, de ne pas importuner ses clients.

— C'est bon, dit une jolie blonde à qui un jeune Indien était en train de faire la cour. Donnez-lui du thé avec des *malai toasts*[1].

Raju s'empiffra de pain grillé à la crème avant de remercier les Français qui promirent de venir dans sa boutique. Il remonta les marches, passa au large de la cohorte de mendiants et buta contre un grand homme au teint clair.

— *Aray*, Babu, regarde où tu mets les pieds, lui dit l'homme, en hindi.

— Je ne suis pas Babu, moi c'est Raju. C'est drôle que vous parliez ma langue.

— Je te reconnais, Raju, je t'ai vu sur le bateau. Tu servais le thé.

— Oui c'était moi. Maintenant nous sommes amis, *Sahib* ! Vous devez venir visiter ma boutique, OK ?

1. Pain grillé garni de crème fraîche sucrée.

— OK, répondit Shaline amusé en prenant la carte des mains du garçon. Je viendrai, tu peux en être sûr. Et ta petite sœur, celle qui préparait le thé ?

— Elle n'est plus là, elle est rentrée à la maison.

— Alors, toi, tu restes seul ?

— Non, *Sahib*, je suis chez mon oncle, venez avec moi, maintenant. Je vais vous conduire.

— OK, Raju, je te suis.

Le fils du menuisier de Cholapur n'était pas peu fier de revenir chez Garulal, accompagné d'un grand *Sahib*. Il le fit asseoir dans la boutique dont il alluma les tubes au néon.

— Mon oncle va venir, *Sahib*. Asseyez-vous.

Lorsque Garulal pénétra dans la boutique, il décocha un sourire satisfait à l'adresse de Raju en voyant un client assis sur un tabouret. Revigoré par cet encouragement, Raju sortit sans demander son reste, avec l'intention de retrouver Anjali. Il retourna dans le temple où il l'avait trouvée en train de chanter la fois précédente, visita encore différents sanctuaires, mais sans succès. Il redescendait vers les berges lorsqu'il s'entendit interpeller par une petite voix.

— *Sahib, ek rupya, do rupya do*[1] !

Au milieu de l'alignement hétéroclite de miséreux, Anjali était là, assise, le sari gris de crasse, le visage maculé. Raju s'approcha. Au moment où il allait ouvrir la bouche pour lui parler, elle lui plaqua sa petite main calleuse sur les lèvres en désignant du menton son voisin, un mendiant grimaçant, les cheveux et la barbe en bataille, les yeux couverts d'une

1. « Monsieur, donne-moi une roupie, deux roupies ! »

paire de lunettes noires rafistolée au papier collant, attachée derrière sa nuque par un morceau de ficelle.

— *Swamiji*, dit la petite fille en s'adressant au vieillard, je dois aller faire pipi.

— Reste, ordonna-t-il. Tu ne peux pas partir. Tu es à mon service.

— Je suis votre guide, je suis vos yeux, *Swamiji*. Mais je dois y aller, je ne serai pas longue.

— Non, tu n'as pas le droit. Tu n'as pas compris ce que t'a dit Sambai Singh ?

Anjali s'était levée et avait pris la main de Raju. Pendant ce temps, l'homme aux lunettes noires frappait l'air avec son bâton de bambou, sous les ricanements des lépreux et des estropiés qui avaient observé la scène.

Anjali et Raju remontèrent les marches et trouvèrent un recoin derrière une échoppe. La petite fille s'accroupit et se libéra sans se soucier de Raju.

— C'est vrai que je ne pouvais plus tenir. Tu es venu à point. Maintenant il faut que tu partes.

— Je suis venu te chercher, Anjali. Nous allons rentrer.

— Pour aller où ? Je n'ai échappé à Garulal que pour être ramassée par les *goondas* de Sambai Singh, le *contractor*[1] des mendiants. Je dois accompagner cet aveugle. C'est un homme méchant qui me donne des coups de bâton. En plus, je crois qu'il n'est pas aveugle. Il met des lunettes pour dissimuler ses yeux mais je suis sûre qu'il voit comme toi et moi. Je dois rester avec lui. Parfois je chante, alors les pèlerins me donnent des pièces. Et c'est le maître qui rafle tout.

1. Mot à mot : entrepreneur. Utilisé dans le sens de « chef mafieux ».

Il me répète sans cesse qu'il me garde par pitié parce qu'il est bon mais qu'à sa place, tout autre m'aurait déjà envoyé dans une maison. En plus, il m'interdit de me débarbouiller et de laver mes vêtements. Je traîne une odeur qui me dégoûte. Mon seul bonheur, c'est lui, dit-elle, en montrant la tête tigrée aux oreilles pointues émergeant de son sari.

— Garulal m'a donc menti quand il m'a affirmé te tenir en sa possession ! Il va me le payer !

Raju lui raconta sa vie chez le boutiquier, comment il avait réussi à voler un peu de liberté.

— Allez, viens, Anjali, sauvons-nous maintenant !

— Non, Raju ! Où que j'aille, ils me retrouveront. Je dois retourner auprès du *swami*. C'est ma place, maintenant.

Raju était accablé par cette rencontre. Les malfaiteurs qui avaient enlevé Anjali étaient parvenus à la terroriser à un point tel qu'elle n'osait plus imaginer s'enfuir. Il observa de loin la petite fille qui retournait auprès de son maître. L'entendant arriver, ce dernier s'empara de son bâton ; il frappa plusieurs coups dans le vide avant de la heurter violemment à l'épaule.

— Voilà pour ceux qui désobéissent, maugréa-t-il. Si tu continues, on t'enfermera. Tu seras comme moi, tu ne verras plus jamais le soleil.

13

La famille

RAJ VEER ARORA ÉTAIT UN INDUSTRIEL COMBLÉ. SES AFFAIRES MARCHAIENT BIEN et sa fille allait se marier. À cinquante ans passés, il jouissait d'une notoriété qui lui permettait de traverser la ville la tête haute. Grand, le teint clair, la chevelure toujours noire, il avait renoncé à porter la moustache, un attribut qu'il laissait aux gens de moindre extraction. On le disait bel homme. Certains le comparaient même à Amitabh Bachchan, une des plus grandes stars de Bollywood, compliment dont il était très fier. Sa famille, apparentée à une lignée princière, venait du Pendjab, « le pays des cinq rivières », bien loin de Bénarès. Elle y possédait autrefois des terres, des usines, des maisons et même un palais, sur un territoire que la partition de 1947 avait dévolu au Pakistan. Le petit Raj était encore dans les bras de sa mère quand sa famille se réfugia à Delhi d'abord, où Ajay

Veer Arora, son père, avait des connaissances, avant de s'établir définitivement à Bénarès.

Ajay s'empressa d'acquérir plusieurs terrains. Il fit construire une villa d'architecture contemporaine, au cœur d'un vaste jardin fleuri dans le quartier de Jawahar Nagar, le plus chic de la ville. Il se lança dans une activité de négoce, achetant en gros des soieries à Bénarès pour les revendre à Delhi et Bombay. Cette activité lui rapportait beaucoup d'argent. Il décida d'accroître sa production en embauchant des tisserands. Il leur fit construire des maisons en dur, leur fournit équipement et matière première. Toute les familles travaillaient ensemble à tisser des saris ourlés de fils d'or.

Dès que Raj, son fils, eut atteint l'âge de raison, Ajay trouva normal de le mettre au travail avec ses ouvriers, afin qu'il apprenne en dehors de ses heures de classe le tissage de la soie. Plus tard, Raj fit des études de commerce et de sciences humaines à l'université hindoue de Bénarès. Il s'y fit beaucoup d'amis, notamment parmi les étudiants étrangers, ce qui lui donna l'idée de développer ses affaires au plan international. Son père lui confia officiellement la direction de ses affaires. Il multiplia le nombre de tisserands, non sans peine car il y avait des concurrents, ouvrit une boutique, puis deux, puis plusieurs où il vendait des articles de luxe aux touristes de passage et honorait des commandes venues du monde entier.

On le maria à Shobha, une Khatri, comme lui, une jeune fille d'une beauté resplendissante qui lui apportait en outre une dot confortable. Raj l'aima éperdument dès le premier jour. Intimidée au début par la forte personnalité de son mari, Shobha succomba sous son charme et partagea bientôt ses sentiments. Tous deux remercièrent leurs parents respectifs de les avoir unis. Un garçon naquit : une bénédiction pour tous d'avoir un mâle comme premier-né. On le prénomma Vikram. Sa naissance donna lieu à fortes réjouissances. Il se révéla toutefois d'un caractère secret, introverti, une personnalité modeste, effacée, soumise, un enfant triste et solitaire en qui Raj ne retrouvait aucun des traits du caractère de vainqueur d'Ajay son père. Ce dernier mourut peu après. Son décès causa à tous un profond chagrin. Pourtant, quelques mois plus tard, c'est la naissance de Preety qui apporta à Raj le bonheur le plus intense de sa vie. Lorsque, à la maternité, la sage-femme déposa dans ses bras ce nouveau-né en pleurs, il lui parla doucement : « Bonjour, Preety, c'est ton papa ! » La bambine cessa sur le champ de crier et esquissa ce que son père interpréta comme un sourire. Même si dans son entourage certains chuchotaient qu'un deuxième fils aurait été plus valorisant, Raj n'en avait cure. Il aimait éperdument sa fille. La bambine devint fillette. Raj retrouvait en elle tout ce qu'il attendait de sa descendance. Elle se révéla vive, créative, gracieuse et surtout très bavarde, un babil qui émerveillait son entourage. Au fil des années, il ne sut rien lui refuser. Il l'inscrivit à Saint-Joseph, la meilleure école anglaise de la ville. Elle poursuivit ses études supérieures, littéraires et artistiques, à l'université hindoue de Bénarès. Son frère, Vikram Veer Arora, suivit de son côté un cursus bien plus médiocre. Grâce aux relations de son père, il obtint un poste subalterne dans l'administration. On le maria à une fille de sa caste du nom de Vani ; tous deux s'installèrent dans la maison familiale. Une petite Taniya vint au monde, espiègle, curieuse, bavarde, très proche de Preety. Raj entretenait l'espoir que son fils reprendrait un jour la direction de ses affaires mais doutait fortement de ses capacités de manager.

Les difficultés commencèrent lorsque Roli et Ruchi, les sœurs aînées de Shobha, veuves toutes deux, vinrent habiter sous le toit de Raj. Elles commencèrent à critiquer les manières de Preety, l'audace de ses tenues, son émancipation, ses fréquentations, la manière dont leur beau-frère la gâtait. Il avait accepté qu'elle étudiât à l'Alliance française ; il lui avait même offert une petite Maruti 800, qu'elle conduisait elle-même chaque jour pour se rendre à la faculté. Les deux sœurs trouvaient inconvenant qu'une fille se déplace seule en ville au volant d'une voiture, qu'elle sorte sans demander la permission, qu'elle parle avec des étudiants. À cela s'ajoutait une kyrielle de ragots : elle boit du rhum, elle fume des cigarettes anglaises, elle va même danser avec des garçons.

Roli et Ruchi entretinrent leur sœur Shobha de leurs inquiétudes. Il fallait marier Preety pour faire cesser les rumeurs — rumeurs qu'elles ne se gênaient pas pour répandre elles-mêmes —, sans tarder. Autrement, ce seraient leurs réputations à elles qui seraient entachées. Shobha en parla à son mari qui posa la question à Preety.

— Me marier, moi ? Maintenant ? Non, je suis trop jeune, je n'ai pas fini mon cursus, je voudrais partir à l'étranger, étudier la mode, en France. Papa, je vous en supplie, dites oui !

Raj ne savait rien refuser à sa fille. Il surmonta la tristesse d'être séparé d'elle et l'aida à organiser son départ en France. Shobha accepta la décision de son mari mais les deux veuves ne cessèrent d'émettre des objections : selon elles, cela ne se faisait pas dans leur famille ; et à son âge, toutes deux étaient déjà mariées et mères de famille. Raj dut hausser le ton et les prier de cesser de contester ses décisions tant qu'elles vivraient sous son toit. Les deux femmes ne dirent plus jamais rien à ce sujet mais avec l'appui de Shobha, leur sœur, elles continuèrent à agir dans la clandestinité.

Depuis Paris, Preety envoyait fréquemment des emails et parlait à son père et à sa mère au téléphone plusieurs fois par semaine. De mariage, il n'en fut plus question. Pourtant, un samedi après-midi, elle vit arriver au foyer de Port-Royal un homme grassouillet frisant la quarantaine, le teint mat, la moustache chétive, l'air un peu godiche, endimanché dans une costume gris fripé, un sac de voyage en bandoulière. Preety le reçut dans le hall d'entrée.

— Vous êtes bien Preety Arora ?

La jeune fille acquiesça d'un balancement de la tête.

— Vous êtes encore plus jolie que sur la photo ! Si vous saviez comme je suis heureux de vous rencontrer enfin. J'attends ce moment depuis si longtemps !

L'homme ne put s'empêcher de saisir la main droite de Preety entre ses deux paumes. Elle retira ses doigts d'un geste vif.

— La photo, quelle photo ? demanda Preety en fronçant les sourcils.

— Celle que votre mère m'a envoyé, en email.

Sa mère, Internet : Preety commençait à comprendre.

— Je suis désolé, je ne me suis pas présenté. Je m'appelle Mukesh, je vis à New York, je suis informaticien. Nos mères se connaissent, pendjabies toutes deux. Je rentre en congé en Inde. J'en ai profité pour faire une escale à Paris, pour vous rencontrer.

— C'est bon, vous m'avez vue. Vous présenterez mes respects à votre famille en Inde. Maintenant, je dois vous laisser.

— Attendez, ne partez pas comme ça. Ne pouvons-nous pas nous asseoir et bavarder un moment dans le calme ? J'ai des choses à vous dire.

Preety lui désigna deux fauteuils en skaï au fond du vestibule.

— Cinq minutes, alors, répondit la jeune Indienne, péremptoire.

L'homme se mit à lui poser une litanie de questions sur ses goûts, son film préféré, ses aptitudes culinaires et bien d'autres sujets bien terre à terre. Preety avait bien compris où il voulait en venir. Elle le laissa parler, répondant par monosyllabes, sauf quand il se mit à être plus pressant et plus précis.

— Preety, combien voulez-vous avoir d'enfants ?

— C'est une question qui ne me concerne pas pour l'instant.

— Justement, c'est pour cela que je suis venu. Je vous aime, Preety. Voulez-vous m'épouser ?

« Ainsi donc, pensa Preety, les manigances de ma mère et de mes tantes poussent leurs ramifications jusqu'ici. » Elle ne voulait pas blesser ce malheureux inconnu. Elle pensa à Cailloux, qu'elle voyait épisodiquement : il lui servirait d'alibi.

— Je veux être franche avec vous, j'aime une autre personne avec laquelle je vis une passion intense. Ce serait malhonnête de ma part de vous promettre quoi que ce soit. Mais vous êtes quelqu'un de bien. Vous trouverez sûrement en Inde une jeune fille qui vous comblera.

Embarrassé, l'autre se tortillait sur son fauteuil en tripotant nerveusement la courroie de son bagage. Il se leva, l'air accablé, et murmura en guise d'adieu :

— J'avais tellement espéré ! C'est de vous que j'étais amoureux, Preety !

L'incident se renouvela plusieurs mois plus tard avec l'irruption d'un prétendant venu lui aussi du Nouveau Monde. Une forte personnalité, une voix tonitruante, un homme qui ne posait pas de questions mais qui affirmait. Il fit comprendre à Preety qu'il était riche, propriétaire de plusieurs restaurants outre-Atlantique, qu'il était venu la chercher et qu'ils allaient se marier en Inde. Il ajouta que si elle ne voulait pas vivre en Amérique, elle pourrait rester à Delhi pour prendre soin de sa vieille mère malade. L'homme était bien de sa personne et n'hésitait pas à clamer qu'il était un bon parti. Il ajouta qu'il avait refusé de nombreuses propositions et que Preety avait bien de la chance qu'il ait jeté son dévolu sur elle. L'homme voulait qu'elle réponde oui sur-le-champ, qu'elle fasse sa valise et reprenne l'avion pour l'Inde avec lui.

Preety lui demanda un temps de réflexion. Il l'appela au téléphone le lendemain. C'est là qu'elle lui servit la même réponse qu'au précédent. Mais l'homme ne se le tint pas pour dit. Il insista. Il n'avait pas l'habitude qu'on lui résiste. Il affirma que tout était déjà arrangé entre leurs deux familles ; que l'engagement était comme scellé, qu'elle ne pouvait pas décliner sa demande. Il prolongea son séjour à

Paris, se présenta à l'improviste au foyer. Elle eut un mal fou à se dépêtrer de cet individu qui se montrait à présent menaçant.

Elle dût appeler son père pour lui demander de l'aide. Le soupirant se fit admonester au téléphone et finit par disparaître. Preety apprit plus tard que ce malheureux garçon n'était qu'un simple vendeur de hot-dogs des rues de Manhattan et qu'en outre, il avait effectué plusieurs séjours en hôpital psychiatrique.

Raj Veer Arora s'offusqua de ces manigances. Il exigea de sa femme et de ses belles-sœurs qu'elle cessent d'envoyer des prétendants dont les visites inopinées à Paris semaient le trouble chez tout le monde. Preety poursuivit donc ses études sans plus jamais être démarchée par des importuns.

L'école de mode que Preety avait intégrée exigeait des frais de scolarité extrêmement élevés : de quoi nourrir les habitants de plusieurs villages de l'Inde pendant des années. Raj Veer Arora avait les moyens. Ces chiffres astronomiques ne le firent pas reculer. Il se posait seulement un problème de transfert de fonds, dû au contrôle des changes. On fit appel à l'oncle Rajiv, frère de Shobha, installé à Los Angeles, qui accepta de virer chaque mois des sommes importantes sur le compte de Preety, à charge pour Raj de compenser, en versant l'équivalent en roupies à sa famille en Inde. Au début, tout se passa parfaitement. L'argent arrivait régulièrement, accompagné d'un petit mot gentil, en courrier électronique. La jeune fille pouvait ainsi régler son école, son loyer et ses frais de subsistance. Au fil des mois, les virements parvinrent avec un léger retard, précédés de remarques acrimonieuses en email. L'oncle Rajiv avait-il été influencé par ses sœurs ? Preety le pensait. Elle avait droit à des réflexions sur la vie qu'elle menait, ses études, son célibat. Il lui affirmait qu'une jeune fille de son âge devrait rentrer en Inde pour se marier, qu'il lui envoyait ces fonds pour faire plaisir à Raj, son beau-frère, mais qu'il désapprouvait qu'elle s'éternise ainsi en France. Un jour, il l'appela au téléphone et lui signifia qu'il ne lui adresserait de l'argent que si elle lui en faisait expressément la demande. C'est alors qu'elle se mit à chercher du travail, ne voulant plus dépendre financièrement d'un parent dont les discours étaient de plus en plus humiliants. Elle rencontra Shaline, mais ne lui parla pas de son problème financier. Elle ne s'imaginait pas demandant à un garçon de l'épouser, au prétexte qu'elle n'avait plus de ressources en France. Tout espoir de trouver du travail en France se révélant vain, pour des raisons de visa, elle fit le choix de rentrer en Inde, retrouver son père, plutôt que de supporter les propos blessants de cet oncle de Los Angeles. Ce retour donna à Shobha et à ses deux sœurs un vif sentiment de victoire.

14

La fiche

SHALINE RESSORTIT DE LA BOUTIQUE DE GARULAL APRÈS AVOIR ACHETÉ, pour donner le change, un châle en laine pashmina. À voir le comportement de Raju ainsi que l'attitude obséquieuse du commerçant, Shaline se doutait bien qu'il avait affaire à un exploiteur d'enfants. Il ne voulait pas porter de jugement péremptoire sans avoir de preuve. Il lui fallait à présent se mettre en quête des différentes *voluntary organizations*[1] de la ville engagées dans la lutte contre toutes formes de servitude et d'exploitation des plus petits. Shaline eut alors l'idée d'en chercher les coordonnées sur Internet. Installé devant un écran dans une cyberboutique, il se mit à tapoter sur le clavier, explorant à l'aide des

1. Associations caritatives.

moteurs de recherche les associations de Bénarès. À diverses reprises, des bandeaux publicitaires s'affichèrent spontanément, invitant les cybernautes à « cliquer ici » pour tout savoir sur une marque de voitures ou sur une nouvelle carte de crédit. Excédé par ces irruptions intempestives de réclames au milieu de son travail, Shaline les annulait sans trop les regarder, jusqu'à ce que l'une d'elle attire son attention : « *Matrimonials.* » Shaline pressa le bouton de gauche de la souris. Il atterrit dans la page d'accueil d'une agence en ligne. Il suffisait d'indiquer ses préférences : âge, langue, religion, caste, physique ou autre, pour obtenir les fiches des garçons ou des filles — de l'Inde ou de la diaspora — correspondant à ces choix. Intrigué, Shaline cliqua sur Bénarès, inscrivit quelques critères d'âge et de profession mais n'obtint pas de réponse concernant Preety. Il continua son petit jeu. Il tapa : « Toronto, 34 ans, ingénieur, cinq pieds, cinq pouces. » Deux fiches répondaient à ce profil. La première concernait un Canadien en mal d'exotisme à l'affût d'une épouse indienne. La deuxième : un moustachu de belle allure, le cheveu dru, debout, la poitrine bombée dans une veste de cuir noir. Tout coïncidait avec ce que lui avait avoué Preety. C'était bien Aswani Chadha. Il recherchait une jeune fille diplômée, mais sans profession, végétarienne, qui resterait à la maison pour élever les enfants. Il imprima sa page, la relut en détail, un pincement au cœur, prenant conscience qu'il avait entre les mains ce qui serait l'avenir de Preety. Il souhaita intérieurement s'être trompé, que cet homme n'était pas le prétendant. Si les familles s'étaient mises d'accord, à quoi rimait cette annonce sur le web ? Il rangea la feuille de papier dans sa poche puis éteignit l'ordinateur, trop perturbé pour mener à bien la recherche qu'il était venu effectuer.

Le *rickshawala* pédalait sans effort, une *bidie* allumée au coin des lèvres. Il avait chargé une étrangère, une femme blonde, seule. C'était beaucoup moins pénible pour lui que lorsqu'il trimballait deux boutiquiers bedonnants avec leurs ballots de marchandises, lesquels ne manquaient pas de le houspiller, avant de le régler avec quelques piécettes. Avec cette passagère légère comme une plume de paon, l'effort à fournir n'était guère difficile. Il pensait déjà au billet de cinquante roupies qu'il allait lui réclamer. Il savait comment attendrir ces femmes étrangères, comment débiter en anglais sur un ton pleurnichard qu'il était pauvre, que ses enfants étaient malades et qu'il n'avait rien à leur donner à manger. Un bobard qui portait ses fruits. Il se délectait à l'avance des *samosas* avec leur chutney qu'il s'offrirait à la gargote, près du temple de l'université.

Assise derrière le cycliste, Philippine se sentait coupable. Se faire ainsi transporter par un pauvre hère qui transpirait sur son pédalier lui semblait inhumain. Elle avait refusé puis avait fini par céder : pour déménager avec ses bagages de son hôtel à la cité universitaire, elle n'avait pas trouvé d'autre moyen de transport. Elle donna trente roupies au cycliste. L'homme refusa, réclama cinquante roupies en lui servant sa jérémiade anglaise. Philippine, amusée, lui répondit en hindi qu'elle n'en croyait pas un mot. Fataliste, l'homme éclata de rire.

— *Mem Sahib*, c'est vous qui décidez, donnez-moi ce que vous voulez.

N'écoutant que son bon cœur, Philippine lui ajouta un billet de vingt roupies. L'homme porta les deux coupures à son front en signe de remerciement, craqua une allumette pour enflammer une autre *bidie* puis s'installa sur la banquette de son tricycle, heureux de faire une petite sieste avant d'aller déguster ses *samosas*.

Ashley était absente. Philippine confia ses bagages au portier pour ressortir aussitôt. Le *rickshawala* tira une dernière bouffée.

— Asseyez-vous, *Mem Sahib*, dit-il en tapant du plat de la main sur la banquette.

Elle se fit conduire par Sonarpura Road vers le quartier des luthiers dans le *chowk*, afin d'étudier les prix des sitars. En traversant Madanpura, quartier musulman, elle entendit une voix familière.

— *Aray, rickshaw, rukho*[1] *!*

Au milieu du tumulte général, elle reconnut Shaline. Le cycliste s'immobilisa.

— Philippine, viens avec moi, tu vas voir.

— Ah ! Shaline, je n'en aurai jamais fini avec toi, soupira la jeune fille, excédée.

— Il ne s'agit pas de moi mais des enfants. Tu peux sûrement faire quelque chose pour eux.

— Allez, grimpe à côté de moi. Attention, la banquette est étroite.

Shaline s'installa en biais sur l'étroit rembourrage de plastique, sa cuisse plaquée sur celle de Philippine.

1. « Hep ! le cycliste, arrête-toi ! »

— Ne va pas t'imaginer quoi que ce soit. C'est fini entre nous depuis que tu as revu cette...

Shaline lui mit un doigt sur la bouche en souriant.

— Tu verras, les fillettes ont besoin de quelqu'un comme toi.

Leur rickshaw ne fut pas autorisé à franchir la barrière de Godowlia. Il partirent donc à pied en direction de Dashaswamedh Ghâte.

— Philippine, je veux que tu m'aides à interviewer ces fillettes qui travaillent sur la berge.

— OK.

Ils s'apprêtaient à descendre les marches, lorsque Raju vint à leur rencontre, escortant un couple d'allemands rondouillards.

— *Sahib*, *Namaskar*. J'emmène ces deux clients chez mon patron, je n'ai pas le temps.

— Reviens vite, nous t'attendons, *Mem Sahib* a envie de parler avec toi.

— *Thik hai, Namaskar Mem Sahib*[1]. Je serai là dans cinq minutes.

Peu après, Raju revint triomphant dans sa tenue pendjabie, brandissant un billet de dix roupies.

— *Sahib*, j'ai obtenu une avance de mon oncle, laissez-moi vous offrir le thé.

— Avec plaisir, Raju. Ce n'est pas ton oncle, c'est ton patron, n'est-ce pas ? lui glissa Shaline à voix basse.

Raju ne répondit pas mais son regard exprimait toute sa détresse.

— Philippine, je te présente Raju, menuisier, cuisinier, rabatteur, le garçon le plus débrouillard de la ville.

---

1. « C'est bon. Bonjour, madame. »

Ils redescendirent sur la berge et s'installèrent devant la maison de thé où Raju avait dégusté des *malai toasts* avec un groupe de Français. Philippine posa de nombreuses questions au garçon. Il parla de Cholapur, de son escapade à Bombay, de son voyage à Bénarès, de la rencontre avec Anjali, du bûcher de son oncle, avant d'évoquer la briqueterie.

— Raju, il faut que tu nous y conduises.

— Non, *Sahib*, j'aurais trop peur d'être repris.

— Tu seras sous notre protection, il ne t'arrivera rien.

— Allons-y tout de suite, proposa Philippine.

— J'irai avec vous, *Mem Sahib*, mais pas maintenant. La nuit tombe ; vous entendez ? On souffle dans les conques. La *puja* du soir va commencer, une grande cérémonie qui attire beaucoup de monde. Je dois rester ici pour trouver des clients. Je viendrai demain matin. OK ?

Petit à petit, une foule hétéroclite s'était répandue sur la berge : beaucoup d'Indiens bien mis, les hommes en complet veston, les femmes en sari de soie, des étudiants japonais ou coréens avec leur femmes blondes décolorées, des touristes fortunés débarqués en autocar de leurs hôtels de luxe dans le cantonnement. Les uns et les autres s'installaient comme ils pouvaient sur les plates-formes en pierre ou les estrades en bois. Une nuée de fillettes, une corbeille ronde en équilibre sur l'avant-bras, venaient proposer des offrandes : un cupule en feuilles cousues garni d'œillets jaunes avec une petite bougie. Contre cinq roupies, les petites vendeuses craquaient une allumette pour enflammer le lumignon. Pèlerins et touristes descendaient les dernières marches entre les plates-formes pour déposer leur offrande sur l'eau. En voyant s'éloigner ces cohortes de petites flammes emportées au nord par le courant, vers le golfe du Bengale, les pèlerins joignaient les mains et récitaient une prière.

Avec la nuit, de puissantes lumières avaient été allumées. Des projecteurs halogènes accrochés au faîte d'un immense portique le long de la berge éclairaient les cinq plates-formes ou cinq officiants, des jeunes brahmanes en *dhoti* orange et tricot lie-de-vin accomplissaient les rites sacrés. Des haut-parleurs diffusaient les chants religieux, à moitié couverts par l'appel des cloches, accrochées en hauteur, que le public sonnait deux par deux en agitant une cordelette. Philippine et Shaline se laissèrent prendre par cette solennité paisible, par la beauté des gestes, lorsque les officiants présentaient à la rivière mère, puis élevaient vers le ciel, la lumière de leurs candélabres ou le parfum de leur encens. Une procession se forma. Chacun se présentait à son tour devant les brahmanes et recevait dans ses mains ouvertes le *prasad*, offrande sacrée : des petites boules de sucre que l'on porte à la bouche. Une cantilène scandée fut diffusée par les haut-parleurs. La foule tapait des mains en rythme tout en se dispersant sur les berges ou en remontant les volées de marches. Bientôt, les lumières s'éteignirent, la musique s'arrêta. Les ghâtes recouvrèrent alors un calme relatif où l'on n'entendait plus que les cris des oiseaux.

Le lendemain, à 8 heures, Raju retrouva Philippine à la barrière de Godowlia. Shaline les rejoignit peu après, dans une Ambassador de location. Il embarqua ses deux passagers en direction de la briqueterie. Raju donnait ses instructions au chauffeur sur le chemin à suivre. Il reconnut la piste bourbeuse qui s'enfonçait entre les champs de moutarde.

— Je ne vais pas plus loin, *Sahib.* Je reste dans la voiture. Je vous attends. Allez seuls voir l'édenté.

Il faisait froid. Philippine et Shaline s'avancèrent à pas comptés sur le chemin boueux, à la recherche du contremaître mentionné par Raju. Ils découvrirent bientôt ce dont avait parlé le garçon : le ravin en forme d'anneau, la cheminée, les gamelles qui chauffent, les fillettes qui transportent des battes de terre, des garçons qui moulent l'argile, les maisons basses, sans ciment ; une morosité ambiante. Shaline fut accosté par l'homme longiligne, édenté et au visage constellé de petite vérole.

— *Namaskar, Sahib !*

— Je voudrais commander plusieurs milliers de briques, déclara Shaline.

— Très bien, répondit le contremaître. Et pourquoi faire ?

— Nous prévoyons de construire une usine, avec les ateliers, les entrepôts, les bureaux, les logements. Nous voudrions voir comment sont préparées vos briques, la qualité, les prix, les délais, tout.

— Oui, bien sûr, une usine de quoi ? Où donc ?

— Une usine de… Shaline réfléchit un court instant mais c'est Philippine qui termina sa phrase :

— De médicaments, après le grand carrefour, pas loin de la voie ferrée sur la route de Sarnath.

— Très bien, je vois tout à fait, dit l'édenté. Venez avec moi.

Shaline avait prêté sa caméra numérique à Philippine tandis que lui, de son côté, mitraillait le site avec ses appareils photos. L'édenté s'attardait à vanter les vertus de sa production : une terre de première qualité, une cuisson douce, au bois, des briques portant la marque de son propriétaire gravée dessus, un gage de qualité.

Les deux Français s'étaient toujours exprimé en hindi afin d'écarter toute trace de suspicion chez leur interlocuteur.

— Et ces enfants ? demanda Shaline.

— *Bahut mushkil, Sahib*[1] *!* Que des problèmes ! Ce sont les enfants de nos ouvriers, les Adivasis de la tribu des Mushahar. Ils aident leurs parents. Il y a aussi des apprentis qu'on nous amène. Ils ne savent rien faire. Nous leur donnons à manger par pure charité. C'est un métier difficile que nous faisons. Nous gagnons très peu.

— Et les ouvriers, combien leur donnez-vous ?

— C'est le patron qui décide, à la fin du chantier. Il y a deux saisons : l'hiver et l'été. En fin de saison, le patron paye les familles en fonction du résultat.

— Et pendant la mousson ?

— On ne peut pas travailler avec les pluies. Les Adivasis s'emploient dans les champs comme ouvriers agricoles.

Shaline acquiesçait silencieusement. Son regard errait du visage accablé de Philippine à la mine satisfaite du contremaître.

— Préparez-moi un devis pour cent mille unités. Mon architecte passera vous voir.

— *Thik hai, Sahib*[2] *!*

1. « Très difficile, monsieur ! »

2. « C'est bien, Monsieur ! »

Le spectacle de ces enfants pataugeant pieds nus dans la boue par un froid glacial ainsi que l'arrogance de ce contremaître avaient irrité Philippine.

— Alors Shaline, que fait-on ? Va-t-on les laisser souffrir encore, le temps que tu puisses les filmer ?

— Change de ton, Philippine. Tes sarcasmes sont de mauvais goût. Ce n'est ni toi ni moi qui pourrons jouer les Robin des Bois pour délivrer ces gamins. Nous allons trouver le Dr Gupta. Il saura décider de ce qu'il faut faire. Lorsqu'ils regagnèrent l'Ambassador, le chauffeur somnolait derrière son volant.

— Où est l'enfant ? s'exclama Philippine. Pourquoi l'avez-vous laissé partir ?

— Ne vous en prenez pas à lui, dit une petite voix derrière eux. Je suis sorti sans qu'il m'entende. Je voulais un souvenir.

Raju souleva le pan de sa *kurta* et exhiba son trésor : une brique vermillon, un peu effritée sur les angles.

15

Les fillettes

RAJU QUITTA SES NOUVEAUX AMIS À LA BARRIÈRE DE GODOWLIA, prétextant des clients à amener à son patron. Il avait une autre idée en tête : retourner dans le quartier des menuisiers auprès de Shah Jahan afin de lui demander de l'aide pour confondre Butharam, le marchand de bois qui les avait livrés à la briqueterie.

Shah Jahan accueillit Raju avec bienveillance. Il fut outré par le récit que lui fit le garçon.

— Chuni Lal est un ami, jamais il n'aurait laissé faire cette ignominie. Il y a des donations qui permettent d'offrir un bûcher aux familles les plus démunies, il y a aussi un crématorium électrique sur Harischandra Ghâte. Ce Butharam a profité de l'absence de Chuni Lal pour abuser de vous. Raju, qu'est-ce que je pourrais bien faire pour t'aider ?

— Vous n'avez pas oublié que je suis menuisier, moi aussi. J'aimerais bien quelques outils pour gagner ma vie en exerçant mon vrai métier.

Pris de court, Shah Jahan s'entretint un instant avec ses compagnons avant de se tourner vers l'enfant, le visage ouvert.

— Il y a une femme, une Française, elle est venue nous voir l'année dernière avec une idée en tête : apprendre notre métier. Elle est restée un mois à travailler avec nous mais c'était trop difficile. C'est nous qui avons sculpté pour elle la reproduction d'une pièce de monnaie, grande comme une assiette. Elle est repartie ravie, avec son cadeau sous le bras. Tiens, ajouta-t-il en lui tendant une sacoche en toile, je t'offre la trousse à outils qu'elle avait achetée. Elle ne s'en est guère servie.

« Come to visit my shop, no buy, just look[1] *! »* Raju répétait cette phrase à la volée tout en descendant les marches de Dashaswamedh Ghâte, la trousse accrochée à l'épaule, assez lourde à cause de la brique qu'il y avait glissée. Le soleil était parvenu à percer le voile de brume. Avisant la petite bande de vacanciers français qui tentaient de se réchauffer, installés dans les fauteuils de la maison de thé, le garçon se dirigea vers eux dans l'espoir de les conduire jusqu'à la boutique de Garulal. Il n'eut pas le loisir de leur adresser la parole. Le bruit d'une querelle attira tous les regards vers la berge.

Un attroupement s'était constitué autour d'une plate-forme. On voyait des mains se dresser et l'on entendait des criailleries menaçantes. Une petite fille

1. « Venez visiter ma boutique, pas acheter, juste regarder ! »

vêtue d'un anorak trop grand, un bonnet gris sur la tête, arriva en pleurant à hauteur de Raju.

— Qu'est-ce qui se passe, Cauvery ? lui demanda en anglais une jolie brune qui s'exprimait avec des traces d'accents savoyard, en lui tendant un mouchoir de Cholet.

— Chaitali, ma sœur, elle se fait disputer par le *panda*, comme si c'était de sa faute !

La petite, âgée de huit ans tout au plus, s'exprimait en anglais. Raju parvint à saisir ici ou là quelques mots, au hasard. Elle continua en faisant des gestes de la main.

— C'est l'estrade ! L'estrade en bois sur laquelle il reçoit ses fidèles. Elle s'est effondrée. Un pilotis a lâché. C'est l'humidité, ou les rats, ou les singes, ou les oiseaux, ou tous ces gens qui grimpent dessus le soir pour la *puja*, je ne sais pas. Mais ce n'est pas ma sœur. C'est elle qui doit installer chaque matin le parasol, la natte, les fleurs, l'eau, c'est son travail. Réparer ça, elle ne sait pas. Elle n'est pas Barhai, menuisier.

« Barhai ! » Le mot résonna dans la tête de Raju, il se tourna vers la fillette.

— Je suis Raju, Raju Barhai. Montre moi ce qu'il y a à faire.

La gamine escorta le garçon jusqu'au lieu de la dispute.

— Poussez-vous de là, cria-t-elle.

L'estrade incriminée penchait d'un côté. Un des piliers en bois gisait dans la boue, sur la berge. Sous les regards des curieux, Raju examina les dégâts. Un animal d'une certaine taille, une chèvre ou une vache, avait dû faire tomber ce support en voulant s'y frotter. Il demanda aux badauds de l'aider à soulever les planches, tandis qu'avec l'aide des enfants, il redressait le poteau. Il le cala à sa place et fixa l'ensemble avec des clous. L'édifice était toujours bancal. Il prit alors sa brique, arrachée au chantier, pour stabiliser l'estrade, sous le regard approbateur du saint homme.

— Qu'est-ce que tu demandes pour ton travail ? demanda le *panda* en lissant sa barbe.

— Rien pour moi, mais la brique, c'est un souvenir, il faudra me la rendre, dit simplement Raju, c'est aux fillettes que vous devez réparation, *Pandaji*, elles ont pleuré à cause de vous.

— Tu as un sens aigu de la justice, mon garçon. Mettez-vous là tous les trois. Ma première cérémonie sera pour vous.

Cauvery, Chaitali et Raju s'assirent en tailleur en face du *panda*. Il procéda aux offrandes rituelles avec les fleurs, les graines, l'encens, les bougies. Il demanda à chacun de lui indiquer le nom d'une personne chère.

— Mon père, dit Chaitali, qu'il soit content de mon travail et cesse de me disputer.

— Miss Chandana, notre maîtresse, qu'elle puisse rouvrir l'école, fermée à cause du froid, dit Cauvery.

— Anjali, ma sœur, que j'arrive à la sortir des griffes de Sambai Singh qui la retient prisonnière.

Le prêtre récita encore une longue litanie de mantras avant de rassurer les enfants :

— Toi, tu vas vendre beaucoup de fleurs ; toi, ton école rouvrira après-demain ; et toi, tu sauras libérer ta sœur, avec ta tête.

Les deux gamines entraînèrent Raju à la maison de thé et lui firent servir des *malai toasts* avec du thé.

Il était devenu le héros de toutes ces fillettes qui travaillaient sur Dashaswamedh Ghâte. Un homme entre deux âges, coiffé d'un turban gris, une couverture kaki sur les épaules, s'approcha du groupe :

— *Boat, Mem Sahib ?*

— Mon père, dit Chaitali, il possède une barque. Il propose aux touristes une promenade sur le Gange. Beaucoup de pèlerins indiens montent avec lui pour naviguer sur le fleuve, du nord au sud. C'est à pied qu'un bon hindou doit faire ce trajet le long des berges, pour que ses fautes lui soient remises, mais on peut aussi le faire en bateau. Et puis il y a les étrangers : ils viennent tôt le matin à l'heure du bain rituel. En fait, ils ne nous voient pas : ils n'arrêtent pas de garder l'œil collé sur leurs caméras. Il faut les voir quand on passe devant Manikarnika Ghâte, ils filment les bûchers. C'est interdit depuis les ghâtes ; alors, sur les bateaux, ils en profitent.

Les autres fillettes renchérirent. Chacune avait un parent qui possédait un bateau. Elles parlaient toutes en même temps. Elles avaient des anecdotes croustillantes à raconter sur des Japonaises aux cheveux jaunes, des Américains obèses, des Français gourmands, des Italiens bavards, toutes les nationalités y passaient. Une des fillettes savait parler japonais : elle se taillait un franc succès auprès des visiteurs du pays du Soleil-Levant, très nombreux à Bénarès.

Elles appartenaient à la caste Sahani, celle des bateliers. Le matin, dès 6 heures, elles descendaient sur les berges avec leur père, ou parfois leur mère, pour vendre des articles de piété, des images sacrées, des colliers de graines, des mouchoirs, des vases en cuivre et mille objets de pacotille. Certaines étalaient leur marchandise sur un carré de tissus au pied des marches, d'où elles interpellaient les passants. D'autres parcouraient les ghâtes et proposaient du thé, des cartes postales, des cacahuètes. Certaines enfin faisaient cuire des *dosas* ou des *utpams* accroupies devant un réchaud à pétrole. À 10 heures, elles remontaient chez elles et se rendaient à l'école. L'après-midi, elles revenaient après la classe vendre des fleurs pour la *puja* du soir.

— Et les garçons ? demanda Raju.

— Ils jouent au cricket, au cerf-volant, au volley-ball. Ils nous aident parfois, répondit Cauvery.

— Pas souvent, ajoutèrent en chœur les autres gamines.

Une petite fille du même âge, drapée dans une couverture kaki, un bébé endormi sur la hanche, s'approcha à pas menus. Elle sortit sa main droite, la tendit paume ouverte, avant de la porter à sa bouche, pour réclamer une aumône.

Les enfants des bateliers la chassèrent d'un seul élan avec des insultes et des gestes menaçants.

— Une mendiante ! dit Chaitali. Nous détestons cette engeance. Ils doivent rester sur les marches. Nous ne les laissons pas descendre ici.

— Vous connaissez Sambai Singh, demanda Raju.

— C'est le *dada*, le *contractor*. C'est à ses *goondas* qu'on a affaire. Lui, on le voit rarement. Il paraît qu'il voyage souvent en Amérique. C'est lui qui règne sur l'organisation de tous ces miséreux assis le long de la rampe. Maintenant je me rappelle ce que tu as dit au *panda*. Tu as une sœur, n'est-ce pas ?

— Anjali, elle est prisonnière. Elle escorte un vieil aveugle qui la frappe.

— Nous allons t'aider, Raju. Ta sœur, nous la libérerons.

Le Dr Gupta n'avait pas choisi une voie facile. Délivrer des enfants mis en gage pour couvrir la dette de leurs parents, les sortir de l'esclavage, s'opposer à des marchands sans scrupule, aux mafias des mendiants, à des habitudes séculaires, tout cela lui avait valu beaucoup d'inimitiés. On l'avait menacé. Mais maintenant, les choses étaient en train de tourner à son avantage. Des politiciens de renom avaient pris son parti, sa défense même. Ne se contentait-il pas de faire respecter la loi ? Le travail des mineurs de moins de quatorze ans était interdit en Inde par l'article 24 de la constitution. Cette mesure était peu respectée : on estimait encore le nombre d'enfants au travail en Inde entre 60 et 115 millions[1].

Il savait qu'en Occident, de plus en plus de consommateurs, soucieux d'ajouter une note éthique à leurs achats, avaient adopté le concept de « commerce équitable ». Lancé par les ONG dans divers pays, il impliquait des mentions véridiques sur les étiquettes. Les exportateurs qui voulaient obtenir ce label devaient garantir les bonnes conditions de production de leur marchandise, notamment qu'elle ne résultait pas du travail des enfants. À terme, les grands patrons qui s'étaient enrichis grâce à cette petite main-d'œuvre ne pourraient plus écouler aussi facilement leur production sur les marchés internationaux. Il s'employait quotidiennement à moraliser ces métiers d'artisanat pour lesquels Bénarès était renommé dans le monde entier. Pragmatique, il avançait étape

1. Human Rights Watch, 1996, p. 1.

par étape et savait convaincre. Il avait fondé l'association Ma Ganga Sangetan dix années auparavant, avec l'appui de plusieurs de ses camarades, anciens étudiants en sciences sociales à l'université hindoue de Bénarès. Il frisait à présent la cinquantaine. Le verbe haut, la moustache triomphante, le geste ample, il se tenait toujours bien droit, sauf lorsqu'il chevauchait sa grosse cylindrée. Son allure générale impressionnait ses adversaires et rassurait les plus petits.

Le Dr Gupta accueillit les deux Français avec joie. Il avait été mis au courant de leur première visite par ses animatrices. Il était heureux de savoir qu'ils s'intéressaient vraiment à sa cause, contrairement à ces visiteurs nombreux, venus de loin et qui ne faisaient que passer, prenant des photos dont ils tireraient profit, le tout sans aucun avantage pour les enfants.

— Nous avons fondé Ma Ganga Sangetan pour susciter la création d'écoles dans les villages où sont employés les plus petits. À la vérité, là où des familles entières étaient asservies sous la coupe d'un patron, nous avons pu compter sur la participation des villageois. Tous voulaient un avenir différent du leur, pour leur progéniture, et d'abord qu'ils reçoivent une éducation, synonyme pour eux d'un premier pas vers la liberté. Il leur a fallu réorganiser les tâches de façon à donner aux enfants du temps pour étudier. Nous, nous avons apporté l'influx, le financement et surtout l'espoir. Les communautés ont fait le reste. Elles ont obtenu un local municipal ou, à défaut, bâti un abri provisoire, et persuadé les parents d'autoriser les plus jeunes à étudier à mi-temps. Elles ont enfin trouvé des solutions de substitution à l'emploi des écoliers.

— Qui donc accomplit le travail à la place des enfants ?

— Les femmes, bien sûr ! Les mères, les tantes, les sœurs aînées.

— Et ces gamins seuls, confiés à des familles, ceux qu'ils appellent des « apprentis » ?

— Nous avons ouvert ce centre, ici à Nadessar, pour les accueillir. Il n'y avait jusqu'à présent aucun lieu ouvert pour recevoir les enfants en difficulté à Bénarès. Nous sommes complets, les demandes affluent, nous aimerions ouvrir une autre maison près de Dashaswamedh pour les enfants des ghâtes, mais nous n'en avons pas les moyens.

— Comment trouvez-vous l'argent ?

— Au début, mes anciens camarades m'ont aidé.

— Ici, ce bâtiment est financé pour partie par une grande ONG française de développement, et pour partie par des bienfaiteurs locaux.

Le Dr Gupta remit alors à Sahline un document de synthèse ou figuraient divers noms et adresses, notamment d'une grande association chrétienne à Paris, suivis d'une liste de noms indiens, amis, relations, sympathisants, avec leurs adresses à Bénarès. Il recommanda à Shaline d'aller les voir et de les interviewer pour son film. Philippine intervint alors pour solliciter son aide pour délivrer Raju et Anjali.

— Je savais que, sous ses dehors patelins, ce Garulal était malhonnête, répliqua le docteur. Maintenant, vous m'en apportez confirmation. Nous allons nous occuper de lui mais il faudra s'y prendre en finesse.

Shaline se frottait les mains. Avec ces interviews, ce lobbying qui mettait la pression sur les commerçants, il avait trouvé le dénouement de son documentaire.

— Pourras-tu vraiment être heureux tant qu'il restera un seul enfant maltraité par la cupidité de certains adultes ? demanda Philippine avec aigreur.

M. Gupta, entendant le début d'un dialogue en français les laissa une seconde en les priant de l'excuser. Ils se retrouvèrent tous deux seuls dans la véranda. Philippine reprit alors ses attaques en règle contre Shaline. Elle lui reprocha sa présence en Inde, son métier de voyeur, ses attitudes, qu'elle qualifiait de cyniques, certaines de ses paroles. Elle n'évoqua pas tout de suite son amie indienne mais il apparaissait clairement à Shaline que la jeune Française manifestait encore une fois sa jalousie ou à tout le moins son dépit. Shaline évita de répondre à ses piques mais, lorsque, à bout d'arguments, elle évoqua Preety en termes outranciers, Shaline ne put s'empêcher de la détromper :

— Cette fille va épouser un Indien de Toronto, la preuve, regarde !

Il sortit de sa poche la fiche Internet de l'homme à la veste de cuir noir. Voilà l'idéal masculin, dit-il en balançant dédaigneusement le papier en direction de Philippine, cinq pieds cinq pouces, trente-quatre ans, ingénieur au Canada. Voici à qui on la marie, dans onze jours, OK ?

— OK ! dit Philippine sur un ton qui ne tolérait pas de réplique. Je le trouve plutôt pas mal comme homme. Je garde sa fiche, en souvenir. Moi je n'ai plus rien à faire ici. *Bye !*

Sans demander son reste, Philippine s'empara de son sac, quitta les lieux à grandes enjambées. Avisant un rickshaw, elle se fit conduire à l'université. Elle avait envie de retrouver Ashley.

— *Come to visit my shop, just look, no buy !*

Sur les marches au bord du fleuve, Raju accostait les passants. Sur les conseils des petites marchandes de fleurs, il avait affiné sa technique : il sélectionnait avec soin ceux à qui il faisait l'article. Il reconnut la jeune femme blonde qui gardait la tête enfouie dans ses genoux.

— *Mem Sahib ? Mem Sahib ?*

Sans lever la tête, Philippine fit un moulinet du bras, une invitation à passer son chemin.

— *Mem Sahib*, c'est moi, Raju !

Philippine leva la tête, offrant à son jeune vis-à-vis un visage rougeaud, boursouflé par le chagrin.

— *Mem Sahib*, vous êtes belle comme Sarasvati[1] ! Il ne faut pas pleurer. On dirait qu'un méchant vautour, mandé par des démons, est venu s'emparer de votre beauté, pour la remplacer par le masque des sanglots.

La métaphore fit sourire Philippine. Entendre ces mots doux prononcés en hindi par ce petit garçon debout devant elle avait quelque chose de touchant, de roboratif même. N'ayant pas trouvé Ashley, elle avait posé son sac dans la chambre avant de descendre au hasard sur les ghâtes. Depuis son arrivée en Inde, elle avait subi trop de chocs émotionnels : la foule, le bruit, les enfants, la misère et Shaline. C'était plus qu'elle n'en pouvait supporter. Alors ses larmes avaient jailli sans qu'elle en sût exactement la cause. Elle sortit un mouchoir de son sac pour sécher ses yeux, essuyer son nez.

— Est-ce que je ressemble à Sarasvati, à présent ? demanda-t-elle en esquissant un sourire.

— Presque, répondit Raju en dodelinant de la tête.

1. Déesse du panthéon hindou.

La jeune femme réalisa que le sort de son jeune ami, lié malgré lui à un patron, était beaucoup plus préoccupant que le sien propre.

— Tu as sûrement faim, Raju ? Allons donc manger quelque chose.

Ils dégustèrent ensemble des *samosas* épicés, trempés dans un chutney à la menthe. Raju lui livra alors ce qu'il avait sur le cœur.

— *Mem Sahib*, je veux que vous m'aidiez à sortir Anjali des griffes de ce Sambai Singh.

Philippine réfléchit un instant, se passa la main dans les cheveux avant de répondre.

— Tu vas venir avec moi chez le Dr Gupta. Avec lui et les fillettes des ghâtes, nous trouverons un moyen de délivrer ta petite sœur.

— Il faut d'abord que j'amène des touristes chez Garulal si je ne veux pas me faire disputer. Attendez-moi ici. Vous m'attendrez, n'est-ce pas ?

— Mieux que ça, Raju, je ne vais pas t'attendre, je vais t'aider. Vise les deux grands blonds qui arrivent là-bas, ils doivent être australiens ou américains. Je parie avec toi que je saurais les diriger vers le magasin de ton Garulal.

— OK, *Mem Sahib*, que voulez-vous parier ?

— À toi de décider.

— Le visage de Sarasvati ?

— Marché conclu.

Philippine accosta les deux grands gaillards qui gravissaient les marches. Elle les entreprit à voix basse, une cigarette à la main.

Les deux hommes grognèrent une succession de « OK », puis emboîtèrent le pas de la jeune Française. Raju, interloqué, trottinait derrière eux ; il eut vite fait de les doubler pour leur montrer le chemin.

Lorsque Garulal leur apporta à chacun une tasse de thé, ils lancèrent à l'étudiante française un regard de reconnaissance teinté de connivence.

Philippine vida sa tasse et, s'adressant aux deux touristes, leur déclara en anglais : « Hein ! N'avais-je pas raison ? »

Tous deux émirent un gloussement sonore avant de hocher la tête, en extase.

Raju ressortit dans la rue. Philippine le suivit.

— Comment avez-vous fait, *Mem Sahib* ?

— Autosuggestion, dit-elle en français. Je ne sais pas comment le dire en hindi. Je leur ai affirmé que je sortais d'une boutique où l'on servait un thé « spécial »...

— Spécial ?

— Avec des plantes interdites. Ils m'ont cru. En ce moment, ils s'imaginent voir danser des fleurs, des papillons ou des oiseaux, en buvant un thé où il n'y a rien d'autre que du gingembre, de la cannelle et de la cardamome !

— *Aray, Mem Sahib.* Je retiens votre idée. Un tour à rejouer à d'autres touristes.

Le garçon fronça les sourcils avant de laisser une lueur briller dans ses pupilles.

— *Mem Sahib*, le visage de Sarasvati, vous m'aviez promis ?

Philippine inclina sa tête, décochant son plus beau sourire. Puis elle serra l'enfant dans ses bras et l'embrassa sur les deux joues.

16

Le retour de Preety

LA FAMILLE SE DÉPLAÇA EN MASSE À L'AÉROPORT DE BÉNARÈS POUR ACCUEILLIR PREETY. Sa mère, son père, ses tantes, son frère, sa belle-sœur ainsi que quelques cousins éloignés, tous étaient là, derrière la barrière, à attendre l'arrivée de l'Airbus d'Indian Airlines. Lorsque Preety débarqua dans sa tenue pendjabie en velours grenat, un ensemble qu'elle avait fait elle-même, tous se précipitèrent avec des bouquets de fleurs.

Il ne faisait aucun doute dans l'esprit de Shobha — elle ne s'était pas privée d'en répandre la rumeur — que sa fille rentrait en Inde pour être mariée. Elle avait d'ailleurs trouvé l'homme qu'il lui fallait. À peine sa fille fut-elle installée à la maison que Shobha eut avec elle une conversation privée. Après un discours sur la famille, sur les devoirs d'une fille envers les siens, elle vanta les mérites d'Aswani Chadha, l'homme de Toronto.

— Mon père et son grand-père étaient de vieux camarades de classe, tous deux sortis de la Scindhia School de Gwalior, la meilleure de l'Inde. Ce garçon appartient à une excellente famille pendjabie de Lucknow.

Preety était résignée. Elle savait à quoi s'attendre en rentrant en Inde. Celui-là ou un autre... Si son père approuvait, elle l'accepterait.

— Accaparé par son travail, ce jeune homme n'avait jamais pris le temps de se chercher une épouse. Heureusement pour lui et pour nous, sa mère s'en est soucié : elle a passé une annonce sur Internet et c'est ainsi que nous avons pu obtenir sa photo. Il parait que les réponses sont arrivées en masse, Preety, tu ne peux pas imaginer le nombre de jeunes filles qui veulent épouser un garçon de cette qualité. Nous étions en dehors de cette course frénétique : nous nous sommes arrangés directement avec ses parents. Tu as beaucoup de chance d'être l'élue.

Preety examina la fiche d'Aswani Chadha : « Cinq pieds, cinq pouces, moustache, veste de cuir, ingénieur, Pendjabi, hindou, végétarien, fils d'un entrepreneur de travaux publics, recherchant jeune fille hindoue, Khatri, respectueuse des valeurs, bonne maîtresse de maison. » Rien que de très banal. Preety rendit la fiche à sa mère en soupirant.

— Si c'est votre désir, je l'épouserai. Quand vais-je le voir ?

— Il sera là dans les jours qui précèdent le mariage. Les cérémonies devront commencer avec sa famille, sans lui.

Les semaines qui suivirent, la maisonnée connut une vive agitation. Preety s'était ralliée à l'avis de son père qui approuvait le choix de cet homme : « Il est de notre milieu, tu ne pourras qu'être heureuse avec lui. » En revanche, lorsque la jeune fille parlait des possibilités futures d'exercer ses talents de styliste modéliste, elle ne recevait que des réponses dilatoires et floues.

— Avec un mari aussi bien, tu pourras sûrement t'arranger !

Elle fit aussi valoir le problème de l'émigration au Canada.

— Papa, comment pourrais-je travailler avec vous ? Et la mode ? N'aviez-vous pas de grands projets ? C'est bien pour cette raison que je suis allée étudier à Paris ?

Sur ce point, Raj Veer Arora se montrait bien embarrassé. Il aurait préféré que sa fille restât auprès de lui, à Bénarès, pour créer des lignes de vêtements, se lancer sur les marchés internationaux et, qui sait ? un jour reprendre la direction de ses entreprises.

— Toronto ne sera pas éternel. Vous reviendrez en Inde. Et puis, on peut travailler avec le courrier électronique.

Preety comprenait au ton de sa voix que son père n'en croyait pas un mot. Ce mariage était prioritaire. Il engageait l'honneur de la famille, bien plus important que l'avenir de ses usines.

Il y eut pourtant une occasion où Preety aurait pu avoir une raison majeure de se réjouir de la perspective d'aller vivre à Toronto, ce fut le jour où la belle famille débarqua à grand fracas de Lucknow.

M. Chadha père était un petit homme discret, entre deux âges ; une ligne de moustache poivre et sel ornait sa lèvre supérieure. Derrière ses lunettes rondes cerclées d'or luisait un regard perçant, une intelligence silencieuse, froide, laissant filtrer un éclat de défiance. Mme Chadha se révéla d'une autre composition : discrète, elle ne l'était guère, elle parlait haut et fort en agitant les mains, truffant son langage d'expressions anglaises, fière d'étaler une pseudo-érudition. Corpulente, embarrassée par les plis de son sari, elle eut un mal fou à s'extraire de la voiture qui l'avait amenée de la gare.

— Ah, ces taxis, *my God*, quelle saleté ! soupira-t-elle en s'épongeant le front. Et ce froid, cette poussière, *too much for me* !

La famille Arora était là pour les accueillir devant leur maison, que l'on avait commencé à orner de guirlandes. Preety observait sa future belle-mère : son langage, ses vêtements, son maquillage outrancier, ses cascades de bijoux en or, ses gestes vains, son faciès grimaçant, tout cela faisait nouveau riche, vulgaire, tout ce que Preety détestait. « Heureusement que je n'aurai pas à vivre une seule seconde avec elle », pensa-t-elle.

La femme l'examina avec insistance comme si elle passait une revue de détail tandis que son mari jetait sur elle un regard ambigu dans lequel la jeune fille décela comme un soupçon de concupiscence.

— Ainsi, c'est vous qui allez épouser mon Aswani. Vous en avez de la chance ! Si vous saviez, *my God*, toutes les propositions que nous avons refusées !

Preety ne répondit rien, hormis l'esquisse d'un sourire.

Chacun restait sur sont quant-à-soi, louant les qualités de ses enfants. Raj et M. Chadha parlaient argent, affaires.

— Nous avons créé la marque ASHA, d'après le petit nom de notre fils ASwani ChadHA. Un label de qualité qui figure sur tous nos produits.

— Excellent, répondit Raj par pure politesse. Nous, nous exportons les soieries de Bénarès dans le monde entier.

— Voulez-vous boire quelque chose ? interrompit Shobha. Notre fille sait préparer le thé au *massala* à la perfection.

On installa les Chadha à l'Hôtel de Paris, une demeure ancienne de style colonial, une des plus belles de la ville. Dès le lendemain après-midi eut lieu la cérémonie de *roka*, les fiançailles. On fit venir le *purohit*[1] pour accomplir les rites traditionnels en présence des deux familles réunies.

Mme Chadha remit à Preety deux bracelets en or incrustés de diamants. Elle avait prévu grand. Elle n'eut aucune peine à les passer au poignet de la fiancée. La future belle-mère lui passa une chaîne en or autour du cou et déposa une liasse de onze mille roupies, serrée dans une pochette en soie, au creux de son écharpe. Tout en faisant force commentaires, elle glissa la boule blanche d'un *laddhu* dans la bouche de sa future bru.

À son tour, Shobha donna à Mme Chadha, à l'attention de son fils, un bracelet en or et une bourse de vingt et un mille roupies. Elle y ajouta deux enveloppes fantaisie contenant chacune mille

1. Prêtre.

cent roupies, l'une pour monsieur Chadha, l'autre pour madame.

La date du mariage fut fixée par le *purohit* au premier jour suivant la nouvelle lune, soit douze jours plus tard.

C'est le lendemain de cette cérémonie que Preety, accompagnée de sa belle-mère, de ses tantes, de sa mère et de son amie Raksha, se rendit dans la boutique de Godowlia où elle entrevit Shaline.

17

Le plan

AVEC LA NUIT, UN BROUILLARD ÉPAIS S'ÉTAIT À NOUVEAU RÉPANDU SUR LA VILLE SAINTE. À l'arrière d'un rickshaw, Raju se réchauffait, blotti contre Philippine. Il aimait son parfum, la couleur de ses joues, la douceur de ses mains. Il aurait bien aimé que ce trajet durât l'éternité mais lorsque qu'ils furent rendus à Nadessar, dans le centre d'accueil du Dr Gupta, il lui fallut bien descendre.

— *Mem Sahib*, regardez, là, votre mari !

Shaline était assis dans la véranda, entouré d'une nuée d'enfants qui examinaient ses appareils photos. Philippine regarda Raju en biais et lui dit doucement :

— Ce n'est pas mon mari ! Devant l'air inquiet du garçon, elle se reprit : « C'est un ami, comme un cousin, pour moi. »

Shaline se leva et prit congé de sa petite bande d'admirateurs. Il s'avança vers les nouveaux arrivants.

— Ne va pas t'imaginer des choses, Shaline ! C'est pour Anjali que nous sommes revenus.

Le Dr Gupta les rejoignit. La conversation se poursuivit en hindi, de sorte que Raju put y participer.

— Sambai Sing est un homme puissant, dangereux, avec des appuis politiques. Ce ne sera pas facile de sortir Anjali de ses griffes. Il est inaccessible. On ne sait jamais s'il est en ville ou s'il voyage. Il paraît qu'il a des intérêts à l'étranger, en Europe et au Canada. Ce sont toujours ses hommes de main qui gèrent ses affaires.

— Si j'essayais de l'approcher ? suggéra Philippine. Il est peut-être sensible au charme des femmes étrangères.

— Non. Dans ce domaine, il a déjà tout connu au cours de ses déplacements. Il vaudrait mieux que ce soit moi.

— Monsieur Gupta, vous avez déjà beaucoup d'ennemis, rétorqua Shaline. Vous n'allez pas en plus risquer votre vie en affrontant ce malfaiteur. Laissez-moi aller le trouver. Pendant ce temps, vous pourrez vous occuper de Garulal.

Un silence plana sur le petit groupe. Chacun regardait l'autre d'un air dubitatif, excepté Raju dont le visage s'illumina.

— Moi, j'ai une idée. Laissez-moi faire. Se tournant vers Shaline, il ajouta :

— *Sahib*, j'aurais besoin de votre aide.

Anjali était malheureuse. Contrainte par les hommes de main de Sambai Singh d'escorter cet aveugle — vrai ou faux, elle ne savait —, elle n'essuyait que coups, insultes, rebuffades ou menaces. Elle regrettait à présent de n'avoir pas suivi Raju. Dans l'espoir de le faire revenir, elle s'efforçait de hausser le ton lorsqu'elle chantait. « Raju, ô Raju, entendras-tu le cri de celle qui t'attend ? » pensait-elle très fort, en s'égosillant de son mieux. Cela la chagrinait d'autant plus qu'elle avait toujours trouvé dans la musique un exutoire, un réconfort. À présent, le miséreux qu'elle accompagnait, qui la forçait à l'appeler *swami*, maître, la faisait travailler pour apitoyer le chaland et augmenter ses gains. Le chant était en train de perdre de sa magie, de son pouvoir libérateur pour devenir une simple monnaie d'échange, au profit d'un individu qui ne lui voulait que du mal. Assise sur les marches de Dashaswamedh Ghâte, elle demeurait là, figée, le visage triste, son chaton serré contre elle, se sentant poisseuse dans son vieux sari éculé, une sébile devant elle. Elle fredonnait une cantilène ancienne, sans conviction, surveillant d'un œil son bourreau qui, avec son bâton, risquait de la frapper dans le dos en hurlant : « Chante plus fort, vermine ! Chante encore ! » Il n'eut pas à le faire : soudain, la voix de la petite fille s'enfla pour entonner un refrain en vogue, un air connu de tous, popularisé par un film récent. Elle avait aperçu la silhouette d'un petit bonhomme aux cheveux ondulés, accompagné par un adulte au teint clair, suivi d'une femme blonde. Un petit groupe de marchandes de fleurs les entourait. D'un geste de la main, Anjali leur fit signe de se taire puis de s'approcher en silence. Elle prétexta un besoin naturel et se leva d'un bond. L'autre grogna son refus en frappant avec son bambou mais la gamine, plus habile, esquiva le coup. Elle remonta les marches pour retrouver Raju et ses amis dans un coin discret.

— Anjali, voici Cauvery et Chaitali, mes amies des ghâtes. Avec ce *Sahib*, elles vont nous aider à te libérer. Tu dois faire ce que l'on t'indiquera sans t'inquiéter.

— Je suis prête.

Raju lui glissa les consignes à l'oreille. Anjali acquiesça, étonnée.

— *Swamiji, swamiji*, clama-t-elle à tue-tête, un homme, là-haut, il veut vous voir, montez ! Il a cent roupies à vous donner, cent roupies, à vous seulement, pas à moi !

— Dis-lui de descendre, petite peste, et reviens à ta place !

— Non, il veut que vous montiez, sinon il les distribuera à quelqu'un d'autre !

En tâtonnant, l'aveugle se leva et gravit les marches.

— Par ici, *swamiji*, prenez ce billet.

L'homme tendit le bras pour se saisir de l'argent. À ce moment, il sentit des petites mains qui l'agrippaient pour lui faire perdre l'équilibre tandis qu'une force puissante lui arrachait son bambou. Il tomba sur son postérieur en hurlant, les deux bras battant l'air désespérément.

— Restez calme, lui dit Shaline, en hindi. Je suis Garulal, le commerçant, ajouta-t-il en zézayant, contrefaisant la voix du boutiquier, cette fillette m'appartient. J'ai payé pour elle. Je viens la récupérer. Vous direz à Sambai Singh, votre *contractor*, que je la ramène dans son atelier de tissage. Et qu'il ne s'avise pas d'essayer de la reprendre, sinon…

— *Garulalji*, pitié, je ne suis qu'un pauvre aveugle, implora le *swami*, ne me faites pas de mal.

Tout en parlant, l'homme avait retiré les lunettes qui lui masquaient le visage. Tous virent qu'à l'emplacement des yeux, il n'avait que deux longues cicatrices. Shaline lui rendit son bâton, démangé par l'envie de le frapper.

— Non, Garulal *Sahib*, ne le touchez pas ! s'interposa Raju. *Swamiji*, nous allons vous surveiller, si vous frappez encore un enfant, c'est moi qui vous dérouillerai.

— Et nous aussi, ajoutèrent Anjali et les filles des bateliers.

Tous regardèrent l'homme descendre les marches avec prudence pour regagner sa place parmi les mendiants puis se concertèrent pour la suite de leur plan. Philippine devait mettre la fillette en lieu sûr auprès du Dr Gupta tandis que Raju retournerait chez Garulal. Deux vieilles dames harassées de fatigue se présentèrent à point nommé : elles interpellèrent Shaline en anglais.

— Monsieur, aidez-nous, nous sommes épuisées. Ce froid, ces escaliers ! Nous aimerions bien pouvoir nous asseoir au calme et boire une tasse de thé bien chaude.

— Venez, mesdames, mon ami Raju va vous accompagner, vous pouvez lui faire confiance. Il connaît un magasin merveilleux tout près d'ici, où vous pourrez vous rafraîchir et vous reposer à loisir.

Arrivé chez Garulal avec ses clientes, Raju les fit asseoir. On leur servit du thé parfumé. Elle ne manquèrent pas d'acheter des vrais faux bijoux en argent. Raju fut félicité.

— Maître, il faut que je vous parle.

— Je t'écoute, mon garçon.

— J'ai vu ma petite sœur. Elle a été enlevée par Sambai Singh, le *contractor* des mendiants, plus exactement par ses *goondas*. Elle chante pour lui sur les ghâtes. Elle lui rapporte beaucoup d'argent. Il faudrait la retrouver car cet argent, c'est à vous qu'il revient de droit, n'est-ce pas ?

— C'est vrai, j'ai payé pour elle.

Il se tut un instant avant d'ajouter, coléreux :

— Moi aussi j'ai des hommes de main. Je vais les rassembler. Et il va bien voir ! Je ne me laisserai pas humilier par ce mangeur de charogne.

Raju était parvenu à rester tout l'après-midi dans la boutique, à dépoussiérer, ranger, classer. Garulal était parti avec ses hommes demander des comptes à Sambai Singh. Le visage du garçon s'éclaira lorsqu'il vit rentrer Shaline accompagné de Philippine. Ils s'attardèrent longuement à examiner les peintures sur soie, les statuettes en bois de santal, les bronzes à la cire perdue.

— *Mem Sahib*, ce sera bientôt l'heure du concert, les touristes commencent à arriver. Venez.

On ouvrit le salon de musique. Les clients arrivèrent seuls, par petits groupes, à pied ou en rickshaw, parfois escortés de rabatteurs. Lorsque tous eurent pris place sur les matelas de coton, le maître commença à jouer un *raga* du soir au *sarod*, devant un public extatique. C'est à ce moment que des coups violents, frappés à côté, à la porte du magasin, suivis de cris gutturaux, se firent entendre.

Les musiciens continuèrent leur récital. Le joueur de tablas martelait de plus en plus fort ses peaux de chèvre, sans parvenir à couvrir les bruits de verre brisés, dominés par des cris de victoire. La terreur pouvait se lire sur les visages des spectateurs. Tous se levèrent d'un bond. Pris de panique, ils se dirigèrent vers la porte pour s'enfuir. Dans la ruelle, un petit groupe d'hommes en colère défonçait les volets, brisait les vitres et pénétrait en force dans la boutique de Garulal.

Shaline entendit proférer toutes sortes d'insanités mais distingua clairement ceux qui disaient : « Tiens, Garulal, voilà de la part de Sambai Singh, ça t'apprendra à nous voler notre main-d'œuvre ! » Tandis que le pillage se déroulait dans un chaos total, Raju mettait la main sur ses vêtements et sa trousse avant de rejoindre Philippine et Shaline qui, mêlés aux touristes, avaient gagné la ruelle.

— Dépêchons-nous, le Dr Gupta nous attend.

En regagnant sa boutique, entouré de sa bande, Garulal pestait de n'avoir pu récupérer Anjali mais n'était pas mécontent que ses hommes de main aient donné une bonne raclée aux *goondas* du *contractor* des mendiants. C'est alors qu'il vit sa maison dévastée. Tous lui dirent que c'était Sambai Singh qui avait organisé ce coup de main. Personne ne soupçonna Shaline, ni Philippine, ni le Dr Gupta, encore moins Raju.

Shaline se réveilla à l'aube dans les bras de Philippine. La veille au soir lorsque M. Gupta leur avait proposé de rester dormir dans la chambre d'amis, ils avaient accepté en raison de l'heure tardive. Les choses s'étaient ensuite enchaînées sans préméditation.

— Tu es un drôle de profiteur, mais aussi un sauveur génial, avait dit Philippine en se collant à lui. Je ne devrais plus fréquenter des sales types comme toi.

Mais tu fais trop bien l'amour, avait-elle ajouté à voix basse à son oreille.

Comme à l'escale, elle lui avait ouvert ses bras et ils s'étaient offerts l'un à l'autre toute la nuit. Au petit matin, elle s'était à nouveau allongée sur lui. Les lèvres presque collées aux siennes, elle lui avait demandé :

— Tu es amoureux de Preety, n'est-ce pas ?

— Ça ne te regarde pas, Philippine.

— Donc, tu l'aimes ! Et tu es prêt à t'opposer à une tradition, à semer la zizanie dans une famille…

— Il s'agit d'un mariage forcé ! Elle n'est pas consentante. Elle veut faire plaisir à son père, mais pas avec cet homme-là.

— Avec toi, alors ?

— Avec quelqu'un dont elle sera amoureuse !

— Et ça, saura-t-elle le faire ?

Joignant le geste à la parole, Philippine se lança dans une série de jeux érotiques, préludes à une nouvelle étreinte. Shaline succomba : il ne pouvait résister à la sensualité de la jeune Française, qui avait tous les talents pour le porter à l'incandescence. Mais il gardait un goût amer d'infidélité envers Preety. Ce qu'il ressentait dans son corps mêlé à celui de Philippine n'était que plaisir, volupté, un tressaillement purement physique. Avec Preety, rien de comparable : tout son être était bouleversé. Un simple regard, un effleurement, sa voix, son parfum suffisaient. Shaline était tiraillé par le doute : passés les premiers émois de la lune de miel, ces émotions seraient-elles suffisantes pour construire une vie à deux ?

Raju avait insisté pour passer la nuit auprès de celle que tous considéraient comme sa petite sœur.

M. Gupta leur avait installé une natte dans une grande salle de réunion. Anjali était métamorphosée. Raju avait eu du mal à reconnaître la petite mendiante sous les traits de la fillette qui avait accouru vers lui, les bras tendus. Elle portait une robe fantaisie dans les tons de rose, ornée de fleurs bleues. On avait noué autour de sa courte chevelure un ruban rouge garni de fleurs blanches. Il s'était approché, avait collé son nez sur elle pour respirer son odeur de jasmin, coco et vétiver.

— Anjali, tu sens bon, tu es belle avec cette robe ! Ton sari, où est-il ?

— Brûlé, fini, je n'en ai plus besoin, trop de mauvais souvenirs.

— Que vont dire les gens de ta famille quand ils te verront ?

— Il n'y a plus personne. Je ne retournerai jamais d'où je viens !

— Explique-toi. Pourquoi ce sari, pourquoi cette bougie quand je t'ai rencontrée ?

— Je n'ai pas envie de parler de ça. Peut être un autre jour. Je te dois beaucoup, ô Raju. C'est grâce à toi, si je suis délivrée de ces bandits !

Le garçon posa à nouveau son nez sur les joues de la fillette pour s'enivrer de ses parfums.

— Anjali, je t'emmènerai avec moi à Cholapur. Ma mère prendra soin de toi.

— Je te suivrai, ô Raju.

Le lendemain matin, lorsque Raju se réveilla, Anjali avait disparu.

18

La fiancée

RAJ VEER ARORA ET SON ÉPOUSE ACCUEILLIRENT LEUR FILLE FRAÎCHEMENT. Shobha n'avait pas du tout apprécié l'escapade de Preety, disparue sans permission chez son amie Raksha.

— Ma fille, sur le point de se marier, qui va se baguenauder en ville ! Que vont dire les gens ?

Preety bouillait intérieurement. Elle mourait d'envie de leur lancer au visage qu'elle n'aimait pas cette future belle-mère, qu'elle voyait dans les yeux de M. Chadha un éclat qui la révulsait, qu'elle n'avait pas envie de vivre à Toronto, qu'elle refusait cette union, qu'elle était amoureuse de Shaline, qu'elle voulait repartir en France avec lui. Elle n'en fit rien. Elle décela dans le regard de son père une supplique de garder le silence, comme s'il avait pu lire dans ses pensées. Toute petite déjà, elle savait qu'il devinait ce qu'elle allait dire avant même qu'elle n'ait ouvert la bouche. Elle ne lui avait pourtant jamais parlé de Shaline, par pudeur, par respect aussi, peut-être. Elle avait autrefois évoqué Cailloux, mais Cailloux ne comptait pas, il avait été un alibi, un médiocre passe-temps, alors que Shaline, c'était Lui, c'était celui qu'elle attendait. À présent, Preety devinait dans les pupilles de son père qu'il se doutait de quelque chose. Elle se demanda si sa mère avait observé le manège du billet tendu à Raksha, si elle avait prêté attention au Français dans la boutique, si elle s'en était ouverte à son mari. Mais le visage de Shobha exprimait plus d'irritation que de suspicion.

— Faut-il vraiment hâter les cérémonies à ce point ? demanda Preety en s'efforçant de paraître naïve. J'aurais aimé pouvoir parler à cet Aswani Chadha, apprendre à le connaître avant un engagement définitif.

— C'est un garçon tout à fait comme il faut, assura Shobha, tu dois faire confiance à tes parents. Nous avons pris nos renseignements : il est honnête, travailleur, il ne boit pas, ne fume pas et, en outre, sa famille possède du bien : entrepreneur de travaux publics, c'est une bonne situation, avec tous les chantiers que l'on voit partout. Tu n'as aucune crainte à avoir. Il sera là d'ici une semaine. Elle s'arrêta pour reprendre son souffle avant d'ajouter sur un ton plus bas :

— Vous, les filles vous êtes toutes les mêmes, impatientes ! Qu'est-ce qu'une semaine d'attente au regard d'une vie entière ?

Preety inclina la tête en signe d'acquiescement. Que pouvait-elle ajouter ? Elle sentait sur elle le regard lourd et silencieux de son père. Elle baissa les yeux et quitta la pièce.

Elle trouva refuge dans son petit oratoire, une pièce sans fenêtre au cœur de la maison, où chacun faisait ses dévotions. Elle alluma des baguettes d'encens devant l'effigie de Ganesh, ce dieu protecteur à tête d'éléphant, pour implorer son aide :

— Ô Ganesh, donnez-moi force et courage pour faire face dans ces moments difficiles. Je n'ai personne vers qui me tourner. J'espère que vous serez auprès de moi durant toute ma vie.

Le lendemain commençait une période de réclusion, onze journées précédant la noce, durant lesquelles la fiancée devait s'habiller de vêtements ordinaires afin de ne pas attirer sur elle *nazar*, le mauvais œil. Les femmes fêtèrent *sangeet*, la musique, avec parents et amis, une cérémonie féminine où les hommes étaient parfois admis. Assise, silencieuse, dans un *shalwar-kamiz* bleu ciel à motifs roses, Preety observait, les lèvres pincées, l'esprit ailleurs. Elle n'entendait pas ces conteuses que l'on avait fait venir pour entonner des chansons traditionnelles, nourries de jeux de mots, de couplets à double sens, de métaphores égrillardes qui jamais ne versaient dans le graveleux. Au son du *dholki*[1], battu par une vieille femme, toutes reprenaient en cœur ces refrains, sauf l'une ou l'autre qui, n'y tenant plus, pouffait de rire au milieu d'une strophe. Preety se laissa faire sans protester, lorsqu'un vieil homme tout ridé lui prit la main pour y dessiner des arabesques au henné, *mehendi*, donné par Mme Chadha.

1. Tambour à deux peaux.

La fête n'aurait pas été réussie sans buffet. On servit aux convives, aux chanteuses et musiciennes des spécialités végétariennes, des beignets d'aubergine, des chaussons aux pommes de terre, suivies d'un large assortiment de sucreries, couronné de sorbets maison au raisin et aux litchis.

Pendant toutes ces réjouissances, Preety était restée silencieuse, maussade, le visage fermé. Raj l'avait observée, inquiet, d'autant plus qu'elle n'avait rien mangé. Elle pria poliment la famille de l'excuser et monta se coucher de bonne heure. Lorsque tous les invités furent partis, que les Chadha eurent regagné leur hôtel, Raj monta voir sa fille. Elle dormait profondément, encore vêtu de son *shalwar-kamiz*. La liasse de roupies et les bijoux en or offerts par Mme Chadha gisaient par terre sur un vieux journal. Elle n'avait gardé qu'un fin bracelet en jade au poignet droit. Raj referma la porte sans bruit, se demandant si sa fille n'était pas malade. « Il faudra que je la fasse examiner par un médecin », pensa-t-il avant d'aller se coucher.

La tête encore pleine de ces mondanités, de la musique et des chants, Shobha n'avait pas vraiment pris garde à la peine inscrite sur le visage de sa fille. À la vérité, elle l'avait remarquée et s'en était réjouie. Une fiancée doit se montrer triste à l'idée de quitter sa famille. Sa mélancolie était une marque de respect. Raj connaissait suffisamment le caractère de sa fille pour savoir que sa tristesse n'était pas feinte. Il y avait donc quelque chose d'autre ou encore — l'idée l'en fit frémir — quelqu'un d'autre. Il lui fallait en avoir le cœur net. Le lendemain à 7 heures, il se présenta dans la chambre de sa fille, une tasse de thé à la main :

— *Bed tea, darling !*

Preety se réveilla, surprise de voir son père renouer avec des habitudes anciennes. Elle absorba ce liquide brûlant dont les saveurs remuèrent en elles bien des souvenirs d'enfance.

— Papa, c'est gentil, ce thé, aujourd'hui, pourquoi ?

— Tu étais si absente hier, j'espère que tu n'es pas malade ?

— Non, j'ai juste besoin de rester seule.

— Je t'ai toujours fait confiance, ma fille, tu dois me dire ce qui se passe.

— Il se passe que...

Preety était sur le point de tout avouer, de se décharger sur son père d'un fardeau trop lourd pour elle. Mais elle se reprit.

— Il n'y a rien, papa ! Laissez-moi tranquille, tous.

Preety sentit la colère l'envahir. Elle repoussa violemment le journal aux bijoux avec le pied, tout en criant dans un long sanglot :

— Vous pouvez les reprendre, ces breloques, et les rendre à cette mégère ! Je ne suis pas à vendre !

Raj, cet homme tranquille qui avait toujours adoré sa fille, perdit son calme, prenant ombrage du geste méprisant qu'elle avait accompli en repoussant du pied, comme elle eût fait d'une charogne, l'or des Chadha. D'une voix tonitruante, il l'accusa d'ingratitude, de mépriser sa famille, il ajouta qu'il préférerait être mort plutôt que de vivre pareil déshonneur.

— Quel déshonneur ? demanda une voix derrière Raj.

Il reconnut le ton de Shobha, sa femme. Une discussion véhémente s'engagea entre les deux parents ; réglant des comptes, ils s'accusèrent mutuellement d'avoir mal élevé leur fille. Ils ne virent pas tout de suite que, profitant du tumulte, elle s'était glissée dans ses sandales et s'était enfuie.

— Tu ne comprends donc pas que ta fille aime quelqu'un d'autre ! hurla Raj à l'adresse de sa femme. Maintenant, elle est partie le retrouver !

— Quelle divinité avons-nous offensé pour mériter un tel châtiment ? La honte est sur nous. Notre famille est à présent maudite pour plusieurs générations !

En fin de matinée, Shaline et Philippine partagèrent un rickshaw-scooter pour regagner le centre-ville. La jeune Française demeurait blottie contre son compagnon comme pour prolonger l'étreinte de la nuit. Shaline ne la repoussa pas. Avant de quitter le centre du Dr Gupta, ils avaient décidé d'un commun accord que chacun rentrerait chez soi : elle à la cité universitaire et lui à la Saraswati Guest House. Ils n'avaient pas parlé de rupture : à quoi bon ? Shaline ne devait pas tarder à rentrer en France alors que Philippine allait s'installer en Inde pour une année. Parvenus à hauteur d'Assi Ghâte, ils se séparèrent sur un baiser furtif. Elle ordonna au chauffeur de la conduire à Triveni Centre, sa résidence universitaire.

Shaline s'engagea dans la rue qui menait au fleuve. Sur la droite, un restaurant palestinien attirait le regard par l'étalage d'un menu exotique. Il se trouva bientôt installé dans un jardin où se parlaient toutes les langues : hébreu, arabe, allemand, anglais et français. Il s'installa à une table vide baignée par un modeste rayon de soleil, et commanda des falafels avec de l'houmous et une salade. Une grande rousse aux yeux verts vint partager sa table car il n'y avait plus de place libre. Elle lui jeta un regard absent en grommelant dans une langue incertaine quelque chose qui devait vouloir dire : « Puis-je m'asseoir ? » Shaline lui fit signe de la main qu'elle pouvait prendre place. Elle sortit livres et cahiers et commença à ânonner à haute voix des phrases en hindi. Shaline était sur le point d'intervenir pour l'aider à corriger ses fautes, choqué qu'il était d'entendre martyriser les syllabes de cette langue. Il s'arrêta à temps. La fille aurait risqué de lui poser des questions. Il aurait été obligé de lui raconter sa vie, son enfance à Bénarès, ses photos, ses films et bien d'autres choses. Il était déjà bien empêtré avec Philippine qui savait le manipuler et l'amener à tromper Preety. Tromper ? Il se demandait à présent s'il ne s'était pas trompé lui-même. Il était venu à Bénarès pour préparer un tournage, alerter l'opinion sur le travail des enfants et lancer un message d'espoir en décrivant ce que des gens comme le Dr Gupta arrivaient à faire avec peu de moyens. Il avait revu Preety par hasard. Sans cette rencontre dans la boutique, le mariage avec Aswani Chadha aurait suivi son cours. Mais à présent il avait revu Preety, il lui avait promis de faire échouer ce mariage forcé. « Forcé » était-il le mot juste ? N'était-il pas un peu outrancier ? N'était-ce pas plutôt un banal mariage arrangé, selon la coutume locale ? Il se demandait si sa promesse impliquait que ce serait lui qui épouserait Preety. À supposer qu'il trouvât un stratagème pour écarter définitivement Aswani Chadha. Qu'adviendrait-il de Preety ? Serait-elle mariée à quelqu'un d'autre ? Qui voudrait d'elle après un tel scandale ? Lui proposer de partager sa vie, maritalement ? Non, le concubinage ne serait pas accepté par son entourage. Maintenant, pour Shaline, le choix était clair. Soit s'effacer, manquer à sa promesse, disparaître de la vie de Preety le plus discrètement possible. Ou bien, le terme lui sembla un peu ridicule mais il fallait l'accepter, demander Preety en mariage.

Étendue sur son lit, un casque sur les oreilles, Ashley n'entendit pas Philippine arriver. Lorsqu'elle vit la porte s'ouvrir, elle retira ses écouteurs pour accueillir son amie.

— Philippine, enfin, te voilà ! J'étais inquiète de ne plus te voir. Tout va bien pour toi ?

— Et toi ? Toujours malade ?

— Je me reposais en écoutant un *raga* du matin joué au *surbahar* par le maître Imrat Khan. Ce matin, j'ai eu un cours de danse mais je me suis évanouie ; je crois que je vais arrêter à cause de ma santé. Le climat, la nourriture, je ne sais pas mais je ne me sens pas bien. Je ne vais continuer que la musique instrumentale et le chant *dhrupad*.

Philippine demeurait fascinée par l'insolite beauté d'Ashley, beauté indienne aux cheveux d'or parlant avec l'accent américain. Elle lui raconta son épopée sur les ghâtes, Raju et ses combines, la délivrance d'Anjali et la neutralisation de Garulal et Sambai Singh. Elle évoqua enfin sa liaison avec Shaline. Ses amours tumultueuses faites de ruptures et de retrouvailles. Elle se confiait à la jeune Américaine autant pour se libérer que pour faire le point en elle-même, essayer d'y voir clair dans une aventure sentimentale qu'elle devinait sans issue. Ashley approuvait avec cette politesse compassée très anglo-saxonne. Donnant à Philippine l'illusion de s'immerger dans son récit par un haussement de sourcil, une onomatopée, une moue de dégoût. Son visage s'anima légèrement lorsque la Française évoqua sa rivale.

— Elle n'est même pas belle, elle a été sa maîtresse à Paris. Il est venu la pourchasser jusqu'ici. En plus, il ne lui est même pas fidèle. Et je ne t'ai pas tout dit, il veut se marier avec elle alors que sa famille l'a déjà promise à un autre homme.

— Aswani Chadha ? questionna Ashley.

— Oui, comment le sais-tu ?

— Sa fiche, par terre, elle avait dû tomber de tes affaires.

Ashley s'exprimait avec un calme quasi flegmatique, en détachant chaque syllabe, laissant de côté son accent traînaillant de la Côte ouest. Mais la crispation de son visage montrait qu'elle se forçait à dissimuler toute émotion, à paraître naturelle, polie, avec un soupçon de désinvolture.

— Il va arriver d'ici quelques jours pour son mariage, reprit la Française. Shaline s'est mis en tête de l'empêcher.

— Et Preety, à ton avis qui préfère-t-elle, Aswani Chadha ou Shaline ?

— Shaline, bien sûr !

— *Well*, ce Shaline, s'il aime vraiment Preety, il parviendra à l'épouser, affirma-t-elle.

— Il va jeter la honte sur une famille, faire un scandale. Tu ne te rends pas compte !

— Tu es amoureuse et tu es jalouse, Philippine. Comme je te comprends. Laisse faire Shaline. Si son projet échoue, tu aviseras. Mais l'université ne manque pas de garçons, jeunes, beaux et intelligents qui ne demanderaient qu'à te connaître.

Le lendemain, lorsque Philippine se réveilla dans la chambre de Triveni Centre, Ashley avait disparu sans explications, emportant une partie de ses affaires.

Raju avait troqué le costume pendjabi de Garulal contre son jean et son tricot. Une animatrice lui avait offert un anorak noir avec une casquette américaine à longue visière pour dissimuler ses cheveux. Ainsi accoutré, il ne serait pas reconnu par ceux qui lui voulaient du mal. Il partit avec sa trousse à outils, fermement décidé à retrouver Anjali.

Pourquoi s'était-elle enfuie ? Était-elle partie de son plein gré ? Quelqu'un aurait-il pu l'enlever pendant son sommeil ? Raju ressassait ces sombres pensées tout en avançant d'un pas vif vers les lieux où il avait retrouvé Anjali. Il passa voir son vieil ami Shah Jahan, le menuisier, visita plusieurs temples, le *dharamsala* et, en désespoir de cause, gagna Dashaswamedh Ghâte, en haut des marches. La foule de miséreux attirée par la fête des cerfs-volants était maintenant clairsemée. Il ne restait, adossés à la rampe, que les mendiants attitrés. Il descendit les marches lentement, scrutant chaque visage, redoutant qu'Anjali ait été de nouveau contrainte de demander l'aumône. À cette heure de la journée, il y avait moins d'enfants. La petite bande qui l'avait porté aux nues quand il avait réparé la plate-forme n'était pas là. Le cercle de jeunes Français rieurs était toujours là, à bavarder devant la maison de thé. L'un d'eux se faisait masser la plante des pieds, le dos, les jambes et les épaules tandis qu'à ses côtés, plusieurs jeunes pèlerins se faisaient raser le crâne en signe de deuil.

Raju descendit en évitant de se faire reconnaître. Il était presque parvenu en bas lorsqu'il entendit fredonner une mélodie à la mode. Un sourire de joie illumina son visage. Il se précipita. Dans sa petite robe rose, Anjali lui faisait face, le dos tourné au fleuve. Tout en chantant, elle faisait cuire des *dosas* avec un chutney à la noix de coco. Les pèlerins affamés faisaient patiemment la queue devant son étal tout en écoutant ses chansons.

— *Namaskar*, ô Raju, ce sont Cauvery et Chaitali qui m'ont demandé de les aider. Elles sont à l'école. Attends une seconde.

Tout en parlant avec Raju, elle mettait la pâte à grésiller sur sa plaque chaude puis l'étalait avec un gobelet. Elle encaissait, rendait la monnaie, donnait du supplément de chutney, l'emballait dans des assiettes en feuille. À ses pieds, le petit chat jouait avec les cupules, léchait les restes et s'amusait à courir après sa queue.

— Pourquoi es-tu partie, Anjali ?

— À cause de Billi, dit-elle en désignant l'animal. Je me suis réveillée au milieu de la nuit, j'avais froid. J'ai réalisé que Billi avait disparu. Elle s'était échappée sur les ghâtes lorsque vous m'avez libérée. Il fallait que je la retrouve. Alors je suis sortie.

Elle s'interrompit pour servir deux nouveaux clients qui la félicitèrent pour la qualité de ses *dosas*.

— J'ai arpenté les marches jusqu'à Mir Ghâte, à l'aube, à l'heure où les berges sont envahies de pèlerins. J'ai fini par la retrouver, accroupie au bord de l'esplanade où les garçons jouent au cricket. Elle avait l'air transi, affamé et terrorisé.

— À cause de quoi ?

— À cause des singes !

Raju éclata de rire. Avant d'ajouter :

— Je peux t'aider ?

— Non ! Cauvery et Chaitali vont revenir bientôt et reprendre leur place.

— Alors, nous pourrons repartir pour Cholapur ?

— Avec quel argent, Raju ? Nous sommes libres ! Pourquoi ne pas rester encore quelque temps à Bénarès ? Toi, tu pourrais rendre service avec ta trousse à outils et moi je pourrais aider les filles des bateliers à faire des *dosas*. Quand nous aurons de l'argent, du vrai argent, gagné et payé, nous achèterons un beau cadeau pour ta mère avant de repartir.

— C'est gentil de penser à elle, merci Anjali. Nous lui rapporterons aussi un vase d'eau du Gange.

Raju s'arrêta un instant pour réfléchir avant de reprendre :

— L'oncle Suresh, il aurait aimé accomplir le pèlerinage des berges, parcourir à pied le rivage du fleuve vers le sud, jusqu'à Assi Ghâte. Je dois le faire pour lui.

— Je viens avec toi, Raju.

— Nous en profiterons pour dire bonjour à Shaline *Sahib* qui habite là-bas.

— Et n'oublie pas cela, les filles me l'ont rapportée pour toi, dit-elle en désignant à ses pieds, à moitié dissimulée par les feuilles, la brique gravée du chantier.

Le chemin le long des berges était semé d'embûches : des passages étroits, des degrés à gravir, des barrières à contourner mais en échange ce parcours offrait aux deux enfants une succession de scènes insolites, des choses qu'ils avaient déjà vues mais auxquelles ils n'avaient guère prêté attention. Maintenant, ils étaient libres. Leur esprit était disponible, leurs yeux pouvaient s'ouvrir sur le monde. Même si la fête était à présent terminée, les cerfs-volants continuaient à voguer dans les airs. Depuis la berge ou les toits des maisons, des garçons s'efforçaient de couper le fil de leur voisin avec leur propre fil enduit de poussière de verre. Ici ou là, une chèvre bichonnée par son propriétaire — qui l'avait attifée d'un vieux maillot à cause du froid — regardait placidement passer les barques chargées de pèlerins, tandis que les singes se livraient à une sarabande effrénée entre les arbres, les gouttières, les balcons et les poteaux électriques. Anjali sentit la terreur gagner Billi, qui lui enfonça ses petites griffes dans la poitrine.

— Elle n'aime vraiment pas les singes, constata Anjali. Dépêchons-nous d'avancer.

Le stress de l'animal persista car ils passaient devant un troupeau d'oies apprivoisées qui se promenaient bruyamment autour d'une maison de thé. Une femme étrangère entourée d'une dizaine d'enfants les faisait dessiner tout en leur offrant des *malai toasts* et du thé. Avisant Raju et Anjali, elle leur fit signe de se joindre à son petit groupe. Ils déclinèrent son offre et continuèrent à avancer. Bientôt, le passage se rétrécit : devant eux folâtrait un troupeau de buffles. Ils avançaient en désordre, d'un pas nonchalant, les cornes en avant. Anjali eut très peur. Le jeune bouvier qui les suivait accomplissait sa tâche en sifflotant, l'œil distrait. En face, les piétons s'approchaient en slalomant entre les bêtes. Ils ne semblaient pas avoir peur. Raju prit la main d'Anjali et la força à passer tranquillement au milieu des buffles, comme si de rien n'était. Ils avaient à peine achevé cette périlleuse traversée qu'ils furent intrigués par une foule dense d'Indiens et d'étrangers, ainsi que par une odeur âcre, franchement désagréable. Raju déchiffra l'inscription peinte en lettres noires sur fond jaune : Harischandra Ghâte. En contrebas, au bord du fleuve, se consumaient plusieurs bûchers mortuaires. Un Dom expliquait à des visiteurs qu'il s'agissait de la deuxième ghâte de crémation de Bénarès. Les enfants firent un ample détour, redoutant une mauvaise rencontre, passèrent le long du crématorium électrique et continuèrent leur avancée vers le sud. Finie la foule, finis les mendiants. Ici ou là, un homme se baignait. Des femmes immergées dans le fleuve se shampouinaient la tête et lavaient leurs vêtements. Les longues bandes colorées des saris séchaient dans la brise. Un *dhobbi* accroupi repassait les chemises des hommes avec un fer à charbon de bois. En sens inverse arrivaient des *saddhous*, impressionnants avec leurs longues chevelures nouées comme celle du dieu Shiva. Ils croisèrent aussi des marchands ambulants : un vendeur de cacahuètes et de barbe à papa, un garçon avec des oiseaux en cage que les pèlerins, moyennant paiement, pouvaient libérer en signe d'heureux présage.

À Saraswati Guest House, installé sur le balcon de sa chambre dominant le Gange, Shaline relisait ses notes. De temps à autre, il levait les yeux pour fixer, l'œil absent, une barque qui avançait sur l'eau ou plus près de lui, les facéties des écureuils gris et noir. Il ne reconnut pas tout de suite le garçon et la fille qui avançaient en sautillant.

— *Sahib, Sahib !* crièrent Raju et Anjali.

D'un ample signe de la main, il les salua et les invita à monter. Ravis, les deux enfants gagnèrent le premier étage et s'installèrent devant la télévision.

19

La fugue

PREETY ARRIVA HORS D'HALEINE CHEZ RAKSHA, SON AMIE D'ENFANCE. Le portier lui ouvrit la grille en la saluant avec déférence. En raison du froid, les portes de la maison étaient fermées. Elle actionna le heurtoir. Raksha elle-même sortit de la véranda. Découvrant son amie, elle eut un haut-le-cœur.

— Preety, mon Dieu, que fais-tu ici ?

Pour toute réponse, Preety fondit en larmes dans les bras de son amie. Elle essaya de lui raconter ce qui s'était passé mais n'y parvint pas :

— Inutile de me donner des détails, Preety, j'ai tout compris : le henné sur ta main, les onze jours. Mes parents sont là. Tu ne peux pas rester ici. Ils n'accepteraient pas que tu te sois réfugiée chez eux, alors que tu dois rester recluse chez toi. Elle fit une pause avant d'ajouter tout bas :

— Si c'est Shaline que tu aimes, va le retrouver.

— Je ne sais pas où il est.

— J'ai entendu dire qu'il fréquentait l'université, le conservatoire de musique. Tente ta chance de ce côté-là. Je vais t'appeler un auto-rickshaw.

Philippine sortait de la douche lorsqu'elle entendit toquer à sa porte. Elle enfila prestement un peignoir, s'entortilla les cheveux dans une serviette et vint ouvrir ainsi accoutrée. Preety marqua un temps d'arrêt devant cette apparition. Elle venait de se renseigner auprès des gens du conservatoire qui lui avaient recommandé de se rendre à Triveni Centre, auprès d'une certaine Ashley.

— Ashley, c'est vous ? demanda-t-elle d'une voix hésitante.

— Non, moi c'est Philippine ! Je vous connais. N'êtes-vous pas l'ancienne maîtresse de Shaline ?

Prise de court, Preety demeura silencieuse, rougissante, mal à l'aise.

— Entrez quand même, nous avons à parler, reprit la Française.

Elle examina la jeune Indienne, ses vêtements, ses cheveux, son visage et ne la trouva décidément pas jolie. Preety s'assit sur un tabouret en bois, droite. Philippine s'installa au bord du lit, en face d'elle.

— J'ai oublié votre nom, vous êtes…

— Preety, Preety Arora. J'étais étudiante à Paris.

— Et vous avez connu Shaline !

— Oui, bien sûr, Charles Mandalagan, un grand photographe. C'est lui que je cherche.

— Si j'ai bien compris votre histoire, vous êtes revenue en Inde pour épouser Aswani Chadha et vous continuez à pourchasser Shaline !

— Pourquoi cette question ? Vous êtes sa femme ?

— Plutôt sa fiancée, ou tout comme.

Tout en répondant, Philippine se rendit compte de la violence de ses propos, de l'inutilité de son mensonge mais c'était plus fort qu'elle. Elle se sentait possédée par une force destructrice qui exacerbait ses sentiments envers cet homme de rencontre. Même s'il n'était qu'une passade, elle ne voulait pas que Preety l'approchât. Elle percevait intuitivement la passion qui les réunissait, alors qu'elle n'avait pas été capable de la susciter. Elle jalousait cette effusion de sentiments qu'elle avait rejetée tout en la souhaitant. Ce qu'elle n'avait pas eu, une autre ne l'aurait pas.

— Allez vous marier avec votre Aswani, dit-elle avec aigreur, laissez-moi mon Shaline.

Le ton était monté, la colère gagnait de part et d'autre. Preety fixait son interlocutrice droit dans les yeux. Elle ajouta calmement :

— Je ne vais pas épouser Aswani Chadha, je ne veux pas de lui ni de sa famille.

— Alors, vous resterez vieille fille, rétorqua Philippine sur un ton menaçant. Shaline est à moi. La nuit dernière, nous l'avons passée ensemble et nous avons fait l'amour !

— Je ne vous crois pas, cria Preety hors d'elle, vous mentez, ce n'est pas vrai !

— Je mens ? Croyez-vous ça ! Allez donc lui demander vous même. Il n'est pas loin d'ici. Vous le trouverez à Saraswati Guest House, près d'Assi Ghâte.

Preety retrouva son auto-rickshaw et se fit conduire à Assi Ghâte. Elle entrevit Shaline sur son balcon, en train de compulser ses notes. Le visage du garçon s'illumina.

— Monte, Preety, nous allons prendre le thé.

En entrant dans la chambre, Preety vit les deux enfants agglutinés devant la télévision mais n'y prêta guère attention. Shaline se précipita pour la serrer dans ses bras mais elle le repoussa, le visage sévère.

— *Don't touch me !* Elle s'exprima volontairement en anglais. Elle ne voulait plus de cette complicité qu'ils avaient développé avec le français ou le hindi.

— Je viens de voir Philippine, elle affirme que vous avez passé la dernière nuit ensemble, c'est vrai ? Dis-moi la vérité, Shaline.

Pris de court, le garçon se passa la main dans les cheveux, haussa les sourcils avant de soupirer bruyamment.

— Si tu ne réponds pas, dois-je comprendre que c'est vrai ?

Shaline rassembla ses esprits et lui répondit en hindi :

— Tu vois ces deux enfants-là, Raju et Anjali…

Elle ne l'écoutait qu'à moitié. Elle se tourna vers les deux enfants, qui joignirent les mains pour la saluer. Elle l'entendait raconter à présent ses démêlés avec les *goondas* pour tirer les enfants de leur servitude. Il essayait de minimiser, de ne pas répondre, cherchant un biais pour se faire absoudre. En désespoir de cause, il ajouta :

— C'est toi que j'ai toujours aimée, Preety, ce n'est pas elle.

Anjali suivait avec attention cette conversation entre les deux adultes.

— C'est laquelle, ta préférée, chuchota-t-elle à l'oreille de Raju, les cheveux dorés ou les cheveux noirs ?

— *Mem Sahib* aux cheveux dorés, affirma Raju sans hésiter.

— Moi, c'est celle-ci, elle est belle, j'aimerais lui ressembler. Elle a l'air fâché, il faut faire quelque chose.

Ils tendirent de nouveau l'oreille pour écouter Shaline qui lui parlait tendrement :

— Ne pleure plus. Tu n'aurais jamais dû te sauver. Tu vas rentrer chez toi et te réconcilier avec tes parents. Moi, de mon côté, je fais le nécessaire pour empêcher ton mariage avec Aswani Chadha.

— Non, Shaline. Tout est fini ! Ne fais plus rien, laisse-moi tranquille, oublie-moi.

Shaline jugea opportun de ne plus la contrarier, vu l'état d'énervement dans lequel elle se trouvait. C'est alors qu'Anjali intervint pour proposer ses services.

— *Mem Sahib*, c'est à cause de nous, ce qui est arrivé… Shaline *Sahib* nous a libérés des griffes d'un méchant homme. Emmenez-nous avec vous. Nous dirons à vos parents que c'est aussi grâce à vous que nous sommes libres.

Preety regarda les deux protégés avec suspicion.

— Qui êtes-vous ?

Raju se présenta, raconta brièvement leur histoire.

— Vous êtes de drôles de filous ! Mais c'est OK, venez avec moi, vous avez raison, mon père sera enclin à l'indulgence si je lui dit que je suis accompagnée de deux enfants.

— Et nous, nous dirons très fort que vous nous avez sauvés et que c'est bien pour cette raison que vous rentrez si tard, conclut la fillette. Et peut-être votre maman nous donnera-t-elle à manger !

Lorsque, en fin de journée, Preety regagna sa maison avec les deux enfants, tous étaient silencieux et affichaient des mines austères. Preety raconta ce qui avait été convenu concernant Raju et Anjali puis ajouta, sur le ton le plus neutre qu'elle put : « C'est d'accord, je vais épouser Aswani Chadha. »

Resté seul, Shaline examina le tableau remis par M. Gupta des bienfaiteurs à rencontrer. En tête de liste, assorti d'un montant très important, apparaissait le nom d'un hommes d'affaires de Bénarès : Raj Veer Arora.

C'est en voyant les guirlandes entourant la maison que Shaline eut confirmation que le premier de la liste était bien le père de Preety.

Philippine avait marqué un point. Shaline avait réalisé que derrière sa désinvolture narquoise se dissimulait une jalousie profonde qui était parvenue à gâcher sa relation avec Preety. Il avait pensé un instant se rendre à la cité universitaire pour lui dire ses quatre vérités mais il connaissait ses armes. Elle aurait su le manipuler, le séduire : ils auraient achevé leur conversation enlacés. Il connaissait sa faiblesse. Il n'aurait pas pu lui résister. La situation n'aurait fait qu'empirer. Il prit alors la décision de ne plus jamais revoir Philippine et de tout faire pour reconquérir Preety. L'incident de la veille l'avait secoué. Preety avait dû se sentir trahie, humiliée, abandonnée. Shaline ne voulait pas en rester là. Avait-il atteint un point de non-retour ? Il ne le pensait pas. Toutefois, la ramener à lui exigerait du tact et de la délicatesse. La liste de M. Gupta représentait une chance inespérée. Probablement la dernière.

Il n'eut pas besoin de frapper. Une petite fille en robe de mousseline bleue vint ouvrir.

— *Namaskar, uncle*, dit-elle souriante, entrez, on vous attend.

La petite Taniya cria à la volée :

— Le marié est arrivé. Venez l'accueillir, venez tous.

Shobha descendit, essoufflée. Elle examina le garçon avec soin avant de l'interroger.

— Vous n'êtes pas Aswani Chadha ?

— Non, pas du tout. Je suis désolé de vous déranger, je viens de la part du Dr Gupta, je voudrais voir monsieur Raj Veer Arora.

— Bien sûr, c'est mon mari. Je vais l'appeler. Vous nous excuserez, la maison est en ébullition. Nous préparons le mariage de notre fille.

On fit entrer Shaline au salon. Dans un angle, un téléviseur diffusait des clips de musiques de film. Deux enfants les regardaient avec passion. Shaline fut stupéfait de reconnaître, propres et bien coiffés, Raju et Anjali. De la main, il leur fit signe de ne rien dire. Anjali lui lança un regard admiratif en bougeant la tête de droite à gauche.

Le père de Preety accueillit son visiteur avec chaleur. Shaline se présenta :

— Shaline Mandalagan, Français, né à Bénarès.

— J'ai eu un professeur Mandalagan autrefois, à l'université.

— Oui, c'est mon père !

— C'était un homme remarquable, un ardent défenseur des droits de l'homme. Je lui dois beaucoup. Dites-moi, qu'est-ce qui vous amène à Bénarès ?

Shaline expliqua par le menu le film qu'il comptait tourner, les enfants, le Dr Gupta. Il évoqua aussi Sambai Singh et Garulal sans parler d'Anjali ni de Raju. À ce moment, la fillette en robe de mousseline vint se coller contre son grand-père et lui chuchota quelques mots.

— C'est Taniya, ma petite fille, elle vous avait pris pour le marié. Nous l'attendons d'un jour à l'autre. C'est vrai que vous auriez pu être un bon parti pour ma fille, ajouta-t-il en riant.

Shobha apporta un plateau garni de thé brûlant. Tout en servant, elle regardait Shaline avec intérêt.

— Vous excuserez ce désordre mais ce mariage… D'ailleurs, vous êtes invité à la noce.

D'une main sûre, elle versa une cuillerée de sucre à chacun et tendit les tasses.

— Mais j'y pense, ajouta-t-elle, si vous êtes français, vous avez dû connaître notre fille, Preety Arora. Elle était étudiante à Paris. Vous la verrez bientôt. Pour l'instant, elle dort encore.

Shaline n'eut pas le loisir de répondre. Raj intervint aussitôt.

— La France est grande, comment veux-tu qu'il l'ait connue ? Excusez mon épouse. Elle aime bien poser des questions. Venez avec moi, je vous emmène dans mon magasin du *chowk*. Nous pourrons discuter tranquillement.

La boutique ouvrait sur une ruelle partant de Godowlia, un étroit boyau qui ne payait pas de mine, obstrué ça et là par des vaches nonchalantes, sillonné par des jeunes casse-cou en scooter qui slalomaient entre les files de pèlerins en route vers le Gange. Accrochées aux murs, des chemises et des écharpes multicolores attiraient l'œil, incitant les touristes à franchir le seuil. Shaline entrevit un couple de Japonais, assis devant un déballage de soieries bigarrées, aux prises avec un vendeur aux cheveux blancs. Raj fit signe à son visiteur de le suivre au premier étage. Ils gravirent un escalier abrupte et glissant pour atteindre un palier où dominaient des effluves d'encens à la rose. Ils durent ôter leurs chaussures avant de pénétrer dans un magasin secret, un espace convivial recouvert de tapis et de matelas où attendaient déjà deux jeunes étrangères. Les filles étaient belges. Elles expliquèrent qu'elles étaient bénévoles pour une association locale qui prenait soin des lépreux et emmenait les enfants des bidonvilles en promenade chaque dimanche.

Tout en écoutant, Shaline s'efforçait de détailler les décors et objets divers qui ornaient la pièce. Il avait le sentiment de se trouver dans un lieu quasi clandestin dont l'adresse n'était connue que des initiés. Dans des casiers en bois de teck s'empilaient des châles en soie, des pashminas, des *kurtas*, des *sarwels*, une floraison de vêtements exotiques dont les étrangers aimaient se parer. Sur les présentoirs s'alignaient des statuettes en tous genre, bronze, santal, marbre. À des crochets étaient suspendus toute une variété de colliers de graines, typiques de Bénarès. La partie supérieure des murs était couverte de batiks représentant des divinités religieuses de l'Inde. Peu de pacotille, que des belles choses !

Raj s'était fait accaparer par ses commis. Assis sur un coussin, il donnait ses instructions. Le téléphone sonnait souvent. Raj répondait en s'excusant. Les deux bénévoles le saluèrent avant de sortir. Le calme revint pour un moment.

— Ce sont des amies, confia Raj, elles viennent pour le plaisir, boire le thé, fumer une cigarette, discuter, avant de repartir à l'hôpital.

— Elles sont médecins ?

— Non, juste volontaires auprès d'une association indienne.

— Il y en a beaucoup à Bénarès.

— Des ONG qui agissent vraiment, il n'y en a pas beaucoup. Pour les jeunes handicapés, une importante organisation s'est implantée au bord du Gange, sur un grand terrain, bien au-delà de l'université.

— Et pour les enfants des quartiers pauvres, les enfants de la rue, les enfants qui travaillent ?

— Il n'y a que Ma Ganga Sangetan, l'organisation du Dr Gupta, dans le quartier de Nadessar.

— Et vous, qu'est-ce qui vous a amené, vous, à financer le docteur Gupta ?

— Gupta est mon meilleur ami. Nous étions étudiants ensemble à l'université de Bénarès. Peut-être est-ce dû à l'influence bénéfique de votre père : il a toujours voulu s'engager dans l'action sociale. Moi je voulais faire comme lui mais j'ai dû reprendre l'affaire familiale : les soieries, les magasins, l'exportation.

— Alors, vous lui donnez de l'argent ?

— Très peu. Ce n'est pas ce dont il a besoin. En outre, je ne suis pas aussi riche que certains peuvent le penser. Je voyage souvent en Europe et aux États-Unis. J'en profite pour lui trouver des donateurs, c'est ainsi qu'une grande organisation catholique française finance son centre de Nadessar.

— Et ces sommes faramineuses inscrites en face de votre nom ?

— N'exagérons rien, ce sont des prêts sans intérêts, des avances que je leur ai accordées afin qu'ils puissent démarrer leur activité. Sans *seed money*, un petit pécule, on ne peut rien faire ni rien obtenir de quiconque. Gupta me remboursera plus tard, quand il pourra.

Raj avait tendance à rire entre chaque phrase, pour cacher sa gêne, comme pour minimiser ses gestes ou se moquer de lui même. Shaline jubilait. Jamais il n'avait imaginé que le père de Preety fût de cette race d'homme à la fois actif et intègre, simple et généreux.

— Et tous ces enfants qui travaillent ?

Le téléphone sonna de nouveau, puis un couple d'Italiens entra dans la salle. Le commis apporta du thé au gingembre. Raj alluma une cigarette et se détourna de Shaline. Ses nouveaux clients venaient passer une commande en gros pour des soieries et des brocarts à expédier à Milan. Shaline observait en silence, impatient de recueillir ses commentaires sur les enfants. Une question des Italiens attira son attention :

— Ces saris ont-ils été tissés par des enfants ?

— Nous sommes très vigilants sur cette question. Aucun des articles que vous pouvez voir dans cette pièce n'a été fabriqué par des jeunes de moins de quatorze ans.

Du doigt, il désignait les murs et les étagères.

— Comment pouvez-vous en être sûr ?

— Dans nos ateliers, nous n'employons jamais d'enfants. Quant à nos fournisseurs, nous visitons leurs installations, nous vérifions, nous menaçons de retirer nos commandes.

— Mais alors, vos articles ne coûtent-ils pas plus cher ? intervint Shaline.

— Erreur ! Vous vous trompez complètement. Le travail des plus petits profite aux intermédiaires, aux grossistes. Quand nous, les industriels, les exportateurs, faisons pression sur eux, ils réduisent leur marge. Si la tâche est accomplie par un adulte mieux payé qu'un enfant, cela n'a pas d'incidence sensible sur le prix de détail.

Un nouvel appel téléphonique vint mettre un terme à leur conversation.

— Ma femme m'appelle, la famille Chadha est arrivée, je dois rentrer. Venez avec moi, vous serez notre invité pour le déjeuner.

Dans le rickshaw qui les ramenait, Raj poursuivit ses explications.

— Ces enfants que vous avez vus en servitude, ce n'est pas acceptable. Je vous en prie, ne montrez pas ce visage hideux de notre pays. Que des gamins aident leurs parents à accomplir une tâche, en dehors des heures d'école, c'est normal. Mais une bande de gosses arrachés à leurs familles, affamés, asservis, condamnés à travailler pour un patron sans jamais en voir la fin, c'est inhumain, c'est banni par la loi et, en plus, ce n'est pas rentable.

— Oui, bien sûr, il n'est pas nécessaire de montrer à l'image ces enfants hagards, on peut leur substituer des vues générales des ateliers ou des chantiers avec les commentaires d'un homme comme vous qui explique les solutions de remplacement.

— Ces tâches peuvent être accomplies par des adultes, des hommes et surtout des femmes. On y arrivera petit à petit en ouvrant des écoles dans les communautés avec une pédagogie nouvelle, adaptée à leur situation. Vous savez, mon père faisait travailler des mineurs. C'était une autre époque, tout le monde trouvait cela normal. Lorsque j'ai repris l'affaire, j'ai mis un terme à ces pratiques. Ce qui ne m'a pas empêché de gagner beaucoup plus d'argent que lui.

Un petit rayon de soleil éclairait la façade couverte de guirlandes de la maison. Le téléviseur était éteint. Anjali était en train de tresser les nattes de la petite Taniya avec des rubans roses, tandis que Raju, très sérieux, examinaient les huisseries qui frottaient et les ferrures qui grinçaient.

— *Sahib*, si vous voulez, dit Raju, je pourrai réparer cela avant le mariage, j'ai ma trousse à outils.

Raj, amusé, acquiesça d'un mouvement oblique de la tête.

— *Aray*, Shaline. Vous avez encore raté notre fille. Elle ne se sentait pas bien. Elle est descendue manger rapidement avant de remonter se reposer. Quelle émotion pour elle, ce mariage !

— Bien sûr, répondit Shaline d'une voix blanche, bien sûr !

— Que je vous présente : monsieur et madame Chadha, les futurs beaux-parents de Preety.

Shaline s'inclina en joignant les mains. Ils lui rendirent son salut sans se lever du canapé.

— Shaline est le fils d'un ancien professeur de mon mari. Il est venu réaliser un film sur le travail des enfants.

— Très bien, très intéressant, répondit M. Chadha.

Mme Chadha, effondré dans l'angle du sofa semblait totalement absente. Elle sortit de sa léthargie pour annoncer :

— Notre Aswani sera là demain matin. Nous avons reçu un message. Nous irons l'attendre à l'aéroport avec les guirlandes !

Shaline observa autour de lui les membres de la famille, les deux tantes, Vikram, le frère, et sa femme Vani, en tentant de voir si cette annonce déclenchait ou non l'enthousiasme. Les uns et les autres acquiesçaient poliment sans pour autant pousser de cris de joie. Bien des regards se tournaient vers lui, Shaline, un étranger. Il eut soudain une intuition, un frisson qui lui gagna l'échine : dans cette maisonnée, tous lui faisaient bonne figure, tous sauf les beaux-parents. Il pouvait lire sur le visage de Mme Chadha une indifférence hautaine et dans les yeux de son mari, un mélange de suspicion et de haine.

20

La marque

APRÈS LE REPAS, SHALINE AVAIT PRIS CONGÉ, IL SENTAIT BIEN QUE SA PRÉSENCE GÊNAIT. Shobha avait insisté pour qu'il revînt le lendemain matin partager le petit déjeuner de la famille :

— Les Chadha seront à l'aéroport. Nous serons entre nous. Nous vous présenterons la future mariée.

Les enfants avaient demandé que cette fois-ci Shaline soit accueilli avec tous les honneurs réservés à un hôte de marque. Taniya, entourée de Raju et Anjali, guettait l'arrivée de leur grand ami, une assiette de sucreries à la main. Shobha lui souhaita la bienvenue dans sa demeure en faisant tourner trois fois à hauteur de son visage un plateau d'offrandes décoré de jasmin et garni d'un lumignon. Anjali souleva la petite Taniya qui lui glissa un *laddu*[1] dans la bouche.

On servit un assortiment de mets délicats. Des *parathas* croustillantes sautées au beurre clarifié, des *utpams*[2] de l'Inde du Sud, des *katchori*[3], du yaourt et bien sûr des œufs au plat avec des toasts, du beurre salé, de la confiture de mangue et une belle corbeille de fruits. En bonne maîtresse de maison, Shobha ne laissait jamais l'assiette de son hôte vide.

— Vous excuserez Preety, ma fille. Depuis 4 heures ce matin, elle s'abstient de toute nourriture. Elle aurait voulu accomplir le jeûne rituel de Karwa Chauth. C'est une purification qui porte bonheur aux futures épousées, mais c'est trop tard à présent : cela doit se faire avant Diwali, la fête de la lumière.

Voyant le regard perplexe de son grand ami, Anjali crut bon d'intervenir.

— C'est vrai, quand la lune se lèvera, elle rompra le jeûne en recevant sa première bouchée des mains de son amoureux.

— Normalement, le fiancé aussi doit jeûner, précisa Shobha. C'est ensemble qu'ils rompent le jeûne mais puisque notre Aswani n'arrive que demain…

— *Leur* Aswani, rectifia Taniya. Il n'est pas à nous pour le moment !

Shaline fit glisser ses restes sur le rebord de son assiette, décidant sur le champ de s'abstenir de manger, lui aussi.

---

1. Bouchée de confiture de lait aromatisée.

2. Galettes épaisses de farines de riz et de lentilles blanches, frites avec des oignons, des tomates et de la coriandre.

3. Beignets ronds fourrés de raisins secs.

— Je crois que c'est une bonne idée de jeûner de temps en temps, commenta-t-il, cela remet les idées au clair. Votre cuisine était excellente, madame, ajouta-t-il en s'inclinant vers Shobha.

— Vous devriez m'appeler Auntie : vous faites à présent un peu partie de la famille.

— *Yes*, Auntie. Et monsieur Arora, votre mari, ne vient-il pas nous rejoindre ?

— Il est parti à la première heure pour superviser la commande des Italiens. On va le voir bientôt. Vous pouvez monter l'attendre sur la terrasse. La brume est en train de se dissiper, vous pourrez avoir une belle vue sur la ville et vous réchauffer au soleil. Taniya va vous accompagner.

La petite fille prit la main de Shaline et le guida vers l'escalier de pierre qui menait à la terrasse. Il reconnut à contre-jour une fine silhouette féminine, debout, qui lui tournait le dos. Preety portait un sari rouge sur un corsage fuchsia, des boucles d'oreilles et un collier en or. De son poignet dépassait toujours son bracelet de jade.

— Pourquoi viens-tu me tourmenter jusque chez moi ? Ne m'as-tu pas fait assez de mal ?

Elle s'exprimait en français afin que sa petite nièce ne comprît pas.

— Preety, je t'avais parlé d'un miracle, il s'est produit. J'ai rencontré ton père. Un homme d'exception. Il m'a ouvert grand les portes de sa maison. N'est-ce pas un signe ?

Taniya restait là, debout, sans lâcher la main de Shaline, jetant à son grand ami un regard courroucé. On entendait au loin le bruit des portes que Raju rabotait et le tintement des marmites qu'Anjali nettoyait en cuisine. Preety laissa passer un temps de silence avant de répondre, d'une voix douce :

— C'est fini, Shaline. Je suis prête pour le mariage. Papa n'aura plus de problèmes avec moi. Je le lui ai promis lorsque je suis revenue à la maison après ma fugue. Il a été très bon. Il m'a pardonnée. En outre, il a offert l'hospitalité à tes deux protégés qui font presque partie de la famille. Il faut que tu disparaisses à présent. Va retrouver ton amie et laisse-moi en paix. Je jeûne pour me purifier.

— C'est avec toi, Preety, que je partagerai la première gorgée d'eau et la première bouchée, quand la lune se lèvera ! dit Shaline en se penchant à son oreille.

La jeune Indienne eut un mouvement de recul. Elle repoussa Shaline avec vigueur, le regard noir.

— Mon père est arrivé, retiens-toi !

Au loin résonnait une voix d'homme qui parlait fort. Les bruits des outils s'étaient tus. On entendait aussi une voix fluette.

— Grand-père est en train d'écouter l'histoire de Raju, dit Taniya. J'entend son pas. Le voilà qui monte, à présent.

Raj Veer Arora cligna des yeux, ébloui par la lumière crue du matin, en débouchant sur la terrasse.

— Shaline, je vois que vous avez fait connaissance avec ma fille. J'imagine que vous avez beaucoup de choses à vous dire.

Shaline ne savait comment interpréter ces paroles. Pour masquer sa confusion, il se contenta de sourire.

— J'ai l'impression que notre petite Taniya vous a adopté. C'est toujours un bonheur de voir des enfants comblés. Je viens de parler à Raju, notre jeune menuisier du Maharashtra. Il m'a raconté son histoire, le décès du pandit puis celui de son oncle, le marchand de bois, la briqueterie. Quelle honte ! Jamais je n'autoriserai un exploiteur d'enfants à franchir le seuil de ma maison. Maintenant, Raju est sous ma protection. Ceux qui lui ont fait du mal à lui et à sa sœur devront rendre des comptes.

On entendit à cet instant une cavalcade dans l'escalier. Raju grimpait les marches deux à deux en hurlant :

— *Sahib*, Butharam, le marchand de bois et l'édenté de la briqueterie, ils sont en bas. Je les ai vus par la fenêtre. Ils viennent me reprendre, cachez-moi quelque part !

Raj regarda par-dessus la rambarde de la terrasse. Il vit les deux hommes sur le seuil parlementer avec quelqu'un dans la maison avant de se retirer. Dans sa précipitation, le petit garçon fit tomber sa trousse de menuisier. Ses outils se répandirent sur le ciment ainsi qu'un souvenir : la brique dérobée sur le chantier.

Raj ramassa machinalement la brique et la tendit à Raju.

— C'est à toi ? Que fais-tu avec ça ?

— Un souvenir du chantier où j'ai été séquestré. Si vous voulez, je vous en fais cadeau.

— Merci, Raju, je la garderai en souvenir.

Raj redescendit s'enquérir de ces deux visiteurs qui avaient tellement inquiété Raju. C'est alors que, retournant la brique, il remarqua, gravée dans l'argile, la marque de son propriétaire : ASHA.

Il hésita un instant puis, rassemblant ses souvenirs, il se remémora ce dont s'était vanté son invité :

« *asha* » : l'« espoir » en hindi, quelle dérision ! La contraction d'Aswani Chadha, la marque du propriétaire, l'infamie d'un exploiteur d'enfants gravée dans l'argile. Ainsi donc, ce M. Chadha qui s'était targué d'être un simple entrepreneur de travaux publics était aussi à la tête d'une briqueterie où étaient séquestrés des enfants. « À présent, comment pourrais-je rapprocher ma famille d'une famille d'esclavagistes, pensa-t-il. Ce combat que je mène depuis des années contre le travail des enfants, je ne peux pas le renier en donnant ma fille en mariage au fils d'un tel personnage ! »

Bouleversé, Raj gagna le petit oratoire consacré à Ganesh, au cœur de la maison. Il alluma une baguette d'encens. Assis en tailleur sur un coussin, les yeux rivés sur la divinité à tête d'éléphant, il poursuivit sa réflexion : « Si je décommande ce mariage, quelle scandale ! Et Preety, ma fille unique ? J'avais eu tellement de peine à la convaincre. Comment lui annoncer ? Ce mariage aurait dû être la fête de sa vie ! Et Shobha, ma femme, c'est elle qui avait pris toutes les dispositions. C'est sa famille qui connaissait la famille Chadha : les grands-pères camarades de classe. Mais je ne peux pas la blâmer. J'étais d'accord pour ce mariage. Nous n'avions jamais évoqué ensemble le risque de tomber sur une famille d'exploiteur d'enfants. Il faut que je trouve une faille pour gagner du temps. Si le mariage doit être annulé, il faut que cela se passe en douceur, sans heurt, sans scandale, pour préserver mon enfant. Ô Ganesh, je vous en supplie, aidez-moi à sauver le bonheur de ma fille et l'honneur de ma famille. »

Revigoré par cette supplique, Raj regagna le salon. Il trouva Anjali en pleurs dans les bras de Shobha.

— *Sahib*, les *goondas*, la briqueterie, ils sont venus nous emmener, Raju et moi, disait-elle entre deux hoquets.

— Je ne comprends pas bien, ajouta Shobha, ce sont deux employés de M. Chadha qui sont venus nous avertir que leur fils avait été retardé. Et cette petite chérie les a pris pour des malfaiteurs, ceux qui l'ont séquestrée. Ne pleure plus, Anjali, nous sommes là, nous te protégerons.

D'un geste maternel, elle essuya les yeux et le nez d'Anjali avec un pan de son sari, avant d'ajouter :

— Les Chadha proposent que nous les retrouvions autour d'une tasse de thé, ce soir à l'hôtel de Paris.

Raj pensa une seconde tout dévoiler à sa femme mais se retint à temps. Pas devant cette gamine en larmes. Il préférait que Shobha l'accompagne sans arrière-pensée rencontrer les Chadha. Il était bien content à la vérité que, si rupture il devait y avoir, cela ne se passât pas sous son toit en présence de la maisonnée, surtout des enfants.

L'hôtel de Paris se trouvait loin du centre de Bénarès, loin des berges, au delà de la gare, dans un quartier verdoyant : le Cantonnement, là où l'armée britannique avait autrefois installé ses casernements. Tout autour avaient poussé des hôtels de luxe réservés aux touristes fortunés, loin du tumulte des ghâtes. La façade aux arcades victoriennes coiffée d'un chapiteau corinthien associait l'ocre et le vermillon. Cette bâtisse de style colonial avait été restaurée avec goût et offrait à présent tout le confort souhaité. Raj gara sa petite Maruti devant le péristyle, le capot contre un alignement de plantes en pot. À 18 heures, la nuit avait ramené le froid. Shobha s'emmitoufla dans son pashmina. Le hall d'entrée était désert. Raj s'enquit à la réception. Les Chadha étaient dans leur chambre. Raj les fit appeler. Le maître d'hôtel installa les visiteurs dans un des petits salons, autour d'une tasse de thé. L'attente leur parut infiniment longue. M. Chadha arriva sanglé dans un costume gris anthracite. Raj eut cette impression fugitive qu'il venait de se rhabiller pour la circonstance. Mme Chadha semblait plus calme, drapée dans un sari beige. Les deux couples se saluèrent à distance, mains jointes, sans se toucher. Ils prirent place autour d'une table carrée couverte d'une nappe blanche. Le maître d'hôtel apporta une assiette de petits gâteaux avec une nouvelle théière et deux tasses seulement.

— Votre Aswani ne boit-il pas de thé ? dit Shobha pour entamer la conversation. Nous sommes vraiment impatients de faire sa connaissance.

Elle regarda tour à tour les visages de M. et Mme Chadha, puis celui de son mari, à la recherche d'un signe de connivence, de sympathie ou d'acquiescement, mais rien ne venait.

De son côté, Raj pensait que la sincérité naïve de son épouse, sa bonne éducation, contribuerait à mener à bien cette confrontation, sans heurts.

— Je vous remercie d'être venus nous retrouver ici, dit M. Chadha je n'ai pas pu vous avertir moi-même, aussi ai-je envoyé deux de mes domestiques pour vous prévenir.

— Et Aswani ? insista Shobha.

— Il n'est pas encore arrivé à Bénarès, il va avoir du retard répondit Mme Chadha.

— Nous sommes très ennuyés pour vous, reprit M. Chadha, le mariage était fixé dans dix jours, je crois. J'ai bien peur que notre fils ne soit pas là à temps, que nous soyons malheureusement contraints de modifier notre calendrier.

Raj n'en croyait pas ses oreilles. Les objections qu'il se préparait à formuler sortaient comme par miracle de la bouche de M. Chadha lui-même. Il fallait le laisser abattre son jeu en douceur, et tirer parti de cette reculade à l'avantage des enfants. Si ces gens-là ne voulaient plus de sa fille, il fallait le leur faire payer.

— Bien sûr, répondit le père de Preety, nous comprendrions très bien qu'un cas de force majeure retardât votre fils et qu'il faille ajourner la cérémonie.

Shobha fusilla son mari du regard. Il lui répondit par un visage apaisé, souriant, signifiant que cette dérobade faisait parfaitement son affaire.

— Il n'est pas malade, au moins ? demanda la mère de Preety.

— Malade ? Non ! Empêché.

— Jusqu'à quand ? demanda Raj.

M. Chadha ne répondit pas, sollicitant sa femme du regard.

— Vous êtes une bonne famille. Nous ne sommes pas sûrs d'être assez dignes, avoua Mme Chadha. Notre Aswani doit encore réfléchir. Il veut être certain de pouvoir rendre votre fille heureuse, vous comprenez, dit-elle, en se tournant vers Shobha.

Paralysée par l'émotion, Shobha ne disait rien, bien incapable de proférer le moindre son.

— Naturellement, murmura M. Chadha, nous sommes conscients de la peine que vous vous êtes donnée, du mal que ce contretemps vous cause à vous et à votre famille. Nous sommes prêts à faire le nécessaire pour réparer.

— Vous déshonorez gravement ma famille, reprit Raj d'une voix forte.

— Qu'allons-nous dire à notre entourage ? renchérit Shobha, les faire-part ont déjà été envoyés.

— Convenons ensemble que les horoscopes ou les astres n'étaient pas favorables, hasarda Mme Chadha.

— Les astres, pourquoi pas ! Il demeure tout de même un préjudice subi par ma famille et surtout par ma fille, répondit Shobha. Qui voudra l'épouser, à présent ?

— Nous sommes prêts à faire un geste, répondit M. Chaddha.

Il marqua une pause, cherchant un acquiescement dans les visages de ses interlocuteurs, avant d'ajouter, un ton plus bas :

— Nous avons les moyens. Discutons !

— Parfait ! Alors discutons de ça ! dit Raj en exhibant la brique offerte par Raju.

21

La compensation

PHILIPPINE SE SENTAIT UN PEU SEULE SANS ASHLEY. Elle eut pourtant, le lendemain de son départ, un email de la jeune Anglo-Indienne. Cette dernière lui écrivait qu'elle avait été appelée en urgence à Delhi, auprès de la famille de sa mère. Elle lui demandait un petit service : aller trouver son professeur de danse et excuser son absence. Elle souhaitait enfin obtenir des nouvelles de « Shaline et Preety », unissant les deux noms, comme s'il allait de soi qu'ils formaient un couple.

Tout en marchant dans le brouillard du matin, le long de la grande allée bordée de tamariniers menant au conservatoire, Philippine se remémorait sa dernière conversation avec Ashley. Aux yeux de l'étudiante américaine, un mariage mixte était tout à fait naturel puisque sa propre mère avait épousé un

Anglais. Philippine se demanda alors, faisant son examen de conscience, pour quelle raison véritable elle s'était acharnée à détruire le couple Shaline-Preety. Pourquoi l'avait-elle jugé contre nature ? Par jalousie ? Elle n'osait se l'avouer. Elle s'était réfugiée derrière l'affirmation qu'elle respectait la culture et les traditions de l'Inde : un mariage organisé par les parents ne saurait être annulé sans jeter le discrédit sur la famille. À présent, elle convenait en son for intérieur qu'elle avait eu envie de s'accaparer le photographe français, de le posséder, de le manipuler, de le gagner, de montrer qu'elle était plus forte que sa rivale. « J'ai remporté une victoire, OK, et après ? » Elle s'arrêta pour trouver son chemin dans le brouillard qui couvrait le campus avant de tourner à droite en direction du conservatoire. « Après tout, si Shaline était vraiment amoureux de Preety ? » supposa-t-elle. « Et si la jeune Indienne le lui rendait bien ? » Elle se prit à regretter de s'être de nouveau offerte à Shaline chez le Dr Gupta. Quoi qu'elle fasse, son aventure tournerait court puisque le garçon allait rentrer en France. Preety risquait d'être mariée par ses parents à un inconnu. Il lui fallait la retrouver pour effacer la trace d'une trahison de Shaline. Oui, mais où ? Comment obtenir son adresse ? C'est alors qu'une idée fulgurante lui traversa l'esprit.

C'est le cœur léger, apaisé, qu'elle se présenta devant le maître de ballet.

— Mon ami Ashley ne pourra pas assister au cours de danse aujourd'hui, elle a été appelée à Delhi par sa famille.

— Je me doutais bien qu'elle ne continuerait pas, avec sa santé, mais vous, miss Philippine, pourquoi n'apprendriez-vous pas le *bharatanatyam*, à sa place ?

— Pourquoi pas, *Ustadji.* Mais comment savez-vous mon nom ?

— Tout se sait, ici. En outre, vous avez un homonyme, regardez.

Sous les yeux éberlués de Philippine, un artiste torse nu, en tenue d'apparat, fit irruption dans la salle de répétition. Au son des percussions et de la flûte, il se mit à danser. Tout son corps participait, la jeune Française pouvait voir bouger ses muscles. Elle fut subjuguée par la grâce et l'élégance de ses gestes, son sens du rythme. Elle essayait de le dévisager, ce qui n'était guère facile car il évoluait perpétuellement dans l'espace, mimant un épisode du Ramayana. Lorsque la musique s'arrêta, le garçon s'adressa à son maître pour recueillir ses commentaires. Amusé, le vieux professeur le présenta à la Française :

— Philippine, Philippine, avant d'éclater de rire.

— *Yes, I am Filipino,* moi c'est Hipolito, je viens de Manille aux Philippines ; je n'arrive pas à le croire : vous portez vraiment le nom de mon pays !

Subjuguée par la prestance du danseur, son sourire qui rehaussait la finesse de ses traits asiatiques, Philippine répondit machinalement par une autre question :

— Pourquoi avoir choisi la danse indienne ?

— Je suis chanteur. Quand j'étais adolescent, j'ai fait partie d'un groupe de quatre : deux garçons, deux filles. Nous avons eu beaucoup de succès à Singapour, à Hong Kong, à Londres. Nous sommes même venus chanter à Paris, dans un grand parc, près de l'aéroport du Bourget. Les années ont passé. Le groupe s'est dissout. Je continue une carrière en solo. Je suis venu passer une année ici à Bénarès pour apprendre la musique et la danse, pour me ressourcer, un peu comme l'avaient fait les Beatles. Et vous ?

Tandis que le garçon parlait avec force gestes, Philippine sentit comme une bouffée de chaleur l'envahir. Cet Hipolito lui plaisait. Elle n'allait pas le lâcher. Sa décision était prise. Elle l'aurait.

À la vue de la brique gravée ASHA, le visage de M. Chadha s'anima. Il se tourna vers sa femme, qui semblait replongée dans la torpeur, puis vers Shobha qui écoutait, silencieuse, le visage sévère.

— *Aray*, M. Arora, s'écria-t-il, jovial, vous avez en main l'un des meilleurs produits de nos industries : une argile sélectionnée, cuite très lentement au feu de bois, une brique qui résiste à la pluie et au gel, une très bonne qualité. Vous en voulez, n'est-ce pas ? Vous me dites la quantité, votre prix sera le mien, je vous en fais livrer sans délai, demain, après demain…

Raj regardait ce petit bonhomme à lunettes se démener, s'agiter, remuer les mains et la tête, faire l'article comme un vulgaire posticheur de bazar. L'occasion était trop belle pour ne pas en profiter. Raj le poussa à continuer, sous le regard accablé de Shobha.

— Vous devez avoir besoin de beaucoup de main-d'œuvre ?

— Nous avons nos ouvriers, des familles d'Adivasis qui nous suivent depuis des années. Ils nous sont fidèles. Ils nous aiment. Nous formons une grande famille.

— Personne d'autre ? demanda Raj, d'une voix qui s'efforçait d'être aussi neutre que possible.

— Il y a aussi nos jeunes apprentis. Des orphelins recueillis par charité. Ils sont nourris, logés ; nous leur apprenons le métier.

Raj bouillait d'envie d'exploser, de lui lancer la brique au visage mais il se retint. Il préférait que le petit homme aille jusqu'au bout.

— Monsieur Chadha, vous entretenez d'autres « orphelins » ailleurs ?

— Bien sûr, pour mes ateliers de tapis, dans le nord, j'ai besoin de petites mains pour nouer les brins. J'ai aussi une fabrique de *bidies*. Les petits sont les seuls à savoir bien rouler les feuilles et nouer le fil autour. Et puis, ici, à Bénarès, je fais vivre plusieurs dizaines de familles de tourneurs.

— Des potiers ?

— Non, des tourneurs sur bois, ceux qui fabriquent des poudriers, des toupies, des figurines sacrées en eucalyptus. Ce sont les enfants qui peignent les motifs...

— Arrêtez, j'en ai assez entendu. Maintenant, je vais vous raconter l'histoire de cette brique. *Ma* version. Il y a un certain Butharam, un de vos hommes qui rôde sur les ghâtes à la recherche d'enfants perdus, isolés, oubliés. Avec la complicité de son ami, l'édenté, il vend ces gamins à votre usine de briques où ils sont réduits en esclavage, séquestrés, sans salaire. C'est ainsi que vous vous êtes enrichi.

— Tout cela est absolument faux, dit Mme Chadha, sortant de sa léthargie.

— J'ai recueilli sous mon toit deux enfants qui sont parvenus à s'évader de votre chantier. Voulez-vous que je les appelle ? Ils sont restés dans la voiture !

— Inutile, rétorqua M. Chadha. Je me doutais que Butharam et mon contremaître étaient malhonnêtes. C'est vrai que personne n'était très regardant sur l'origine des enfants qu'ils nous amenaient. Après tout, nous ne faisions que perpétuer une tradition, une habitude millénaire : les enfants n'ont-ils pas toujours travaillé ?

— Aider ses parents est une chose, être mis en esclavage par des patrons sans scrupules en est une autre !

— Donne-leur de l'argent et qu'on en finisse, dit Mme Chaddha d'une voix aigre.

— De l'argent, vous allez en donner, beaucoup même, l'équivalent des salaires non versés à tous ces enfants depuis toutes ces années. Pas à moi, à Ma Ganga Sangetan, l'association du Dr Gupta à Nadessar et en outre, vous allez commencer par libérer les petits de la briqueterie. Demain matin, à 9 heures précises, je passerai vous prendre. Nous irons chez le Dr Gupta, quelqu'un qui répare les dommages causés par des gens comme vous, nous déciderons des montants à verser.

M. Chadha, accablé, releva la tête pour tenter une dernière fanfaronnade.

— Et si je ne fais pas…

— Monsieur Chadha, si vous ne donnez pas aux enfants leur dû, j'ai les moyens de vous faire disparaître du paysage économique de l'Inde du Nord. Plus de fournisseurs ! Plus de clients ! Plus de licence ! Plus rien !

— C'est bon, je ferai comme vous voudrez !

Les parents de Preety se levèrent pour prendre congé. M. Chadha aussi. Raj le prit à part.

— Dites-moi la vérité, pourquoi votre fils n'est-il pas arrivé ?

— Je ne sais pas ! Toute cette histoire, c'est à cause de ma femme.

Après son entrevue avec Preety, Shaline était parti repérer d'autres lieux à filmer à Bénarès. Il avait proposé à Raju et Anjali de venir avec lui mais ils avaient préféré demeurer auprès de Preety et Taniya, sur la terrasse où perçaient quelques modestes rayons de soleil.

— Auntie, dit la petite Taniya en s'adressant à Preety, si le vrai marié ne vient pas, est-ce que tu vas prendre Shaline ?

Preety pâlit, ses traits se tirèrent, en proie à une vive émotion. Elle aurait voulu répondre du tac au tac à sa petite nièce sans pour autant la heurter. Elle ouvrit la bouche, les mots se bloquèrent dans sa gorge. Rien ne venait. Anjali se mêla à la conversation et donna son point de vue avec véhémence :

— Shaline, c'est quelqu'un de bien, c'est lui qui nous a libérés. Il est gentil. Moi, à ta place, Didi, je n'hésiterais pas. Je l'épouserais.

— C'est vrai, renchérit Raju, à ta place, je l'épouserais.

— On se croirait au théâtre, rétorqua Preety, tentant de sauver une situation périlleuse par une touche d'humour. Vous n'y êtes pas. Ce Shaline est un invité de mon père pour la préparation d'un film. Quant au mariage, c'est avec Aswani Chadha. Vous mélangez tout !

— N'empêche, grommela Anjali, il y a les yeux. Ils ne se trompent pas, eux. J'ai bien vu comment vous vous regardiez !

— Et le jeûne, Didi ? Je l'ai vu, il a décidé de jeûner comme pour Karwa Chauth avec toi, renchérit Raju.

Mue par une soudaine impulsion, Preety fit asseoir les trois enfants sur une natte et tous quatre s'installèrent en rond.

— Puisque vous devinez tout, je vais tout vous raconter, mais secret ! Pas un mot aux parents. C'est vrai, j'ai connu Shaline à Paris.

Elle raconta toute son histoire aux enfants, y compris les retrouvailles dans la boutique et sa fugue. Elle s'abstint pourtant de narrer l'aventure de Philippine. Elle dit simplement qu'il était de son devoir de repousser Shaline puisqu'elle avait accepté de se marier avec Aswani Chadha. Taniya se jeta en pleurs dans les bras de sa tante sans dire un mot, avant de s'enfuir dans l'escalier.

Raju et Anjali, restés seuls avec la jeune fille, l'observaient en silence. Preety reprit la parole, changeant délibérément de sujet.

— Maintenant que vous avez recouvré la liberté, vous pourrez rentrer chez vous après le mariage ? Vous êtes du Maharashtra, n'est-ce pas ?

C'est alors qu'Anjali prit la parole.

— *Didi*, Raju n'est pas mon frère. Lui, il vient du Maharashtra mais pas moi. Moi je viens de Baragaon, un village au bord du Gange. J'appartiens à une caste de sculpteurs sur bois, mais je n'ai plus de maison c'est fini, il est mort !

— Qui est mort ?

— Mon mari, *Didi* ! Je suis veuve.

— Veuve, toi ? Mais quel âge as-tu ?

— Chez moi, il y a beaucoup de mariages d'enfants.

— Ton mari était aussi jeune que toi ?

— Non, c'était un vieux. Et les vieux, ça meurt avant les jeunes ! Alors, à l'occasion d'un pèlerinage à Bénarès, sa famille a décidé d'emporter ses cendres afin de les répandre dans le Gange. J'ai profité de la foule, de la cohue, des bousculades pour m'enfuir.

— Tu étais si malheureuse ?

— Quand j'ai été arrachée à ma mère pour vivre dans cette famille, j'ai pleuré de désespoir. Cet homme qu'on disait mon mari était répugnant. Tchi ! Il fallait en outre que je soigne sa mère, encore plus âgée que lui, acariâtre et autoritaire. Je devais obéir à ses sœurs et ses belles-sœurs, qui me détestaient et me frappaient. La nuit, il venait. Je sentait ses mains sur mon sari. J'ai toujours réussi à le repousser. Heureusement, il ne m'a jamais fait de mal. Mais je n'osais pas vraiment dormir, de peur qu'il se passe quelque chose durant mon sommeil. Après, il est tombé malade. Il a fallu le soigner, lui donner à manger, laver les souillures de son linge, tchi ! C'était à vomir ! Qu'est-ce que j'étais contente, le matin où il ne s'est pas réveillé ! Mais cela n'a pas duré. Ces femmes m'ont accusée d'être la cause du décès de mon mari. « Mauvais traitement, épouse ingrate » : tout était prétexte à des coups et des insultes. Alors, je me suis enfuie chez les miens. Là encore, j'ai été frappée. Ma mère m'a chassée. « La place d'une veuve est auprès de sa belle-famille. En revenant ici, tu nous déshonores tous ! a-t-elle crié. Retourne chez les tiens. » J'ai dû regagner cette demeure où se préparaient les rites funéraires. Les femmes me narguaient, scandant qu'une bonne épouse devrait s'immoler sur le bûcher auprès de la dépouille de son mari, que la *sati*[1] était un geste sacré que je devrais accomplir. J'ai pensé un moment que me suicider ainsi serait mettre fin à une vie de souffrance et d'humiliation.

— Comment y as-tu échappé ?

— Elles m'ont dit que, finalement, je n'étais pas digne d'une mort aussi belle. Elles m'ont rasé la tête, forcée à porter le sari blanc et à allumer chaque jour une bougie pour honorer le défunt. En vérité, elles m'ont gardée pour leur servir d'esclave.

— Qu'est-ce qui t'a décidée à t'enfuir ?

— Il y avait ce grand fils de mon mari, issu d'un premier mariage. Il n'arrêtait pas de tourner autour de moi. Je croyais qu'il voulait me taquiner. C'est quant il est venu la nuit, et qu'il a mis ses mains sur moi pour tenter d'obtenir ce que j'avais refusé à son père, que j'ai compris que je ne pourrai pas rester une journée de plus dans cette maison. Voilà ! Le voyage à Bénarès, la foule, l'évasion et toi, Raju !

— Et ton petit chat, Anjali ?

— Billi ? Quand je suis retournée auprès de ma mère, une chatte de notre courée avait mis bas. Il y avait un des petits, une femelle, qu'elle repoussait avec les pattes arrières. Je l'ai prise et installée dans mon sari. Nous sommes devenues inséparables. Après tout, n'avions-nous pas toutes deux connu le même destin, toutes deux été rejetées par notre mère ?

La nuit était tombée. Consternés par le récit d'Anjali, tous demeuraient silencieux. On entendit

1. Rite ancestral interdit · action de contraindre une veuve à être brûlée vive sur le bûcher de son mari.

le glissement des pas de Taniya sur le ciment. Elle regagna le toit, un verre d'eau et une assiette de pâtisseries à la main.

— Fermez les yeux, Auntie, je vais vous donner votre première gorgée, dit la petite fille.

À ce moment, Anjali, sans se décourager, s'assit derrière la jeune fille et lui posa ses deux mains sur les yeux. Preety avala une gorgée d'eau puis une bouchée sucrée avant de pouvoir rouvrir les yeux. Ce qu'elle vit en premier, ce fut la lune qui se levait, et le visage de Shaline penché sur elle, tandis que les trois enfants applaudissaient.

Passé le premier moment de stupeur, Preety, à son tour, tendit à boire et à manger à Shaline.

— Je fais ce geste devant les enfants, pour eux, pas pour toi, Shaline, dit-elle en français. Ils ont tout deviné, alors j'ai dû leur dire que nous nous connaissions. Mais cela ne change rien. J'épouserai celui que mon père a choisi.

— Ne parle plus, chuchota Shaline. Demain à l'aube je descendrai à Dashaswamedh Ghâte pour une purification rituelle. Viens m'y rejoindre avec les enfants.

Preety le regarda fixement sans répondre. Il enjamba la balustrade et partit par un escalier extérieur qui menait directement dans le jardin.

Dans l'obscurité, il ne vit pas la Maruti arriver. Raj Veer Arora et Shobha son épouse rentraient chez eux après cette entrevue fâcheuse avec les Chadha. Shobha était outrée que ces gens soient revenus sur leur parole, sans explication véritable. En outre, leur attitude esclavagiste n'arrangeait rien. Son mari avait certes raison de demander au père de payer pour aider les enfants, mais quelle serait la compensation pour rattraper le déshonneur sur sa famille ?

Une fois arrivée chez elle, en dépit de l'heure tardive, Shobha eut une conversation à voix basse avec ses deux sœurs qui l'avaient poussée à organiser ce mariage.

— Nous avions pris nos renseignements, le garçon était sérieux.

— Il appartenait à une excellente famille, avec du bien !

— Sérieux ? Du bien ? Une famille d'exploiteurs d'enfants avec un fils courant d'air, voilà où vos conseils nous ont menés.

Raj était allé trouver sa fille, demeurée sur le toit à raconter des histoires aux enfants.

— Le marié, Aswani Chadha ne viendra pas, nous sortons d'une négociation difficile avec la famille. Je suis désolé pour toi, ma fille.

Preety s'inclina pour toucher les pieds de son père.

— Ganesh a entendu ma prière ! Merci !

Les trois enfants remercièrent à leur tour le dieu à tête d'éléphant.

— Maintenant, ma tante Preety va pouvoir épouser son amoureux, dit Taniya, oubliant sa promesse.

Raj observa les enfants puis sa fille, l'air inquiet.

« Son amoureux ? Oui, bien sûr ! pensa-t-il. J'allais l'oublier, celui-là. Mais au fait, qui est-il ? »

À 5 h 55 du matin, Shaline arrivait à Dashaswamedh. Il renouait avec cette sensation d'enfance, lorsqu'il pouvait traverser une foule indienne en passant inaperçu. Il avait laissé son accoutrement de photographe (gilet, caméra, sacoche) à la garde de sa *guest house* et était descendu comme un simple pèlerin, vêtu d'un pantalon marron et d'une chemise à carreaux, enveloppé dans une couverture kaki. Il avait parcouru à pied, dans la nuit, le trajet depuis Assi Ghâte, en longeant les berges. Des cercles d'hommes accroupis autour d'un feu de planches tentaient de se réchauffer les mains et le visage. Ailleurs, des foyers éteints offraient l'asile de leurs cendres chaudes à des chiennes et des chiens allongés en turban avec leur portée.

Parvenu à Dashaswamedh, il chercha autour de lui mais ne vit aucun des visages familiers qu'il espérait retrouver. Le soleil dardait à peine ses premiers rayons au-dessus de l'horizon. Les dévots arrivaient nombreux, en groupe ou en famille. En dépit du froid, ils se déshabillaient pour le bain. Des barbiers offraient leurs services à ceux qui souhaitaient se faire raser la barbe, la moustache ou le crâne. Shaline s'installa sur les marches. Des rabatteurs en tout genre lui proposèrent leurs services. Il accepta un massage de la tête. Les yeux clos, il laissa le barbier lui tirer, pincer, frapper le cuir chevelu, ce qui lui activa la circulation du sang et le réveilla tout à fait. Lorsqu'il rouvrit les yeux, il aperçut Preety, debout devant lui, entourée de Raju, Anjali, Taniya auxquelles s'étaient jointes Cauvery et Chaitali, les petites marchandes de fleurs.

Cauvery tenait à la main une enveloppe blanche. Elle la tendit à Preety.

— *Mem Sahib*, de la part d'une *mem Sahib* aux cheveux jaunes.

Preety hésitait. Shaline prit le billet.

— Cette femme me poursuit jusque dans les lieux les plus sacrés, dit Preety, aigre. Va la rejoindre. Nous n'avons rien à faire avec toi.

Elle s'était exprimée en hindi sans faire attention, sans contrôler ses émotions. Anjali et Taniya s'interposèrent.

— Auntie, puisque nous sommes là, il faut nous baigner.

— Il faut que tu lises, dit Shaline en tendant la missive à Preety.

Preety,

Je ne savais pas où vous joindre. Mais j'ai pensé que les fillettes des ghâtes sauraient vous trouver, vous ou Shaline. Un petit mot pour vous dire que je vous souhaite de trouver votre bonheur auprès de Shaline si tel est votre destin. Maintenant, j'ai rencontré quelqu'un. Vous n'entendrez plus parler de moi.

Philippine

Preety demeura silencieuse un instant. Elle replia la feuille et la rendit à Shaline.

— Viens, emmène-moi. Baignons-nous ensemble. Que cet eau purificatrice nous régénère.

Shaline prit la main de Preety. Ils descendirent les marches, passèrent entre les plates-formes des *pandas* puis avancèrent dans le Gange, tout habillés. Il jeta le billet froissé au loin. Ensemble, ils regardèrent le courant l'emporter.

Les enfants les observaient, heureux, pataugeant à leur tour dans l'eau du fleuve. Ils virent leurs deux corps s'immerger ensemble. Shaline et Preety ne sentaient pas l'eau glacée, mais seulement la chaleur de leurs émotions. En remontant tout dégoulinants sur la berge, ils furent applaudis par la petite troupe.

— *Sahib*, le marié ne viendra plus, dit Anjali. Il faut faire votre demande.

— Je ne comprends pas !

— C'est cet Aswani Chadha, il ne veut plus se marier avec Auntie, ajouta Taniya. Maintenant, c'est vous qui devez l'épouser.

Shaline regarda Preety dans les yeux, visiblement bouleversé.

— Non, Shaline, je n'ai pas le droit d'accepter. Ma famille a été diffamée par le refus de mon fiancé, je ne peux pas...

— Diffamée ? C'est ce qu'on va voir ! Preety, où est ce M. Chadha ?

— Il est avec mon père, auprès du Dr Gupta.

— C'est bon, j'y vais.

Encore tout dégoulinant, Shaline remonta les escaliers, se fraya un chemin au milieu de la foule du marché aux légumes avant de bondir sur un auto-rickshaw pour se faire conduire à Nadessar.

22

Les fleurs

RAJ VEER ARORA ARRIVA À L'HÔTEL DE PARIS AU VOLANT DE SA PETITE MARUTI À 9 H 05. M. Chadha, vêtu d'une veste de tweed beige avec une chemise blanche à raies bleues et une cravate assortie, faisait les cent pas devant le perron. Il grimpa dans la Maruti à côté de Raj, ne jugea pas utile de le saluer et laissa éclater sa mauvaise humeur.

— Dépêchons-nous, monsieur Arora, j'ai encore beaucoup de choses à faire. Ma femme se repose mais je ne veux pas la laisser seule trop longtemps. Ne pourrions-nous pas régler cette affaire ici ? Je vous signe un chèque maintenant, dit-il en sortant le carnet de sa poche. Combien voulez-vous ?

— Vous êtes un homme d'affaires avisé, monsieur Chadha, vous voudrez sûrement voir avant de payer.

— Vite, alors !

— Nous prendrons le temps qu'il faudra, monsieur Chadha...

— Et vous conduisez vous-même, vous n'avez pas de chauffeur ?

— Vous auriez préféré qu'un de mes employés aille raconter votre dérobade par toute la ville ? À propos, vous ne m'avez toujours pas dit ce qui s'était passé.

— C'est que, nous sommes allés attendre Aswani à l'aéroport. Pas de Chadha parmi les passagers. En revanche, on nous a fait appeler au comptoir. Là, une hôtesse nous a transmis un message : M. Aswani Chadha de Toronto nous faisait dire qu'il avait un empêchement : il ne viendrait pas à Bénarès pour le mariage. Pour quelle raison, je l'ignore. C'est ma femme qui avait tout arrangé. Elle était accablée et ne comprenait pas pourquoi les choses tournaient ainsi.

M. Chadha fit la grimace en arrivant à Nadessar : derrière la gare, le quartier des mécaniciens et des chiffonniers, où régnait une odeur pestilentielle. On voyait de nombreux corbeaux tournoyer en bandes autour des immondices, entourés de quelques vautours au cou déplumé, debout en sentinelle derrière les barbelés. Les trains allaient et venaient trompetant leur impatience aux oreilles des petits chiffonniers qui s'aventuraient entre les rails pour collecter des déchets.

La Maruti franchit la grille et pénétra dans la cour de Ma Ganga Sangetan, le centre d'accueil de M. Gupta. Ce dernier était en pleine conversation avec Shaline. En entendant ses deux visiteurs arriver, il sortit les accueillir dans la cour. De nombreux enfants se poursuivaient en criant, d'autres s'entraînaient au cricket. Sous le préau, des jeunes jouaient au billard à jetons. Un des garçons repéra M. Chadha. Il le montra du doigt à ses camarades.

— *Yeh Sahib achha nahin*[1] !

Un silence relatif gagna la cour. Les groupes se passèrent le mot. Des petites filles se mirent à pleurer. Un essaim d'enfants se précipita autour de M. Gupta et Shaline en parlant tous à la fois.

— *Master ji*, protégez-nous, ce petit *Sahib* à lunettes, là bas, il va nous reprendre.

— Oui ! surenchérit un garçon au crâne rasé, c'est lui le propriétaire, je l'ai vu. Il nous faisait garder par ses *goondas*. Chassez-le, *Master ji*.

— N'ayez crainte, dans cette maison vous êtes protégés. Personne ne vous touchera.

En dépit du froid hivernal, M. Chadha transpirait. Il avait repéré les mouvements de recul des enfants inspirés par la terreur. Il ne pouvait pas imaginer que tous étaient là à cause de lui.

— Vous n'êtes hélas ! pas le seul, lui dit Raj. Venez, allons voir mon ami Gupta.

Raj expliqua brièvement que M. Chadha avait envie dans un élan de générosité de faire un don ou encore mieux de financer un projet pour un montant coquet. Il ne parla pas du mariage.

— Je sais que vous êtes propriétaire de briqueteries et de diverses usines où vous faites travailler des enfants, dit le Dr Gupta lorsque tous quatre furent installés dans le bureau directorial autour d'une tasse de thé. Sans laisser au petit homme le temps de se justifier, Raj prit la parole.

---

1. « Cet homme n'est pas bon ! »

— Mon *ami*, M. Chadha, a décidé de faire un geste de réparation. Il va libérer les enfants séquestrés et mettre à votre disposition une somme importante pour un grand projet que vous lui proposerez.

M. Chadha demeurait silencieux. Ses yeux allaient de Raj à Shaline, regard de bête traquée qui exprime toute sa haine dans ses pupilles. Shaline prenait des notes tandis que le docteur fouillait dans ses dossiers à la recherche d'un document. Il en sortit une esquisse d'architecte, en bleu sur fond gris : le plan d'une grande bâtisse ancienne qu'il déplia devant ses visiteurs.

— Voilà qui va vous intéresser, monsieur Chadha, n'êtes-vous pas un professionnel du bâtiment et des travaux publics ?

— Oui, évidemment !

— Vous avez sous les yeux le plan de rénovation du futur centre d'accueil pour enfants des ghâtes au-dessus de Dashaswamedh.

— Qu'est ce que j'ai à faire de cette maison ?

— Vous allez pouvoir l'acheter, monsieur Chadha.

— L'acheter ?

— Oui, bien sûr, vous porter acquéreur du bâtiment, y effectuer tous les travaux de rénovation avant d'en faire don aux enfants.

— Et combien cela va-t-il coûter ?

M. Gupta écrivit un chiffre sur une feuille de papier et le tendit à son interlocuteur. L'autre blêmit, lui rendit la feuille en secouant la tête :

— Non, ce n'est pas possible, c'est beaucoup trop, jamais je ne pourrai…

Son regard errait de Shaline à Raj, de Raj à Gupta, cherchant auprès de l'un d'eux un réconfort moral.

— Il s'agit d'un bâtiment historique, renchérit le Dr Gupta, un ancien *dharamsala* érigé au bord du Gange sur les hauteurs de Shitla Ghâte. Il a été fermé pour des raisons de sécurité. Une fois restauré, il pourra recueillir deux à trois cents de ces enfants qui errent sur les berges, des gamins perdus par les pèlerins, des enfants qui souffrent à cause d'adultes sans scrupules. Ils pourront trouver là un peu de réconfort. C'est un lieu connu à Bénarès. Les gens seront heureux d'apprendre qu'il a été rouvert pour les enfants, grâce à vous, monsieur Chadha.

Gupta fit une pause avant d'ajouter en articulant chaque syllabe :

— Surtout qu'il portera votre nom : « Cha-dha-Home-for-chil-dren[1] » sera gravé dans le marbre au-dessus de la porte, avec votre portrait.

— Vous avez dit « mon portrait » ?

— Oui, et en couleurs en plus !

Cette nouvelle stupéfia M. Chadha. Gupta avait fait mouche. La terreur inscrite sur le visage du petit homme fit place à une certaine jubilation. Raj et Shaline échangèrent un furtif regard complice. La partie était gagnée. La vanité avait été plus forte que l'appât du gain.

M. Chadha sortit son carnet de chèques.

— Vous faites presque partie de la famille, dit le Dr Gupta, ce serait vous faire injure que d'accepter une somme d'une façon aussi peu… Mais si vous insistez…

Il s'empara du chèque, vérifia le montant et le rangea dans le dossier.

1. Foyer Chadha pour enfants.

— Maintenant, je voudrais bien le voir, ce futur Chadha Home for Children dont vous m'avez parlé.

— Bien sûr, monsieur Chadha, mais avant, il y a une formalité à accomplir. Nous allons vous accompagner à la briqueterie. Là-bas, vous ferez libérer les « apprentis ». Puis vous donnerez des ordres à vos employés afin qu'ils agissent de même en faveur des enfants de vos autres usines.

— Ce que vous me demandez est difficile. Pour la briqueterie, je peux m'arranger mais pour les autres activités, il va falloir du temps. Il y aura des dispositions à prendre.

— Commençons par la briqueterie. Pour le reste, nous en discuterons. Nous allons être amenés à nous revoir souvent, glissa le Dr Gupta avec une touche d'ironie. Voilà ce qui arrive quand on est un bienfaiteur !

Shaline était demeuré silencieux pendant cette conversation. Il cherchait comment cet argent que Chadha donnait « généreusement » pour les enfants pourrait sauver l'honneur de la famille.

— À présent, monsieur Arora, considérez-vous que l'affront qui vous a été fait par ma femme, et surtout par mon fils qui n'est pas venu se marier avec votre fille, est lavé ?

— Pas tout à fait, monsieur Chadha. Il vous reste encore à faire conduire les enfants ici, et surtout à me dire la raison véritable de votre revirement. Les gens vont jaser, poser des questions.

— Les vraies raisons, c'est ma femme qui les connaît. J'attends ses explications. Il faut qu'elle me dise la vérité. Pour l'instant, contentons nous des astres. Ils ne nous étaient vraiment pas favorables, ajouta le petit homme en soupirant.

À Jawahar Nagar Colony, chez Preety, Taniya ne put tenir sa langue. Elle raconta à la cantonade ce qui s'était passé sur les berges, le bain rituel. La demande de Shaline et le refus, pour la forme, de Preety qui estimait sa famille indigne à la suite de la rupture dont elle avait été victime.

Shobha écouta ce récit, partagée entre la colère et la joie d'apprendre que ce photographe français, qui lui avait plu d'emblée, avait demandé la main de sa fille.

— Il coulera suffisamment d'eau dans le Gange pour que l'affront soit lavé, dit-elle à Preety. Si c'est Shaline que tu as choisi, c'est Shaline que tu épouseras.

Sous les applaudissements de Raju, Anjali et Tanya, Preety étreignit sa mère sans parvenir à étouffer ses larmes. C'est à ce moment précis que le carillon de la porte d'entrée retentit. Raju se précipita pour aller ouvrir. Un homme se tenait dans l'embrasure, une silhouette virile dont on ne distinguait pas bien les traits à contre-jour.

— Je suis bien chez M. Raj Veer Arora ?

— Oui, bien sûr, lancèrent Anjali et Taniya, curieuses, venues rejoindre Raju.

— Pouvez-vous m'annoncer à vos parents ? Je m'appelle Aswani Chadha.

Le premier moment de stupeur passé, les enfants firent entrer le visiteur.

— Auntie, Auntie, crièrent Raju et Anjali, c'est un M. Aswani Chadha qui est là !

Preety monta se réfugier sur la terrasse tandis que Shobha allait retrouver les enfants dans le vestibule. Elle fit entrer l'homme au salon. Il n'était pas très grand, le visage barré d'une moustache d'ébène, le cheveu dru. Elle reconnut le prétendant qu'elle avait vu en photo. C'était bien lui, à une différence près : il avait perdu sa superbe. Il n'avait plus ce regard hautain, cette arrogance dans les yeux. Il avait l'air plutôt embarrassé, réservé, timide. Il offrit un bouquet à Shobha en murmurant :

— Voilà ces quelques fleurs, madame, j'espère que vous allez me pardonner.

Shobha accepta les fleurs, le fit asseoir, demanda aux enfants de préparer du thé.

— Mon mari n'est pas là pour le moment, d'ailleurs, il doit être en train de régler certains problèmes avec votre père. Dites-moi ce qui se passe. Vous êtes venu pour le mariage, n'est-ce pas ?

Cachés derrière le canapé, Tanya et Raju faisaient leurs commentaires :

— *Yeh admi achha nahin*[1] !

— *Shaline Sahib achha hai*[2] !

Le jeune homme commençait à bredouiller une réponse quand Raj Veer Arora rentra, seul. Il dévisagea son visiteur avec intensité. Son regard qui exprimait *a priori* un bienveillant étonnement se commua petit à petit en une indignation froide, une sorte de colère rentrée.

— Je vous reconnais, j'ai vu votre photo. Que faites-vous chez moi ? Vous êtes venu épouser ma fille. Désolé, trop tard, elle est promise à un autre ! Alors, vous voulez quoi ? Votre famille est venue à Bénarès pour nous déshonorer. Et vous, le marié fantôme, vous osez venir me narguer jusque chez moi !

1. « Cet homme n'est pas bien ! »
2. « Shaline, lui, est bien ! »

En prononçant ces trois derniers mots, Raj avait haussé le ton. Sa voix s'était faite tonitruante. D'un index menaçant, il intima au garçon l'ordre de sortir.

— Attendez, papa, laissez-le s'expliquer, dit Preety qui était redescendue, inquiète d'entendre son père en colère.

— Vous êtes Preety, n'est-ce pas ? dit le garçon. Je l'aurais deviné. Merci de me donner une chance de me justifier, même si tout est de ma faute.

Vania et Anjali apportèrent le thé. La boisson roborative calma les passions et incita chacun à se ressaisir.

— Pourquoi avoir envoyé un message à vos parents disant que vous ne viendriez pas à Bénarès pour votre mariage ? demanda Preety.

— Ce n'est pas moi qui ai envoyé ce message, c'est quelqu'un qui m'accompagnait.

— Un ami ?

— Non, une femme.

— Une cousine, une tante, comment s'appelle-t-elle ?

— Elle s'appelle Ashley, c'est mon épouse, elle est là, dehors. Elle attend dans le taxi.

— Marié ! Ainsi vous êtes *déjà* marié ! Comment est-ce possible ? se lamenta Shobha, soulignant son indignation d'un geste des deux mains, haussées, les paumes ouvertes sur le ciel. Se ressaisissant, elle ajouta à l'adresse de son ex-futur gendre :

— Allez nous la chercher, cette femme, ne la laissez pas seule. Dites-lui donc de venir prendre le thé avec nous.

À peine Aswani avait-il tourné le dos que Raj exprima son opinion avec véhémence.

— Comment peux-t-on imaginer un mariage arrangé pour sa fille sans se renseigner sur ce petit détail : l'homme n'est-il pas déjà marié ?

— Tous ces renseignements avaient été pris par Roli et Ruchi, mes deux sœurs. Je leur avais fait confiance.

Les deux veuves mises en cause, elles qui avaient tant manigancé pour que Preety rentre de Paris pour se marier en Inde, baissaient la tête dans un coin de la pièce, le voile remonté sur leur chevelure afin de dissimuler les traits de leur visage.

Aswani Chadha revint peu après, escortant une femme au visage couvert. Elle avançait d'une démarche pataude, drapée dans un sari de mousseline jaune, orné de fleurs corail, épaules en arrière, ventre en avant. Elle souleva son voile. Tous admirèrent sa chevelure d'or.

— Je m'appelle Ashley, dit la blonde métisse.

— Ma femme attend un heureux événement. Elle était venue apprendre la danse ici, mais je crois que c'est un projet auquel elle devra renoncer.

Ashley salua tout le monde les mains jointes sur le front. Parvenu à la hauteur de la jeune fille de la maison, elle murmura :

— Vous êtes Preety, n'est-ce pas ? Je sais que Shaline est l'homme qui vous rendra heureuse.

— Mais, intervint Shobha, pourquoi cette mystification ? Vos parents n'étaient-ils pas au courant de votre mariage avec madame ?

— Non, c'est là le problème. Je suis ingénieur en informatique, basé à Toronto au Canada, mais je voyage beaucoup à travers les États-Unis. J'ai accompli de nombreuses missions à Los Angeles. C'est là que j'ai rencontré Ashley. Nous nous sommes aimés et avons décidé de nous marier. Je conçois pour mes clients des logiciels de jeux ou, si vous préférez, l'électronique des machines à sous. Je suis allé souvent à Las Vegas dans le Nevada, paradis du jeu. Il y a là-bas des dizaines de milliers de machines conçues par mes soins.

Quand Ashley m'a demandé à venir à Las Vegas pour tenter sa chance au jeu, assister aux grands spectacles de music-hall, je l'ai emmenée. C'est là que nous avons découvert que nous pouvions nous marier, au pied levé, sans formalités. Alors, nous nous sommes mariés, à la fois par jeu, par défi envers nos parents, pour nous prouver que nous nous étions affranchis des anciens préjugés de la société indienne, que nous étions devenus des vrais Américains, capables de nous décider sur un coup de tête.

— OK, j'ai compris, dit Raj, mais pourquoi ne pas l'avoir annoncé à vos parents ?

— Ils étaient loin, près de vingt mille kilomètres. Ma mère n'aurait jamais accepté mon mariage avec une Anglo-Indienne. Autant ne rien lui dire. Au téléphone, elle m'affirmait qu'elle allait s'occuper de mon mariage, me trouver une belle petite épouse ici en Inde. Je ne la contredisais pas, pour ne pas lui faire de peine.

— C'est elle qui a fait passer cette annonce sur Internet avec ma photo, à mon insu. C'est elle qui gérait les candidates et répondait à ma place. C'est enfin ma mère qui m'a demandé de venir à Bénarès pour rencontrer des personnes, à propos de mon mariage. Ashley, ma femme, voulait depuis longtemps venir en Inde apprendre le *bharatanatyam*. Elle est partie seule, à Calcutta d'abord, puis ici. Elle s'est installée à la cité universitaire. C'est là qu'elle a eu vent de ce projet de mariage avec Preety, en trouvant, grâce à ses amis français, ma fiche sur le web. Elle m'a immédiatement contacté à Los Angeles pour me prévenir. J'ai pris l'avion pour l'Inde. Elle est venue m'attendre à l'aéroport de Delhi. J'ai modifié ma réservation Delhi-Bénarès pour ne pas arriver par le vol annoncé car j'avais peur d'une délégation officielle avec guirlandes et discours. J'ai demandé à la compagnie aérienne de transmettre un message à mes parents. Ils ont accepté de leur faire savoir que je ne viendrai pas me marier à Bénarès. Nous avons pris l'avion plus tard. Arrivés à l'Hôtel de Paris, j'ai trouvé ma mère effondrée, en larmes. Elle a à peine levé les yeux sur Ashley et m'a dit d'aller chez vous pour vous présenter des excuses, ce que je fais à présent en mon nom propre et au nom de ma famille.

Un ange passa.

Raj — autant que Shobha, les deux tantes, et Preety même — voulait parler d'argent, de compensation, de dédommagement. Ils n'eurent pas à le faire. Aswani reprit la parole.

— Monsieur Arora, j'ai fait prendre des renseignements sur votre famille et j'ai découvert votre engagement contre l'exploitation des enfants. C'est une question qui me tenait à cœur. Je me suis toujours opposé à mon père sur ce point. Séquestrer des enfants et les faire travailler sans rémunération est immoral, archaïque ; en outre, on peut se demander si c'est vraiment rentable. Ce genre de pratique inhumaine ne participe pas au développement de l'Inde, bien au contraire. Ces enfants, il faut les instruire selon une pédagogie nouvelle adaptée à leur condition, à leurs antécédents

— Que proposez-vous, alors ?

— À titre de dédommagement, je vous propose, si vous l'acceptez, de financer une école sur les ghâtes. Une école pour les enfants qui travaillent ou qui ont travaillé. Vous avez aidé au démarrage de l'association de votre ami, M. Gupta. Pensez-vous qu'il accepterait de piloter cette opération ?

— Oui, bien sûr. Grâce à la « générosité » de votre père, il va pouvoir ouvrir un centre sur les ghâtes, un centre d'accueil pour les enfants des rues qui portera son nom. Une école serait la bienvenue.

— Alors, indiquez-moi au plus tôt le montant nécessaire pour l'acquisition et la mise en route de ce projet, puis une estimation des frais de fonctionnement récurrents. Je vous ferai verser ces sommes par mon homme de loi à Los Angeles. OK ?

Cette proposition spontanée, directe, sans ambages prit tout le monde de court. Bien sûr, tous acquiescèrent. Raj exigea en outre une lettre d'excuses qui lui permettrait de sauver la face. Aswani s'installa à une table et, sous la dictée de Raj, détailla par écrit ce qui l'avait amené à refuser d'épouser Preety et présentait d'humbles excuses pour avoir jeté le déshonneur sur une famille, ce qu'il compenserait en finançant une école.

— À présent, je dois retrouver mes parents à l'Hôtel de Paris et m'expliquer avec eux. Je suis vraiment navré pour ce malentendu, pour tous ces préparatifs de mariage, ces décors, tout cela pour rien !

— Je ne suis pas sûr que cela soit vraiment pour rien, affirma Ashley.

— Preety va enfin pouvoir épouser son amoureux, murmura la petite Taniya.

23

La demande

LE DÉPART D'ASWANI CHADHA ALLÉGEA LA TENSION QUI RÉGNAIT sur la maisonnée. Toutefois les regards se tournèrent vers Roli et Ruchi, les deux tantes qui avaient fomenté cette union. Ce fut Shobha qui rompit le silence :

— C'est votre jalousie qui a amené un tel désastre. Vous ne supportiez pas que ma fille soit libre, indépendante et heureuse à l'étranger ! Vous avez manigancé cet arrangement à la sauvette avec cette Mme Chadha, Dieu nous préserve de jamais la revoir. Vous avez comploté avec Rajiv, le cousin de Los Angeles, pour qu'il fasse pression sur ma fille en faisant des embarras avec les transferts d'argent, de façon à ce qu'elle regagne prématurément l'Inde. Résultat : pas de mariage et une famille déshonorée !

Brisée par l'émotion, Shobha acheva sa phrase dans un sanglot. Anjali se précipita pour la consoler. Elle aimait à se réfugier dans les bras de Shobha pour retrouver une douceur maternelle dont son mariage précoce l'avait privée. De son côté, Shobha s'attachait à cette petite fille perdue, avec sa voix d'or et son amour des chats.

— Ne pleurez pas, Ma ! dit Anjali.

Shobha réalisa alors que la petite fille l'avait spontanément appelée Ma (maman) au lieu de Auntie (tante), qu'elle employait auparavant. C'est alors que l'effleura l'idée de garder Anjali chez elle à Bénarès. Oui, mais Raju ?

Le garçon n'avait pas tout compris car Aswani Chadha s'était exprimé partiellement en anglais, mais il avait deviné en voyant Ashley enceinte.

— Si vous construisez une école, je vous ferai les huisseries, c'est mon métier.

— Pourquoi ne resterais-tu pas toujours avec nous ici à Bénarès ? intervint Raj. Toi et ta sœur, nous aimerions vous adopter.

— Merci beaucoup, Uncle, mais Anjali n'est pas ma vraie sœur ; moi, j'ai une famille qui m'attend à Cholapur. Je souhaite maintenant rentrer au plus vite chez moi avec Anjali, si elle est d'accord.

Anjali pleurait en silence. Elle se cacha la tête dans le sari de Shobha.

— Je crois que ta sœur préférerait…

Raju avait compris. Il prit sur lui de dissimuler sa peine. Si Anjali était adoptée par la famille de Raj, que pouvait-il lui souhaiter de meilleur ?

— Nous l'élèverons comme notre fille, et toi, Raju, quand tu seras grand, elle et toi, qui sait ? Vous verrez.

La petite Taniya revint à la charge évoquant le mariage de Preety avec son amoureux :

— Son amoureux, mais de qui parlez-vous ? demanda Raj.

— Mais de Shaline, répondirent en chœur les trois enfants.

— Oui père, Charles Mandalagan, dit Shaline, le fils de votre professeur, ajouta Preety.

Shobha fit mine d'être surprise. Elle leva les yeux vers son mari. Elle décela sur son visage une trace d'étonnement suivi d'un soulagement joyeux.

À cet instant, Shaline entra en coup de vent, un paquet de gâteaux à la main. Preety s'approcha de lui et lui murmura à l'oreille :

— La divine Radha avait pardonné au seigneur Krishna ses infidélités avec les bergères. Si tu veux devenir mon seigneur pour la vie, c'est le moment de faire ta demande à mon père.

Alors Shaline s'inclina respectueusement devant le père de sa bien-aimée et lui fit solennellement sa demande :

— Monsieur, m'accorderez-vous la main de Preety votre fille ?

La réponse arriva cinglante, comme un coup de fouet reçu en plein visage.

— Non !

Un silence glacial suivit l'annonce de ce refus. Raj le brisa d'un franc éclat de rire.

— Mais je plaisantais, Shaline ! Soyez le bienvenu dans notre famille. Je ne pouvais pas rêver d'un meilleur gendre que vous. Mais ce n'est pas à vous que j'accorderai la main de Preety, je l'accorderai pour son fils au professeur Mandalagan, votre père.

Toute la famille hurla de joie. Shaline ouvrit sa boîte en carton et déposa une sucrerie dans la bouche de Preety. La jeune fille fit de même en glissant une bouchée entre les lèvres de son fiancé.

Quelques jours plus tard, un homme grand aux cheveux blancs descendait de l'Airbus d'Indian Airlines à l'aéroport de Bénarès. Javier Mandalagan revenait dans la ville sainte pour la première fois depuis vingt-cinq ans ; il était accompagné de son épouse Clara, petite femme discrète au charme suranné, empreint de douceur. Toute la famille était venue en délégation pour les accueillir. Preety leur passa à chacun une guirlande de fleurs blanches autour du cou. Raj serra le professeur dans ses bras en une accolade fraternelle. Raju et Anjali lui effleurèrent les pieds et le saluèrent les mains jointes. Taniya demanda à Shaline de la hisser à bout de bras afin qu'elle puisse déposer un collier de jasmin autour du cou de madame. Les nouveaux arrivants remercièrent en hindi à la grande joie de tous.

Shobha attendait ses invités sur le perron avec un plateau d'offrandes garni d'un lumignon. Elle le fit tourner trois fois à hauteur des visages et leur glissa une confiserie dans la bouche.

— Professeur, madame, soyez les bienvenus chez nous. Notre maison est à présent votre maison. Nous vous avons réservé la chambre de Preety.

On présenta au professeur et à sa femme tous les membres de la famille. Ils saluèrent chacun avec un mot aimable en hindi, en joignant les mains. Les femmes commençaient à vouloir les gaver de thé, de *pakoras*, de biscuits et autres douceurs quand Raj prit Javier par le bras.

— Le professeur doit être fatigué après un aussi long voyage, je l'emmène se reposer.

Une fois seuls dans la chambre de Preety, les deux hommes entamèrent une longue conversation de retrouvailles.

— Je suis très heureux d'avoir fait la connaissance de votre fils, professeur, c'est un homme célèbre. J'ai vu une exposition de ses photos à Genève l'année dernière.

— Merci de vos compliments. Êtes-vous sûr d'accepter qu'il épouse Preety ?

— Si c'est vous qui m'en faites la demande, je serai très honoré de lui accorder la main de ma fille. Après la déconvenue que nous a fait subir la famille Chadha, votre fils vient à point pour réparer l'outrage causé à ma famille.

— Mon fils m'a raconté brièvement au téléphone. Êtes-vous sûr de ne jamais regretter que votre fille ne se marie pas avec un Indien de sa caste, qu'elle épouse un étranger ?

— Étranger ? Shaline est-il vraiment un étranger ? Bien sûr, il y aura toujours des mauvaises langues dans notre entourage pour le clamer. Mais votre garçon est né en Inde, il parle notre langue et se passionne pour notre culture. Regardez ces jeunes de la diaspora, surtout ceux qui sont nés outre-Atlantique : ils ne parlent plus le hindi mais un anglais nasillard et argotique ; ils ne rêvent que de l'Amérique et de son clinquant. Ils sont beaucoup plus étrangers que votre fils.

— Et la caste, alors !

— La caste ? Bien sûr, c'est lié à la naissance mais au-delà, n'est-ce pas aussi un ensemble de valeurs, une éducation, un comportement, une histoire ?

Nous sommes, vous comme moi, réfugiés politiques : vous avez fui la dictature de Pinochet au Chili, et moi, dans les bras de ma mère, je me suis retrouvé étranger sur ma terre natale devenue le Pakistan. Nous avons tous deux vécu loin de notre pays, chassés par la cupidité ou l'appât du pouvoir de quelques-uns. Ne sommes-nous pas du même milieu universitaire, vous et moi ? C'est vous qui m'avez formé aux vraies valeurs, aux droits des enfants, aux droits de l'homme. Nous appartenons au même monde vous et moi, professeur. Ma seule erreur — et elle est de taille —, c'est de n'avoir pas su deviner que Preety et Shaline se connaissaient depuis Paris. Nous aurions pu éviter bien des souffrances si ma femme et ses sœurs ne s'étaient pas fait berner par cette imposture, mais il y aura réparation : ce seront les enfants qui en bénéficieront.

Le professeur acquiesça et serra la main de Raj, une longue poignée de main d'engagement solennel.

Lorsque les deux hommes regagnèrent le salon, les femmes et les enfants lurent sur leurs visages que l'accord était scellé. Tous poussèrent des cris de joie et applaudirent. La date du mariage fut fixée à l'horizon de quatre jours, le temps de tout réorganiser, d'avertir les invités en faisant courir la rumeur qu'un nouveau fiancé avait été choisi car les astres n'avaient pas été favorables au précédent.

La fête de Sangeet se déroula dans la joie. On commença par une cérémonie de fiançailles. Preety avait choisi de revêtir un ensemble pendjabi couleur lilas, surbrodé de fils d'argent. Clara avait demandé à son fils de porter un costume trois pièces avec une cravate club mais il avait préféré une *kurta* en soie ocre jaune brodée de fils d'or. D'un commun accord, les familles avaient décidé de ne pas faire d'échange d'argent. En revanche, Shaline glissa à l'annulaire de la main gauche de sa fiancée un solitaire que son père avait acheté auprès d'un grand joaillier de la place Vendôme. À son tour, Preety glissa à l'annulaire de la main droite de son fiancé un anneau d'or discrètement ouvragé. Raj tendit au jeune couple une assiette de sucreries.

— Pour vous adoucir la bouche, prenez.

Shaline glissa une confiserie entre les lèvres de Preety qui à son tour en déposa une entre celles de Shaline. L'engagement était scellé. La fête pouvait commencer, reflet de la joie sincère qu'éprouvaient les fiancés et leurs familles.

Le Dr Gupta se révéla un maître de cérémonie plein d'entrain.

— La tradition veut que nous, les hommes, nous quittions la salle pour le *sangeet* lança-t-il joyeux. Partons donc sur la terrasse.

Tous, y compris Shaline, durent s'exécuter. Mais Gupta revint peu après au salon en réclamant, sur un ton de moquerie :

— *Ladies*, en l'honneur du professeur qui est venu de si loin, nous autoriserez vous à nous joindre à vous ? Nous promettons de bien nous tenir.

— Venez, répondit Shobha joyeuse. Elle ne put achever sa phrase. Un battement de *dholki* couvrit sa voix.

Assises en rond sur des coussins, à même le sol, les femmes avaient entonné les chants traditionnels des veilles de mariage ; Roli et Ruchi frappaient des mains. Taniya, la petite, s'était réfugiée dans les bras de Vani, sa maman, tandis qu'Anjali ne quittait pas Shobha. Raksha, l'amie de toujours de Preety, était venue elle aussi. Elle entonnait une chanson en soliste dont toutes les femmes reprenaient le refrain. Anjali à son tour fit entendre sa voix avec une chanson populaire de sa région. Preety dut aussi se soumettre à cette épreuve avec un poème pendjabi traditionnel que tous et toutes reprirent en chœur. Les hommes restés debout commencèrent à se trémousser, les bras levés esquissant une manière de *ballay ballay*[1] sous l'hilarité des femmes. Bien vite, les deux tantes vinrent danser à leur tour. Preety se leva aussi. Elle se rapprocha de Shaline. Sans attirer l'attention, ils s'esquivèrent dans le vestibule puis gagnèrent la terrasse.

Sans dire un mot, sans se consulter, ils s'étreignirent avec fougue et échangèrent un long baiser comme ils ne l'avaient pas fait depuis longtemps.

— Enfin, tu es là, *meri priya*[2], dit Shaline. Dis-moi, es-tu sûre d'avoir envie de te marier avec moi, Preety ?

— J'en ai rêvé dès le premier jour, Shaline. Regarde, je l'ai toujours, dit-elle, en faisant tintinabuler le fin bracelet de jade à son poignet. Je suis à présent tellement heureuse de retourner en France avec toi !

— Nous reviendrons ici dans quelques semaines avec mon équipe, pour le tournage du film puis, lorsque nous regagnerons la France, je ne veux pas que nous prenions l'avion seuls.

— Avec qui, alors ?

1. Danse populaire.

2. Ma chérie.

— Il faut que tes parents viennent à Paris avec nous pour notre mariage civil : nous allons nous unir officiellement devant la loi française. Nous ferons une grande fête. Tu pourras inviter toutes les étudiantes de Port-Royal et moi je te présenterai à mes amis.

Raj rejoignit le jeune couple sur le toit.

— Je pensais bien vous trouver ici tous les deux. Avez-vous fait des plans pour l'avenir ? J'ai une proposition à vous faire.

Shaline lui parla du mariage civil et du voyage en France. Raj en fut ravi.

— C'est surtout pour ta mère, Preety. Shobha rêve depuis des années de voir la tour Eiffel. Je voulais te proposer de créer ta maison de couture à Paris. Tu pourrais dessiner tes propres modèles, les faire exécuter en Inde et les exporter sur les cinq continents. À terme, tu pourrais avoir ta propre boutique rue Jacob ou avenue Montaigne !

— Ne me faites pas trop rêver, Papa. Dans l'immédiat, mon avenir est là, dit-elle en se blottissant contre la poitrine de Shaline.

Épilogue

RAJ VEER ARORA AVAIT ACCÉDÉ À LA DEMANDE DE RAJU : ceux qui l'avaient aidé dans son malheur furent invités au mariage. Shah Jahan, le menuisier, arriva accompagné d'un inconnu, qu'il présenta comme Chuni Lal, son ami marchand de bois, absent le jour où Raju avait cherché à le rencontrer. Il raconta que Butharam — celui qui avait livré les enfants à la briqueterie — venait d'être arrêté pour vol. Il tendit une liasse à Raju en lui disant que c'était l'argent qui lui avait été extorqué par le malfaiteur, alors qu'il existe un fonds de secours pour offrir du bois aux familles dans la gêne. Raju refusa pour le principe, puis empocha les billets en le remerciant. Shah Jahan proposa au garçon de l'embaucher dans son atelier mais le jeune menuisier déclina son offre, expliquant qu'il voulait rentrer retrouver sa famille.

Cauvery et Chaitali arrivèrent pimpantes dans des robes colorées, accompagnées d'un essaim de fillettes des ghâtes. Elles apportaient des guirlandes d'œillets jaune d'or et, pour Shaline, une écharpe en soie.

Sunil et Anil, les deux capitaines des bateaux furent invités. Ils se présentèrent en tenue pendjabie, la tête ornée de turbans festifs.

Preety avait offert les « breloques » en or de Mme Chadha — celles qu'elle avait repoussées du pied dans un accès de colère — au docteur Gupta. Ce dernier avait accepté de bon cœur, expliquant que cela aiderait une fillette à s'installer dans la vie. Il avait en outre obtenu que M. Chadha rendît leur liberté aux enfants de la briqueterie. Certains étaient retournés dans leur village auprès de leurs familles, d'autres avaient choisi de se réfugier dans le centre d'accueil de Nadessar, dans l'espoir de pouvoir apprendre un autre métier, d'autres enfin avaient préféré rester à la briqueterie. À présent, ils travaillaient librement et touchaient un salaire. Ils avaient en outre la possibilité d'aller en classe tôt le matin avant le travail : une école avait été ouverte par l'association de M. Gupta dans l'enceinte même du chantier. Aswani Chadha avait regagné Los Angeles avec Ashley, son épouse. Il avait donné ordre à son notaire de verser les sommes convenues. Il envoya à Raj une lettre détaillée dans laquelle il le priait à nouveau d'accepter ses excuses pour cet enchainement d'événements fâcheux. Il parla de Toronto et d'un certain Sambai Singh, *contractor* des mendiants à Bénarès et trafiquant notoire ; ce dernier s'était fait interpeller à son arrivée au Canada et inculper, pour avoir convoyé vingt kilos de poudre blanche. Quant à Philippine, elle filait le parfait amour avec Hipolito, son nouveau compagnon. Elle adressa, depuis Katmandou au Népal, une carte postale de félicitations aux jeunes mariés.

La fête se déroula selon le rituel traditionnel, auquel Shobha était très attachée. Raju, habillé comme un prince, avait été choisi par Shaline comme garçon d'honneur. Ils arrivèrent ensemble à califourchon sur une jument mouchetée, caparaçonnée de fleurs blanches, précédée par une fanfare de douze musiciens en uniforme rouge et blanc. Shaline avait les yeux ourlés de khôl mais son visage restait masqué par un voile d'œillets jaunes. On ne voyait que son turban carmin, entouré d'une double rangée de perles, surmonté d'une aigrette blanche. Il avait revêtu une longue redingote en soie beige à col montant, sur un jodhpur en coton blanc. Derrière lui, un domestique à pied tenait une ombrelle au long manche bien au-dessus de sa tête. Des jeunes entouraient sa monture : ils avançaient en dansant. La maison avait été redécorée de fleurs et de guirlandes d'ampoules multicolores. Inscrite dans un cœur, une enseigne lumineuse proclamait : « *Shaline weds Preety*[1]. » Juchés sur le toit, les enfants guettaient depuis le coucher du soleil l'arrivée du marié. À l'annonce du cortège, ils descendirent dans la rue pour jeter des pétales de fleurs sur les arrivants, tandis que Raj, le père de Preety, les accueillait en les aspergeant d'eau de rose.

C'est sous un vaste vélum dressé dans la cour, devant la maison, que se déroula la cérémonie. Preety fit une apparition solennelle sur le perron, vêtue

1. Shaline épouse Preety.

d'un sari rouge, le visage voilé par son *pallu*, accompagnée, ou plutôt soutenue, par sa mère et Vani, sa belle-sœur, mère de Tanya. Les deux femmes conduisirent la mariée sous la tente jusqu'au coussin de velours cramoisi où elle prit place aux côtés de Shaline devant le feu nuptial, en face du *purohit*. On leur tendit un face-à-main. La tête inclinée vers l'avant, ils écartèrent, lui son rideau de fleurs, elle son voile afin de découvrir — pour la première fois, selon la tradition — leurs reflets dans le miroir. Les invités avaient à présent pris place autour des mariés. L'officiant récita divers mantras, leur fit glisser des *rasmalai*[1] entre les lèvres puis, après divers gestes d'offrande, il leur marqua le front de poudre rouge. Shaline traça une ligne carmin sur la raie médiane de Preety. Il accomplit enfin le geste rituel qui scelle tout mariage : l'écharpe de l'homme nouée au sari de la femme ; ils tournèrent sept fois autour du feu, liés l'un à l'autre, dans le sens des aiguilles d'une montre, sous les vivats de la foule et les battements de tambours. L'acte était accompli. Shaline et Preety étaient à présent mari et femme.

Quelques jours plus tard, une petite troupe débarqua sur le quai de la gare de Poona, heureuse de retrouver enfin la chaleur. Raj avait proposé à Raju de le raccompagner chez lui à Cholapur. Shobha suivait en donnant la main à Anjali. La fillette avait voulu voir le pays de Raju mais elle avait choisi de rester auprès de la famille Arora. Shobha allait devenir sa mère adoptive et lui donner une enfance que sa propre famille lui avait refusée. Le professeur

1. Bouchées sucrées.

Mandalagan et Clara avaient tenu à venir eux aussi ; Shaline et Preety les accompagnaient. Ils avaient prévu de prendre l'avion à Bombay pour Paris. À la gare, ils louèrent une Ambassador pour se faire conduire à Cholapur.

Les retrouvailles entre Raju et sa famille furent émouvantes. Le garçon rapportait pour sa mère un châle Pashmina et une fiole d'eau du Gange recueillie pour lui par Chaitali. Raj et les siens furent accueillis comme des princes par Komala, la mère de Raju, par Lakshmi, sa sœur, et Vijay, son beau-frère. Ensemble, ils firent un tour d'honneur à travers les ruelles de Cholapur. Ils furent salués avec déférence par tous les villageois. On se disputait l'honneur de les inviter à boire le thé et manger des petits gâteaux.

Raju avait cependant une idée en tête : il voulait montrer à ses amis le lieu où vivait le vieil ermite dont le décès l'avait amené à Bénarès. Parvenu en haut de la colline, Raju crut à une hallucination. Le pandit qu'il avait vu mort, dont il avait assisté à la crémation, dont il avait versé les cendres dans le Gange, le pandit était là, sous le vieux manguier avec sa longue chevelure et sa barbe blanche. Le garçon s'approcha et resta bouche bée.

— Bonjour, mon garçon, heureux de te revoir, lui dit, en marathi, le saint homme.

Il reconnut alors, assis en lotus devant lui, le *saddhou* couvert de cendres, au front orné de safran, rencontré au bord du Gange. Il s'inclina pour lui toucher les pieds. Le renonçant tendit alors la main droite, la posa sur la tête de Raju et, d'un geste paternel, lui accorda sa bénédiction.

Remerciements

L'auteur tient à remercier Shikha Malik et Anne-Sophie Delecroix, pour l'aide qu'elles lui ont apportée.

Table

Impression réalisée sur CAMERON par

BUSSIÈRE CAMEDAN IMPRIMERIES

GROUPE CPI

à Saint-Amand-Montrond (Cher)
en mars 2004
pour les Éditions Presses de la Renaissance
12, avenue d'Italie
75013 Paris

N° d'édition : 14. — N° d'impression : 041415/1
Dépôt légal : avril 2004.

Imprimé en France